在 乎

在 乎

周保松

OXFORD

UNIVERSITY PRESS

OXFORD
UNIVERSITY PRESS

Oxford University Press is a department of the University of Oxford.
It furthers the University's objective of excellence in research, scholarship,
and education by publishing worldwide. Oxford is a registered trade mark of
Oxford University Press in the UK and in certain other countries

Published in Hong Kong by
Oxford University Press (China) Limited
39/F, One Kowloon, 1 Wang Yuen Street, Kowloon Bay, Hong Kong

在 乎

周保松

ISBN: 978-0-19-082587-4 (HB)

ISBN: 978-0-19-082490-7 (PB)

This impression (lowest digit)
3 5 7 9 10 8 6 4

獻給
小思老師

目　錄

ix　　　自序：因為在乎

xiii　　致　謝

Ⅰ　大學理念

3　　　獨一無二的松子

9　　　走進生命的學問

19　　　如果天總也不亮

21　　　我們曾經這樣上課

27　　　一種教學理念

35　　　我所理解的新亞精神

41　　　附錄：新亞學規

45　　　中文大學，請您學會講道理

53　　　還中大以山水和人文

63　　　請珍惜新亞水塔

65　　　中大教我用心看（林茵訪談）

73　　　大學的價值（梁文道訪談）

II 知識分子

91　　當春風吹過

97　　多數服從少數

103　　歷盡苦澀的微笑

109　　摘荔枝記

113　　士的選擇

119　　賈勇自持的哲學人

125　　這樣的中大人

131　　真正的教者

III 閱讀時光

147　　閱讀的月色

155　　年少讀書舊事

163　　怎樣讀原典

167　　犁典讀書組

177　　捐書人

183　　序言書室十年誌

191　歐遊尋書記

209　山中一日

215　活得好這回事

IV　政治哲學

225　當代自由主義與中國（石劍鋒訪談）

237　自由和平等之間（李懷宇訪談）

253　價值教育的理念

263　行於所當行

315　對本土論的一點反思

317　甚麼是自由主義左翼

V　我城香港

333　站直

337　我們不是沒有選擇

343　陽光曾經如此燦爛

351　當第一枚催淚彈擲下來

357　守護記憶，就是守護我們自己

363　抗命者言

399　外一章：可靜絮語

自序：因為在乎

這束文章，是我過去十年所寫。現在結集成書，取名《在乎》。

選用這個名字，是因為書中所寫，都是我在乎的人和事。因為在乎，我遇上一些人，做了一些事，然後因着這些人和事，我成為現在的我。如果我不如此在乎，我的人生會很不一樣，也就不會有這本書。

為甚麼我要如此在乎？

在面臨壓力或承受挫折時，我有時會停下自問。我知道，我的憤怒和憂傷，還有我的責任和牽掛，許多都源於此。如果拿走這些在乎，我會活得輕鬆許多。

道理看似這樣，但在真實人生，每每要做重要決定時，我卻感受到有些事情是非在乎不可。你會覺得，如果不這樣做，就過不了自己的一關，就不再是自我期許的那個自己。這種感受，發自內心，而非來自外在壓力。我漸漸明白，當你真正在乎一個人一件事，儘管在做選擇，但卻往往「別無選擇」和「非如此不可」。如何理解這種必然性，以及如何活出這種必然性，是我很重要的人生功課。

在乎，意味着你將生命全心全意投入其中，意味着有些事有些人，對你至關重要。既然重要，也就意味着背後有理由在支持，而非隨意而為，無可無不可。這些理由，往往是你相信的價值。而價值，可以公開言說，可以嚴肅論證，因此也就有可能被質疑，甚至被推翻。

換言之，在乎，是情感，是關心，也是反思和實踐。只有通過反思和實踐，我們才能知道，自己所在乎的，為甚麼是對的和有價值的。本書許多文章，都在嘗試解釋和論證，我在乎人，在乎教育，和在乎我城的初衷和理由。

在乎，也意味着你有可能受傷。當你為所在乎的投入感情和傾注心力，自然有所期待，一旦期待落空，難免痛苦失落，甚至承受巨大創傷。既然如此，為甚麼明知前路艱難，明知同行者稀，還是有許多人義無反顧地堅持極度在乎之事？

這個問題不易答。

前兩天，我收到我很尊敬的梁曉燕老師發來的一張圖，圖上漆黑一片，中間有條又長又彎的石板路，路上有個人，撐着傘在踽踽獨行，身後是長長的黑影。圖中配了以下文字：「我們堅持一件事情，並不是因為這樣做了會有效果，而是堅信，這樣做是對的。」

我對着這段話，沉思良久，得出一點不一樣的體會。

首先，我們堅持做一件事情，很難完全不在意它的效果。在乎一件事，因此希望它能成功，這很合情理。當然，甚麼叫做效果，不一定只得一個標準和一個向度。我的想法是：即使那個眼見的清晰目標不能當下實現，但由於我們活在世界之中，我們是世界的一部份，我們改變，世界就會跟著改變——即使這種改變看似微不足道，也仍然是實實在在的改變。

我們因此有理由堅持，因為我們的堅持絕非徒勞。

這不是阿Q精神，而是對於人在世界中的實踐恰如其分的理解。這種理解，不會令我們自欺欺人或自我陶醉，而會令我們踏實做事，避免滑向犬儒和虛無。

其次，堅信一件事本身是對的，不一定就會令人堅持。道理很簡單，世間有許多事情我們知道是對的，並不表示我們就會鍥而不捨，因為我們對那件事可能根本沒感覺，又或者有感覺但代價太大，權衡過後遂決定放棄。

所以，我們堅持做一件事，不僅需要知道那是對的，而且那個對的價值必須走進我們的生命，並在最深的意義上界定我們的身份和定義我們的存在。

只有這樣，我們才有足夠動力去堅持；也只有這樣，才能合理解釋我前面所說的那種「非如此不可」的狀態：當你被要求放棄那些至為在乎的價值時，你會覺得那背叛了你的生命，並令自己活得不再完整。

真正活出在乎的人，往往已將堅持的信念化成生命的底色。他的在乎，不僅在成全別人，成全責任，更在成全自己。

⌇

　　此刻書成，晨曦初露，回首十年路，感受良多。
　　感受在書裏，字字句句。
　　路是自己選的，我會好好行下去。

　　是為序。

2017年6月4日
香港中文大學忘食齋

致 謝

本書部份文章，曾發表於不同媒體，包括《明報》、《明報週刊》、《字花》、《號外》、《端》、《讀書好》、《思想》、《南方週末》、《時代週報》和《上海書評》等，我在這裏多謝它們允許我將文章收入書中。

本書的出版構想，大約五年前我已和牛津大學出版社的林道群提及，誰知一拖經年，道群兄一直耐心等候。道群兄是我第一本書《相遇》的編輯，這次再度合作，真是莫大的緣份。還記得新書封面設計初出來，他在臉書和我說，「不是偷懶，封面好像沒有比這個更好的。」確是如此。我在這裏，不僅要謝謝道群兄用心為我做書，還要代天下所有讀者，謝謝多年來他為我們出版這麼多好書。

我要特別感謝英文系梁采珩同學幫忙校對全書。梁同學的中文功底以及耐心細心，使得本書避免許多錯誤，並在許多方面得到重要改善。衷心多謝陳韜文教授慷慨允許本書使用多張他拍攝的照片。

本書文章橫跨十年，在寫作過程中，我得到石元康、陳方正、錢永祥、關信基、關子尹、陳冠中、陳韜文、陳祖為、陳宜中、馬傑偉、慈繼偉、雷競璇、蔡子強、梁文道、劉擎、周濂、陳日東、鄧偉生、鄧小虎、周漢杰、黎恩灝、李敏剛、郭志、楊政賢、鍾耀華等師友的鼓勵和支持。我在這裏衷心致謝。

我也要多謝犁典讀書組的所有成員。十五年來一起讀書的經歷，留下無數思想激盪和美好回憶。沒有犁典這個讀書小社群，我的思想和我的生活，定會貧乏得多。我也要謝謝中大博群大講堂所有同事，特別是沈祖堯校長的信任以及同事朱順慈和鄭小珊的合作。過去七年，我們在中大籌劃許多從未有過的文化活動，包括博群花節、書節和電影節，以及各種學術講座。這些經驗，讓我對大學教育有了許多新體會，並認識許多新朋友。

我還要在這裏，多謝這些年來教過的學生。我很幸運，能夠在教書生涯遇到許多好學生，大家亦師亦友，教學相長，共度許多好時光。沒有這種師生緣份，我不會經常給同學寫信，分享我的生活感受和學問心得，也不會在教學中見到教育的價值和意義。

我要謝謝我的家人，特別是我的父母、岳父母和妻子翠琪。他們的愛和關懷，是我生活的支柱。過去這幾年，因為我的一些社會參與，常常要他們擔心，我實在過意不去。我也要感謝用心照顧我們女兒的Widi，她也是我們的家人。最後還有可靜，我的女兒。可靜已六歲，有時我問她，你知道我為甚麼那麼在乎你嗎？她會答，知道啊，因為我是你的女兒，然後嫣然一笑。

最後，謹將本書獻給小思老師。謝謝老師。

I

大學理念

獨一無二的松子

各位同學：

今天你們將披上畢業袍，在春霧瀰漫杜鵑滿山的三月，向你們的大學生活道別。這是你們人生中很特別的一個日子：既是道別，也是前行。

有同學對我說，老師，給我們寫點甚麼吧，留個紀念。我明白你們的心意。中大是座山城，政治與行政學系在山之巔。三年來，我們在山中一起思考政治、哲學與人生，日夕相處，共度許多讀書時光，此刻目送你們學成下山，我既安慰又不捨。

說點甚麼好呢？不如讓我從中大的樹說起吧。

你們都知道，中大多馬尾松。馬尾松並不起眼，長在山坡上，終年常綠，開花也好，結果也好，沒人會留意。有時在校園散步，見到掉下來的松子，我會拾起幾顆，帶回家中，放在書桌。

後來，我偶然讀到台灣作家周志文先生一篇回憶少年同學的文章，說這些一生默默無聞的人，猶如「空山松子落，不只是一顆，而是數也數不清的松子從樹上落下，有的落在石頭上，有的落在草葉上，有的落在溪澗中，但從

3

來沒人會看到,也沒人會聽到,因為那是一座空山。」

這確是實情。甚至往深一層想,即便不是空山,即便人來人往如中大,我們又何曾關心那一顆又一顆松子的命運?!在我們眼中,這些松子其實沒有任何差別。一批掉了,零落成泥,另一批自然生出來,周而復始,沒有人會留意。

我們的世界,似乎不會因為多了或少了一顆松子,而有任何不同。

松子的命運,大抵也是人生的實相。如果我注定是萬千松子的一顆,平凡走過一生,然後不留痕跡地離開,我的生命有何價值?如果我只是歷史長河的一粒微塵,最後一切終必寂滅化零,今天的種種努力,於世界又有何意義?

每次想及這些問題,我總是心情複雜。有時惶恐,有時悲涼,有時無力,有時虛無。去到某個臨界點,我往往不許自己想下去,因為這些思緒猶如將人置於精神的懸崖,稍一不慎便會往下直掉。

我於是退後一步自省:為甚麼這些問題總是纏繞不去,教人不安?我漸漸明白,那是因為我是人,有自我意識和價值意識。我是如此清楚意識到自己的存在,目睹當下瞬間成過去,切身感受生命的脆弱和短暫,同時卻又十分在乎自己活得怎樣。

因為在乎,所以內心時時有種聲音,要求自己必須認真地活,不要辜負自己。我遂用心規劃人生,慎重做出決定,珍惜各種機會。我心裏清楚,生命只有一次,而生命是有好壞可言的。正因為我不願意活得一無是處,不願意年華虛度,意義問題遂無從逃避。

難題於是出現。

從個體主觀的觀點看，一己生命就是一切，重如泰山。我的生命完結，世界就會跟着完結。就此而言，我是宇宙的中心，是認知萬物的基礎，是判斷世界的源頭。但只要稍為抽離一點，從客觀的觀點看，我又不得不承認，我只是萬千松子的其中一顆。我的生命完結了，世界必然仍然存在，而且不會有甚麼改變。我的生命如微塵滴水，毫無份量，很快就會被世界遺忘。

這不是甚麼難以想像的事。每天在新聞裏，在臉書上，我們都在冷靜地旁觀他人的死亡，然後如常生活。而每次去完殯儀館，看到至親好友的遺體片刻化成灰燼，然後走在鬧市，與那無數不認識的笑語盈盈的人擦身而過，我總有難言的傷痛。

那些時刻，我看到生的重，也看到生的輕。

我不得不一再停下來自問：既然人的歸宿一早已知，我們在人世間所作的種種努力，去到最後又有甚麼分別?!

我想作為人，作為獨立個體，我們還是相信，那是有分別的。因為即使我是長在深谷無人見的松子，即使最後終會落入荒野化成泥，我依然不會接受，我的人生因而和別人的生命毫無差異，更不願意相信，無論人怎麼努力生活，最後終必是徒勞一場。

這是在自欺嗎？這是在編織一張意義之網來自我安慰嗎？

不是的。所有意義問題之所以成為問題，之所以困擾我們，說到底，是因為我們意識到「我」的存在，意識到「我」在活着自己的生命，同時在活出「我」的人生。我們必須在浩瀚宇宙中為「我」找到一個立足點，意義問題才會浮現。如果我們失去個體的主觀觀點，只懂從客觀抽離的角度來觀照人，我們將難以理解人為何如此在乎自己。

所以，即使人是一顆松子，也不必因為看到身邊還有無數更大更美的松子而顧影自憐，更不必因為默默無聞而覺一生枉度。

為甚麼呢？

因為我真實經歷了屬於自己的春夏秋冬，見證一己容顏的變遷，並用自己的眼睛和心靈，體味生命賦予我的一切。這份屬於自己生命的獨一無二，別人永遠無法取代。

這份對自我存在的肯定，是我們活着的支柱。這個世界很大，這個世界有很多其他生命，但我們只能從自己的眼睛看世界，只能用自己的身體和心靈去與世界交往。只有先有了「我」，人才會開始思考如何活好屬於自己的人生。

❧

問題並未在此結束。

一旦有了我，自然也就有無數與我不同的他者。我們很容易見到，雖然同樣生而為人，但我們的樣貌、性情、能力、信仰、家境和出身，卻是千差萬別，各有不同。有了差異，加上社會資源有限，便難免有競爭。我們遂習慣將別人

當作潛在的競爭者，並希望在人生的各種舞台，為自己謀得最多的財富、權力和地位。

各位畢業後進入社會，可能很快就會感受到，這種無處不在的壓力，必將迎面而來，教你無從逃避。我們未必喜歡爭，但往往不得不爭，因為遊戲規則早已寫好，只要你在其中，便很難不跟着規則走。久而久之，我們漸漸令自己相信，世界本來就是一個競技場，人與人相爭，是人存在的唯一方式。

人世間的種種壓迫、宰制和異化，遂由此而生。

問題是：這些由人加諸人的傷害，真是非如此不可？不同個體組成社會，真的不能以公平合理的方式好好活在一起？

這些都是過去幾年，我們在課堂經常討論的問題。

我的想法是，承認個體差異和接受公平相待之間，雖有張力，但不是不可調和。關鍵之處，在於能否將兩種看似對立的觀點，作出合理的整合。

一方面，從主觀的觀點看，我們意識到自我的獨特和不可替代，同時意識到一己生命對自身的重要。另一方面，從客觀的觀點看，我們也認識到，如果我的生命對我無比重要，那麼他或她的生命，對他或她必然也同樣重要。我們都是人，都渴望活好和活出自己的人生。沒有人一生下來，就注定是別人的工具。就此而言，每個人的生命，都有自足的價值和尊嚴。

有了這雙重觀點，我們或許就能推己及人，既看到人的獨特性，也看到人作為人共享的可貴人性，因而願意珍惜和捍衛人的平等尊嚴。換句話說，我們既希望肯定個性，鼓勵

每個人活出自己的生命情調，同時又要學會彼此關顧，尊重人的平等權利，並願意努力建立公平的社會合作。

在上面的討論中，我指出生命中有兩重根本的張力。第一重是兩種觀照人生的方式帶來的張力，第二重是生命的差異和平等導致的張力。第一重張力，影響我們如何活好自己的人生；第二重張力，影響我們如何好好活在一起。

                                ঌ

各位下山之際，我沒有甚麼特別的東西送給大家，以上這番說話，實在是我經歷多年人生困惑後，慢慢沉澱下來的一些想法。這些想法對不對，還需你們自行判斷和體會。

在我們這個時代，認真對待生活的人，恐怕都得經受許多考驗，承受許多挫折，也得忍受許多獨行的孤獨。我是如此期盼，這幾年的山城讀書生活，能給大家多一點力量，以壯路上行色。

大家應該還記得，去年冬天上完「當代政治哲學」最後一課，我們曾在聯合書院課室外那個裂開的大松子雕塑前合照留念。那個大松子啊，笑得活潑率真。在我眼中，你們都是獨一無二的松子。

（2010年3月13日）

走進生命的學問

各位同學：

我們這門政治哲學課，講到這裏，已近尾聲。

這三個月，我們一起研讀了當代主要的政治理論，包括效益主義、自由平等主義、放任自由主義、馬克思主義和社群主義。這是一段不易走的知性之旅。在課堂，在小組導修，在原典夜讀，在網上論壇，都留下大家努力思考熱烈討論的痕跡。我希望，這些痕跡，能為你們的大學生活添上濃濃一筆，並留下美好的回憶。

每年去到此刻，我總是如釋重負，卻也依依不捨。在這最後一課，我想多說幾句。

一門學問，如果能讓你茶飯不思，教你輾轉反側，並改變你看世界看人生的方式，那它一定已走進你的生命。它不是你要應付的功課，不是無可無不可的一堆術語，而是成了你生命的真正關懷。

政治哲學，能夠走進各位的生命嗎？我們課上討論過的自由、平等、人權和正義，能夠激起你們的知性熱情，並繼續引領大家的思考嗎？抑或你們會懷疑，在這樣的時代，如此認真探究道德和政治，其實沒有任何用處？

和學生一起去西貢郊遊。

                        🐚

　　讓我們回到第一課。

　　世間之所以有政治，是因為我們希望好好活在一起。在一個資源不足而各人有不同利益的社會，要好好活在一起，就必須建立起公平的合作制度。這套制度，將界定公民的權利和義務，決定社會財富的合理分配，並公正地解決人與人的衝突。也就是說，我們希望這個政治秩序，不是建基於暴力和欺詐，而是建基於我們能夠合理接受的原則。

　　這是政治哲學思考的起點。

　　我們千萬不要小看這個起點，因為它告訴我們，沒有制度是命定不變的，沒有壓迫是非如此不可的。所有制度皆人為之物，並以各種各樣的方式限制我們的自由和決定我們的

命運。因此，作為具有理性能力和正義感的個體，我們有最基本的權利，要求這些制度必須是公正的。

自啟蒙運動以降，現代政治最深的信念，是權力源於自由平等的個體，因此權力的正當行使，必須得到人民的合理認可。政治哲學不是關心權力如何操作，而是關心權力如何才能具有正當性，因而值得我們服從。換言之，我們不是將社會視為自然狀態式的鬥獸場，人們無時無刻活在貪婪恐懼當中，彼此奴役互相壓迫，而是有道理可說有公平可言的政治社群。

或者更準確點說，不是社會不會如此，而是不應如此。現實政治難免有暴力醜陋的一面，但我們不願意接受這個實然就是應然，也不願永遠停留在這個狀態，而總是希望通過制度變革和社會轉型，克服和超越這種狀態。

因此，政治哲學的任務，是認真探究基於甚麼道德原則，實踐甚麼價值，正義社會才有可能。我們千萬不要輕省地說，所有制度都是人吃人的東西，本質上沒有任何分別。要知道，從奴役到自由，從專制到民主，從歧視到尊重，人類走了很長的路，無數人為此犧牲，而這中間是有真實的道德進步可言。

道德進步體現在哪裏？

體現在制度如何對待人。這裏的「人」，不是抽象的人，而是實實在在有血有肉、會受苦會恐懼會屈辱、擁有自己的人生計劃並渴望得到他人承認的個體。這些個體，脆弱但獨立，微小卻完整。

判斷一個制度的好壞，最重要的基點，是看它能否給予

這些個體平等的尊重和關懷，能否令這些個體感受到活得像個人。

所有對制度的思考，都離不開人，離不開對個體生存處境和命運福祉的關懷。不是說民族、國家、宗教、階級、政黨這些「大我」不重要，而是這些「大我」的存在如果不是要解放人實現人，而是壓迫人異化人，我們就有理由改革甚至放棄這些制度。

這不是甚麼艱澀難懂的東西。

只要我們用心，我們就會看見那些老弱無依的人，那些受到殘暴對待卻有冤無處訴的人，那些因為思想而失去自由的人，那些因為貧窮而失去機會和尊嚴的人。這些人就在我們身邊，不起眼地默默地活着。只要我們看見，就能體會他們承受着多大的不幸苦楚。

這些不幸苦楚，在很大程度上，是制度不公造成的。如果我們渴求正義，就必須改革制度。

❧

不少同學聽到這裏，或會馬上說，你說的都有道理，但一離開課室，這些全是烏托邦，完全沒有實現的可能性。

第一，真實世界充斥爾虞我詐，現實政治盡是爭權奪利。在一個不公正的世界追求公正，猶如螳臂擋車，毫無作用。第二，當你身邊所有人都蔑視道德，並善於利用既有遊戲規則為自己謀得巨大好處時，你不僅不參與還要提出挑戰，這是傻瓜所為。我們為甚麼不做旁觀者，為甚麼不坐順

風車，為甚麼不融入體制，卻要選擇另一條艱難得多的路?!

這兩個問題，不僅關乎個人的生命安頓，更關乎我們為之嚮往的政治理想能否有實現的可能。

道理不難理解。我們的社會，離正義還很遠。我們每天睜開眼睛，見到的往往就是強權當道、貪污橫行、權利不彰和弱者受壓。有的時候，我們甚至必須蒙上眼睛捂起耳朵，內心才能得片刻安寧。我們很清楚，這個世界沒有救世主，也不可能寄望既得利益者會主動放棄特權。

要改變這種情況，必須靠人的努力，必須要有很多很多人站出來，一起去推動社會轉變。但從個人利益的觀點看，「我」真有站出來的理由嗎？借用日本作家村上春樹的說法，我們真的有理由站在雞蛋的一邊，而不是站在象徵體制的高牆的一邊嗎？

在現實生活中，許多人都會選擇高牆。而我們今天的大學，基本上也成了高牆的一部份，並以為既有體制提供「人力資源」為務，而非以培養出具價值意識和反思意識的公民為本。大學離高牆愈近，就愈失去她的靈魂。

我想你們真正的困惑是：如果我真的看到他人的不幸，感受到世界的不義，那麼面對如山的高牆，我仍然有理由選擇做雞蛋嗎？我這樣做，不是注定徒勞和注定作傻瓜嗎？

這是求己而非責人的切身之問。理想與現實之間，好像有着永遠無法逾越的鴻溝。個體身在其中，遂面對無盡拉扯。

怎麼辦呢？

我實在不能隨意地說，往高牆靠吧，這樣輕鬆自在得

聯合書院的松果雕塑。

多。但我也不能輕省的道，做雞蛋吧，就算跌個粉身碎骨也值得。畢竟，那是你的生命，而每個人都有自己的生命軌跡，任何選擇都會受到一己的個性、能力、家庭和際遇影響。

對於「我該如何活」這一實存問題，實在很難有簡單劃一的道德方程式為我們提供答案。儘管如此，在最後一課，我還是希望和大家分享一點體會。這點體會，雖然平常，卻是我多年來在生活中領悟所得。

⁂

我的想法是：既然我們只能活一次，我們就應該認真對待自己認真對待價值，並盡可能要求自己依信念而活。我

們不是活在世界之外，而是活在世界之中。我們改變，世界就會跟着改變。我們快樂，世界就少一分苦；我們做了對的事，世界就少一分惡；我們幫了一個人，世界就少一分不幸；我們站起來，那堵看似堅不可摧的高牆就少一分力量。

這個道理看似簡單，卻值得我們認真對待。

我們常常感到無力，因為我們自覺個人太卑微，總認為甚麼也改變不了；既然甚麼都改變不了，也就不必堅持甚麼；既然沒甚麼好堅持，是非對錯遂不必太過在意。這樣一直向下滑，去到盡頭往往就是妥協、犬儒和虛無。

但甚麼是改變呢？

當然，我們不必要求自己隨時犧牲小我完成大我，那是不必要的嚴苛；我們也不應期望僅憑一人之力便可於旦夕之間搖動體制，那是過度的自負。但我們可以改變自己，改變我們的信念和行動。我們在世界之中，只要我們做對的事，過好的生活，世界就會不同。這包括活得真誠正直，尊重自己尊重他人，拒絕謊言拒絕墮落，關心身邊的人，珍惜美好的事物，以及參與公共事務。

當愈來愈多人以這樣的方式生活，愈來愈多人見到這種生活的好，新的文化就會慢慢形成，公民社會就有生機，舊的不合理的制度就有崩塌的可能。退一萬步，即使這一切都沒發生，我們自己還是改變了——我們活出了自己想過同時值得過的人生。

我深知，說易做難，尤其在巨大而不公的體制面前要求自己做個公正的人，需要極大的自信和勇氣，同時必須承受無數不可知的風險。

但我們還記得羅爾斯在《正義論》中如何論愛嗎？「人一旦愛，遂極脆弱：世間沒有所謂愛戀之中卻同時思量應否去愛之事。就是如此。傷得最少的愛，不是最好的愛。當我們愛，就須承受傷害和失去之險。」

羅爾斯是說，決心做個正義的人，就像投入愛情一樣，路途中總有可能會受傷，但我們不會因為愛的風險太大而放棄去愛。為甚麼？因為正義和愛，是我們生命中重要的價值。實現這些價值，生命才會美好。

也就是說，活得正當和活得幸福，不是兩回事。

正義不是一種強加於己的外在戒條，而是我們理應追求的寶貴德性。正義這種德性，關乎我們如何合理地對待彼此。

活在一個極度不公的社會，沒有人可以獨善其身。我們或許是體制的受害者，或許是體制的直接或間接得益者。受害者固然沒有幸福可言，但得益者如果只懂得利用體制為自己謀取好處，將他人當作工具，終日汲汲於權力名利，對他人沒有關愛沒有尊重沒有信任，這樣的人生如何談得上幸福？!

所以，我始終相信，建立正義的制度，培養正直的人格，保守良善的心靈，是美好人生不可或缺的條件。如果我們都有這樣的信念，都願意在生活中一點一滴去做，社會就有機會變好。

※

這就回到我們的初始之問：政治哲學能夠走進各位的生命嗎？

這裏的「走進」，不只是指知性的投入，更指政治哲學中對人的關懷和對正義的追求，能否啟迪、觸動和指引大家的生命。

我這學期最大的體會，是意識到教育很重要的一個目標，是使人學會瞭解自己善待自己，學會看到他人的苦難，學會愛。

這是一種人性教育。我們透過「教」來「育成」人，使人理解和感受到人之為人最重要的價值所在。有了這些，我們才能開始談如何追求美好人生和建設公正社會。如果大學教育完全缺乏這些，那麼讀多少理論、考多少試和掌握多少技能，其實都沒有進入教育的本義。

&

各位，請原諒我在這最後一課，還要如此嘮叨。

修完這門課，很多同學就會畢業。我是多麼希望我們可以這樣一起一直探索下去。我特別懷念的，是一起原典夜讀的日子。當所有人散去，只有我們的課室還亮着燈，我們打開書，安安靜靜，一字一句，細細咀嚼羅爾斯和馬克思，慢慢理解自由、平等和正義。

我們很幸運，有機會接觸這些偉大的思想。我們因此多少有讀書人的責任。中文大學新亞書院校歌，有「艱險我奮

進，困乏我多情。千斤擔子兩肩挑，趁青春，結隊向前行」
句。那是錢穆先生對新亞人的期許。

我願以此和大家共勉。

(2010年12月8日)

如果天總也不亮

各位校友：

　　這個夏天，陽光雖然如常燦爛，世道卻異常昏暗。香港的政治，日漸崩壞，且恐怕會繼續崩壞下去。傷感憤怒沮喪絕望，成了我們許多人生活的基本情緒。聯署再聯署，上街復上街，似乎絲毫改變不了這個城市的下墜之勢。

　　香港怎麼辦？我們可以做甚麼？

　　這是時代擺在我們每個人面前的問題。而對於政政人來說，這個問題來得尤其沉重，且難以迴避。如果我們真的在乎這個城市，真的視香港為家，如何守護和捍衛她的一些基本價值，如何讓我們的制度和文化不要一步一步走向腐敗，就是我們的責任，尤其是那些擁有權力的人的責任。

　　我們可以不參加罷課，也可以不參與佔中，甚至可以甚麼也不做，但請不要嘲笑那些站出來的人。不僅不要嘲笑，而且更應該感謝他們。他們努力爭取，不惜付出巨大的個人代價，不僅是為了他們自己，同時也是為了我們每一個人，為了我們的下一代，以及為了這個屬於我們的城市。

　　也請不要說這一切注定徒勞，所以甚麼都不須做也不應做。這個世界，沒有注定這回事。真正使得這一切看來如此徒勞的，是我們自己選擇了這樣一種徒勞的看世界的方

式。少一點嘲笑，少一點犬儒，少一點所謂的世故和務實，首先拯救的，是我們自己。

早些日子，我在微博上讀到一段蠻有意思的話，是國內一位叫季業的朋友說的：

如果天總也不亮，那就摸黑過生活；如果發出聲音是危險的，那就保持沉默；如果自覺無力發光的，那就別去照亮別人。但是──但是：不要習慣了黑暗就為黑暗辯護；不要為自己的苟且而得意洋洋；不要嘲諷那些比自己更勇敢更有熱量的人們。可以卑微如塵土，不可扭曲如蛆蟲。

我希望，也期許，中大政政系的同學、校友和老師，最少能夠做到這樣。

共勉！

(2014年7月28日)

我們曾經這樣上課

各位同學：

　　剛剛批改完你們的論文，並和助教阿寶將分數輸入電腦。今年的政治哲學課，去到這裏，算是劃上句號。

　　當下已是五月，窗外台灣相思盛放，蟬聲響遍校園，有的同學已開始放暑假，而即將畢業的同學，或許正在宿舍收拾行李，準備離開大學。我有點累，但仍然想和大家多說幾句，權作道別。

꙳

　　不知不覺，我已經教了十多年書。作為老師，能否將課教好，是我至為在乎之事。而我每次站上講台，判斷自己教得好不好，主要看兩件事。

　　第一是學生上課的眼神。如果大部份同學都能聚精會神，眼中有光，臉帶困惑，甚至踴躍舉手與我爭論，我便知道那一節教得不太差。這樣的課，會呈現出一種迷人的氛圍。那種氛圍，不容易用文字形容，但只要身在其中，看着同學的眼神，自然能感受得到。很幸運，和你們一起，我常常感受到這種氛圍。

　　今年的課，和以往不同，就是只要天氣許可，我都會帶

大家走出課室，去戶外上課。於是，在聯合草地，在新亞圓形廣場，在陳宿那個幾乎荒廢了的露天劇場，在百萬大道烽火台，都有我們上課的蹤影。

這實在是一段難忘的知性之旅。

還記得，在某些時刻，校園安靜，春風舞起新綠，西山和暖的陽光灑下來，我看着你們一百多人坐在草地，手裏拿着文章，一臉專注地在聆聽在思考，心裏總不期然在想，如果時光就在這裏停頓，那該多好。

在這裏，我要謝謝大家容許和容忍我作這樣的嘗試，因為我知道，露天上課，雖有白雲清風，有時卻也有小蟻小蚊不期而至，而且在地下坐久了，腰會酸腿也會痛。不過，有時我會自我安慰：若干年後，回望你們的大學生活，許多事情都已淡忘，也許你們仍然會記得，曾經有過這樣一門課，我們在山林間共同度過，並一起聞過春風，聽過鳥語，感受過夕陽西下暮色四合的中大，是怎樣一番光景。

為甚麼要做這樣的嘗試？

因為這門課，是在2015年春天——你們當中許多人，剛剛經歷完香港史上最為悲壯的一場社會運動，身心俱疲，傷痕纍纍。我不知可做甚麼，惟期盼中大的山水，能夠稍稍撫慰你們的傷痛，略略平伏你們的失落。

世道無情，萬物有情。風雖不語，樹縱無言，但只要我們願意敞開心扉，還是能聆聽到大自然的呼喚。

判斷一門課教得好不好的第二個標準，是看大家的論文。你們在課上學到多少知識，形成甚麼想法，對哲學問題的把握有多深，往往能從文章的字裏行間見到。

　　改完你們的論文，我發覺今年文章的整體水平，是歷年最好。由於是自定題目，題材更是五花八門：從國家存在的正當性到民主制度的得失，從自由的價值到公民抗命的理由，從財富的公平分配到動物應享的權利，以至全球正義和愛情政治等，教人目不暇給。

　　為甚麼會有這麼大的分別？

　　我自己也感好奇。是因為助教特別出色，還是由於多了在露天上課，吸了不少天地靈氣？我想主要的原因，還是和你們的生命經驗有關。在許多同學論文的後記中，都提到當初之所以選修這門課，是因為雨傘運動帶給你們許多困惑和衝擊，於是希望在這門課尋找答案。

　　從你們的文字，我實實在在讀到你們的困惑，感受到你們的掙扎，體會到你們對許多價值的執著。我相信，這種對生命對世界的真切關懷，在不知不覺間，已融入你們的思考。

❧

　　我平時常說，我最希望的，是在文字中見到你──那是讓學問走進生命的境界。今年我讀到不少這樣的文章。我在這裏，還要謝謝大家對我的信任，願意在後記分享你們的憤怒、苦痛和失落。每一篇我都認真讀了，有時甚至不忍放下。

你們對這個城市的期許和失落，我都理解。我和大家活在同一片天空下，對這片土地有着相同的關切。我們覺得痛苦，皆因我們在乎。如果我們毫不在乎，反而可以視而不見又或一走了之。

　　為甚麼我們如此在乎？

　　問題並不易答。我有時甚至不敢肯定，在這樣的時代，全心全意去在乎這個城市，是否明智，畢竟代價有時實在太大。但身在其中，往往就是別無選擇，就是非如此不可。

　　為甚麼會這樣？

　　也許愛一個地方，一如愛一個人，去到最深處，往往就是必然，裏面沒有所謂選擇愛或不愛。

⌇

　　這門課結束後，不少同學也許不會再有機會修讀政治哲學。你們來自不同專業，各有不同個性，以各位的能力，只要一直努力，日後定能在不同領域取得非凡成就。而隨着時光過去，這門課教過的種種理論，大家終究也會漸漸淡忘。

　　儘管如此，我還是希望，你們仍然能夠記着這門課體現的政治哲學的基本精神。這是怎樣的一種精神？這裏我特別談兩點。

　　第一，政治哲學在乎制度的是非對錯。

　　我們會問公民為甚麼有義務要服從國家，又在何種情況下有不服從的權利，民主為何值得追求而自由又何以可貴，我們還會問在甚麼意義上，人生而自由且享有不可

讓渡的權利，以至國家為甚麼應該給予每個公民平等的尊重。這些問題，關乎國家和個體之間，應該存在着怎樣的政治關係。

我們也在乎社會是否正義，因為活在一個不正義的制度，必然有人受到不公平的對待，並因此而承受各種傷害、屈辱和宰制。政治哲學要求我們站在道德的立場，去理解和評價我們的社會，關心人的生存處境，並努力尋求改善。

第二，政治哲學要求我們以公開說理的方式來明辨是非。

大家還記得在學期之初，我們在新亞書院圓形廣場一起討論柏拉圖的〈蘇格拉底的自辯〉嗎？在那篇千古傳誦的文章裏，我們見到蘇格拉底被人控告荼毒雅典城邦年青人的心靈，且不得不面對501人陪審團對他的公開審判，但他依然從容自若，不乞求不妥協，並以講道理的方式，盡最大努力證明自己觀點和行為的正當。去到最後，蘇格拉底更是寧死不屈，知行合一地活出自己的信念。

蘇格拉底用他的生命，活出了哲人的風範。

用今天的話，蘇格拉底踐行了一種公共理性的精神：在公共領域以公開說理的方式為自己信念作出合理的辯護。這種精神意味着：沒有人可以保證自己一定真理在手；承認每個人都有說理的能力；願意以說理的方式，去尋求正義和解決爭議。

在乎對錯和在乎說理，是我理解的政治哲學的基本精神。

要在生活中實踐這種精神，一點也不容易。更教人難過

的，是在我們生活的世界，許多人對此並不在乎，甚至嗤之以鼻。可是大家想想，放棄對是非對錯的堅持，放棄公共說理，我們的政治，還會剩下甚麼？很可能，剩下的就是強權即公理。

雨傘運動過後，我和大家一樣，經受巨大挫折。有時回想起那段日子的某些片段，我仍然心痛難言，不能自已。真的很遺憾，我們的付出，暫時沒有甚麼成果；我們的政府，辜負了你們整整一代人。

我們實在不必迴避這些傷痛，更要學會承受這些挫折。

從金鐘回到校園，我對政治哲學的實存感受，起了根本變化。每一個政治概念，每一種道德價值，對我都有了更真實更厚重的意義。重新步上講堂，我較以前更加清楚，甚麼是這個時代教者的責任。

各位，前路艱難。但無論怎樣，我們沒有停下來的理由。我們只能努力前行。

今天，我們在這裏道別。我希望，也相信，我們還會重逢。但願在重逢的時候，你們仍然記得，我們曾經一起這樣上課，而我們深愛的城市，會在大家努力下，可以變得更好。珍重！

（2015年5月25日）

一種教學理念

各位同學：

　　這門課上到現在，已到尾聲。還記得在第一課時，我和大家提及，這門課除了正常的課堂授課，還會有小班導修、網上群組、原典夜讀和中大歷史文化導賞，我也會和大家看看電影和到郊外爬爬山。

　　三個月下來，這些我們都嘗試了。

　　在學期初的第二個週末，我和大家從崇基爬到新亞，將校園走了一圈，並向你們介紹了中大的前世今生以及背後的大學理念；在學期末，我們去了馬鞍山，上到最高的昂平遠眺西貢海，還一起看了日本導演河瀨直美的《甜味人間》。在學術上，每隔一星期，我們上一次導修課，由助教帶領大家讀文章做討論，然後還有星期四晚上的原典導讀。至於臉書群組，更是全天候的讓大家隨時發表意見。

　　有同學或會疑惑，這門課為甚麼會這樣安排，背後又有甚麼教學理念。教了這門課十多年，我很少談論這個問題。趁今晚有點時間，我和大家分享一二。

☙

　　「政治哲學問題」（GPAD1095）是一門政治哲學入門

課，既是政政系同學的必修科，也供其他學系同學選修。早期修讀的同學還不多，通常也就六七十人，後來人數愈來愈多，最高時試過去到近二百人。

由於這個原因，修讀的同學來自不同學院和不同年級，既有社會科學和文商學院，也有理學、醫學和工程學院。因為多元，大家對這門課自然有不同期望。有人覺得太深，有人覺得太淺；有人認為要求過於嚴格，有人卻又認為過於輕鬆。如何回應這些期望，是我教學的一大挑戰。

對於此，我有個基本想法：盡我所能，讓首次接觸政治哲學的同學，有機會進入政治哲學的世界，了解這門學科在思考甚麼問題，為甚麼這樣思考，以及這些問題為何重要。如果可以做得再好一點，我還希望在教學過程中，可以啟發同學對大學教育和生命本身有更深入的反思。

這門課，沒有習以為常的考試，卻要求大家做報告寫論文；沒有大量資料要背誦，但要求大家認真閱讀原典並積極參與討論；沒有標準答案和既定立場，卻鼓勵大家敢於提出自己的觀點，同時接受別人的挑戰。

小班導修也好，網上討論也好，我們期望做到的，是一種主動參與和啟發式的學習。是故你們的學期論文，沒有指定題目，而是鼓勵大家自行構思，尋找你們最想研究的問題，然後去圖書館蒐集文獻，繼而寫出一篇有觀點、有見地的好文章。

在課程內容上，我們集中討論了現代民主社會的幾個核心問題，並介紹了不同思想家對這些問題的思考。這些問題包括：政治權威和義務、國家正當性的理由、民主的理念、社會正義與資本主義的張力、自由的意涵和價值、平等和人權的基礎，以及女性主義等。至於討論到的哲學家，則包括柏拉圖、霍布斯、洛克、盧梭、康德、馬克思、穆勒（John Stuart Mill）、韋伯（Max Weber）、伯林（Isaiah Berlin）、羅爾斯（John Rawls）、諾齊克（Robert Nozick）等。

為甚麼要討論這些問題？

因為這些理念和價值，是現代政治的基礎，並在最深的意義上，影響和塑造了現代人理解自我和觀看世界的方式。不了解這些觀念，我們就很難了解我們為甚麼會活在這樣的世界，以及這樣的世界為甚麼值得追求。

我們千萬不要以為，這些都是象牙塔裏的抽象理念。事實上，民主普選、個人權利和社會正義，都是今天社會最迫切的現實問題。這些問題，關乎萬萬千千真實活着的個體的自由、權利、福祉和尊嚴。我們活在制度之中，制度承載觀念和體現價值，我們因此不要忽略和忽視觀念的力量。

在探究這些問題時，我經常問大家：如果你相信民主，到底你在相信甚麼？民主實現了甚麼價值，又會面對甚麼困難？如果你認為自由是社會的核心價值，那麼你談的是哪一種自由，以及這種自由為何如此重要？如果你批評香港社會很不正義，那麼甚麼是你心目中正義的標準，而這些標準又為何合理？

對於這些問題，每個人都會有自己的立場。這很正常。

和學生在新亞書院草地上導修課。

最重要的，不是我們相信甚麼，而是如何為自己所信提供充份的辯護理由，以及如何回應那些和我們針鋒相對的觀點。在這個過程中，我們在尋求自我理解，也在尋求道德證成，更在尋求更美好的社會想像。

自我理解、道德證成和社會想像，是社會進步的重要條件。

⊱

有同學或會問，這門課除了白天上課，為甚麼還會有原典夜讀，而且是每兩星期舉行一次，每次要一口氣讀上三小時？主要有兩個原因。

第一，細讀原典和上大班課，是很不同的學習方式。它要求每位同學手裏拿着要讀的文章，再通過逐字逐句的分析和解讀，從而希望對文本有準確、完整和深入的了解。在閱讀過程中，大家是直接和哲學家的思想相遇，而不是通過其他二手文獻。

試過夜讀的同學，應該知道我在說甚麼。這些年實踐下來，我發覺通過閱讀原典來學習政治哲學，真是非常有效，而且那種認真求學的讀書氛圍，更是十分難得。你們也許不知道，夜讀於我，其實相當消耗體力，甚至比白天上課還要累，但多年來一直堅持，因為確實值得。

第二，今天大學的大部份課程，都是PowerPoint教學，學生已經鮮有機會去認真讀完一篇學術論文，更不要說去讀大部頭的理論著作。我有時問同學，讀了四年大學，你們完

整地讀過多少本書呢？不少同學都會搖頭。不用多說，這不是好的讀書狀態。

在此意義上，原典夜讀提供了這樣一個機會，讓有志於追求學問的同學，培養起閱讀原典的能力和自信。我自己的讀書經驗告訴我，在初初接觸哲學原典的時候，如果沒有老師的幫助和引導，很多同學往往不得其門而入，因而很快知難而退。可是一旦跨過這道門檻，許多同學就能享受閱讀原典的樂趣，並令學問有長足進步。

☙

最後，為甚麼我要介紹中大的校園歷史給大家認識？為甚麼我鼓勵大家多多親近大自然？為甚麼我總是利用各種機會和大家討論社會時事和人生哲學？

這同樣關乎我的教育理念。在我的理解中，大學教育不應只是修讀一門一門科目，完成一個一個學分，然後拿個學位便算。大學教育可以有許多目的，但最重要的，是教人學會好好生活。難道不是嗎？人一生只能活一次，有甚麼較活得好，來得更加重要？!

但人怎樣才能活得好？一個人須具備甚麼條件，擁有甚麼能力，懷抱甚麼志趣，建立甚麼關係，實現甚麼目標，才可以說活出了美好的人生？

就我觀察，我們今天的大學教育，幾乎完全忽略這些問題。要回答好這些問題，我們需要（卻不限於）價值教育、藝術和美學教育、自然教育、情感教育和人生哲學教育。說到

底，我們須通過教育，幫助我們對人的存有狀態，有個較為完整的把握，並在此基礎上活出活好我們自己的人生。

這些年來，我基於這些想法，再在自己有限的教學空間內，盡量多做嘗試。不僅在我的課堂，也在我近年有份參與的博群計劃和其他校園活動，我都在慢慢摸索和實踐。在我而言，花節、書節、電影節、思托邦沙龍和犁典讀書組，說到底，都是為了更好的大學教育。

我有時會和同學笑說，如果你願意跟我去郊野公園爬一次山，因而生出對自然的熱愛，願意聽我嘮叨一次中大的歷史，因而生出對這所大學的認同，願意和我讀一篇小說或看一部電影，因而生出對宗教對愛情對戰爭新的領悟，那麼裏面包含的教育，也許會令你終生受用。

談到這裏，或許大家可以停下來想想：你們都是大學生，每天都在接受大學教育，但甚麼是教育呢？通過教育，你們希望自己成為怎樣的人，過上怎樣的生活？

這些問題，值得大家思考。畢竟，你的大學生活是你的。怎麼過好這四年，在很大程度上，視乎你覺得大學是甚麼，以及你對自己有多大的期許。

（2017年4月21日）

新亞水塔。（攝影：陳韜文）

我所理解的新亞精神

今年，2009年，是母校新亞書院建校一甲子。校慶日漸近，我不知應該如何紀念這個日子，於是選擇重讀錢穆先生的《新亞遺鐸》和《師友雜憶》兩書。這兩本書，我讀過多次。這番重讀，本意是以這樣的方式，向錢先生致敬，沒料到卻讀出一點感受和感懷。

新亞人喜歡談精神。這在香港甚為少見。

大學精神必然是理想性的，背後承載高遠的價值和理念，並以此為方向，將學生從某種狀態轉化到另一種狀態，成為有教養有判斷力有承擔的知識人。大學精神同時是實踐性的，必須能夠充份體現於教育每個環節，讓學生在不知不覺中受到薰陶感染，並樂於在生活中追求這些價值。

∽

甚麼是新亞精神？

肯定不是「手空空無一物」的捱窮精神，也不只是「艱險我奮進」的吃苦精神，而是更為根本的教育理念。我認為，最重要的，是《新亞學規》第一條和第二條呈現的教育理想。

《學規》第一條說：「求學與做人，貴能齊頭並進，更

貴能融通合一。」第二條說：「做人的最高基礎在求學，求學之最高旨趣在做人。」

這兩條學規，看似老生常談，卻是整個新亞教育的靈魂。《學規》其餘二十二條，都是對這個理念的發揮和引申。錢先生1964年向中大辭職後，在最後一次新亞畢業禮演講中，特別再一次提醒學生：「我在新亞十五年，時時教諸位應知『為學』、『做人』並重，這決不是隨便說。我此番之辭職，在我是處處把做人道理來作決定。」

這兩條學規，說白了，就是要將學問與人生打成一片。教育的最高目的，不是幫學生謀職業謀資歷，不是在同儕中爭排名爭資源，更不是將學生當作經濟發展的工具，而是透過悉心教導將學生培育成人。

成為甚麼樣的人呢？

學規第三條馬上說：「愛家庭愛師友愛國家愛民族愛人類，為求學做人之中心基點。對人類文化有瞭解，對社會事業有貢獻，為求學做人之目標。」這即表示，新亞教育認為人不是孤零零的個體，而是活在歷史、傳統、文化和社群當中。個體只有在種種人倫關係的實現中，在學問與事業的追求中，在承擔對他人和社會的責任中，人才能夠完成自己的人格，才談得上活得幸福活得有價值。

由此可見，新亞將個人德性的培養，放在教育的中心。新亞辦學的旨趣，不是專科教育，不是技術教育，更不是一味迎合資本主義主流意識形態的商品教育。早在六十年前，新亞前人在那樣艱苦困頓的環境中，已明白宣稱「惟有人文主義的教育，可以藥近來教育風氣專門為謀個人職業而求智

識，以及博士式、學究式的為智識而求智識之狹義的目標之流弊」。

☙

那麼如何實現這個教育理想？以我理解，錢先生認為主要有三方面。

一、書院必須推行通才教育，使學生先成為一通人，再求成為一專家。只有這樣，學生才能認識到專科所學在整個學術和整個人生的地位和意義。

二、書院必須要有一群敬業樂業的老師，與學生共同生活，言傳身教，知性與德性並重，培養學生成為完整的知識人和具社會關懷的公民。

三、書院必須營造優良的學風和校風，使學生的創造力、審美力、審慎思考和道德實踐能力得到充份發展。

新亞曾經在哪個時期，實現過這理想？

余生也晚，未曾親歷。我只知道，在我上世紀九十年代入讀新亞時，這個對書院教育的美好想像，早已式微。據說，轉捩點是1976年大學改制，校方將書院權力盡收中央，以致新亞九位校董集體辭職，並沉痛宣稱「同人等過去慘淡經營新亞書院以及參加創設與發展中文大學所抱之教育理想，將不能實現」。

作為後人，我沒法判斷當年的是非，現實卻是當書院沒有自己的課程，沒有自己的老師後，當初所期望的上承宋明書院講學精神，旁採西歐大學導師制度的理想，也就失去實現的可能。書院剩下的功能，是為學生提供宿舍和

籌辦一些非形式教育。這和桂林街及農圃道時代的新亞，已是兩個模樣。

我們這一代，聽起老新亞談起昔日種種，感覺久遠而陌生。那不是屬於我們的歷史。我們只能在舊相片和故紙堆中，努力想像當年新亞的氣象。

&

這十多年來，我幾乎沒有聽人談過甚麼新亞精神。即使偶爾有人說起，也是輕飄飄無所着力，甚或帶點嘲弄。新亞精神？不就是手空空無一物，窮得只剩一首校歌嗎?!

不知甚麼時候開始，我們在大學中談大學理念已成滑稽之事，因為我們不再相信，大學還有理念這東西。但是，新亞人啊，如果你有機會讀讀錢先生的《新亞遺鐸》，有機會吟誦一下二十四條《新亞學規》，相信你仍然會感動，依然會嚮往。裏面的觀點，或許你不盡同意，但它的確呈現出一種今天的大學無從得見的境界。

有時打圓形廣場走過，我會特意停下來，逐年逐年細數刻在金屬板上那些新亞人的名字。我想，如果沒有新亞，如果沒有新亞精神孕育出來的新亞人，香港過去六十年的教育史、文化史和學術史一定會改寫。

我一直認為，如果因為種種歷史原因，新亞的教育理想不能再由新亞獨自去完成，那並不表示這些理想已經過時。如果這些理想值得追求，那麼中文大學理應將其承繼，並好好發揚光大。中文大學的校訓是「博文約禮」，提倡的難道

不同樣是以人為本，以學生德性為中心的人文主義教育嗎？

　　現實當然不是那麼理想，而我們可以有許多理由，解釋今天的大學為甚麼愈來愈走向專門化、技術化和商品化，以及為甚麼愈來愈難培養出有批判力、有個性和有社會關懷的學生。我們有太多的解釋，說明事情為何不得不如此，然後置身事外。

　　但作為中大教師，有時我不得不捫心自問：我們這些為人師表者，還有多少仍然在乎這些教育理念？即使有心者，在關起門來趕論文寫報告和應付這樣那樣的評核後，又能剩下多少時間心力和學生溝通相處？

　　身在其中，觸目荒涼。

　　所以，我常想，不知到哪一天，大學才可以創造一個寬鬆自由一點的環境，讓我們安心盡一個老師應盡的責任，享受到教學的滿足和成就，並為香港和中國培養出優秀的下一代。平情而論，這樣的要求合理不過，但在現實中卻又如此遙不可及，說來不無心酸。

❧

　　有人或會說，新亞書院這一套，早已過時，無法適應時代的轉變。

　　事實上不見得如此。金融海嘯的衝擊，在在告訴我們，一群貪婪無度不管是非的所謂社會精英，可以將整個經濟體系弄垮，並令全球無數人無辜受苦。沒有道德約束的個人和制度，可以為社會帶來不可估量的傷害。

與此同時，香港今天的普選爭議，也告訴我們，如果大學再不努力培養出關懷社會、堅持價值，以及投入政治的公民，香港將很難在可見的將來，轉型成為自由公正的民主社會。而全球資本主義導致的生態危機、資源危機、文化危機和嚴重的貧富懸殊，更告訴我們，如果大學在價值中立的幌子下，只懂得繼續大量生產欠缺判斷力和盲目維持建制的下一代，人類文明將很難有光明的未來。

　　我在這裏大膽且不識時務地說一句：香港的大學，如果看不到時代的挑戰，仍然汲汲於困獸之鬥，仍然沉迷於那些國際排名遊戲，將會欠下無可償還的歷史債務，並徹底辜負我們下一代對這個城市的期望。

　　新亞精神，不限於新亞，甚至不限於中大。六十年時光，滄海可以變桑田，少年必已成白頭。惟新亞精神，歷久彌新，值得我們好好珍重。

（2009年9月28日）

附錄
新亞學規

凡屬新亞書院的學生，必先深切了解新亞書院的精神。下面列舉綱宗，以備本院諸生隨時誦覽，就事研究。

一、求學與做人，貴能齊頭並進，更貴能融通合一。

二、做人的最高基礎在求學，求學之最高旨趣在做人。

三、愛家庭愛師友愛國家愛民族愛人類，為求學做人之中心基點。對人類文化有了解，對社會事業有貢獻，為求學做人之嚮往目標。

四、袪除小我功利計算，打破專為謀職業謀資歷而進學校之淺薄觀念。

五、職業僅為個人，事業則為大眾。立志成功事業，不怕沒有職業，專心謀求職業，不一定能成事業。

六、先有偉大的學業，纔能有偉大的事業。

七、完成偉大學業與偉大事業之最高心情，在敬愛自然，敬愛社會，敬愛人類的歷史與文化，敬愛對此一切的智識，敬愛傳授我此一切之師友，敬愛我此立志擔當繼續此諸學業與事業者之自身人格。

八、要求參加人類歷史相傳各種偉大學業偉大事業之行列，必先具備堅定的志趣與廣博的智識。

九、於博通的智識上再就自己材性所近作專門的進修，你

須先求為一通人，再求成為一專家。

十、人類文化之整體，為一切學業事業之廣大對象，自己的天才與個性，為一切學業事業之最後根據。

十一、從人類文化的廣大對象中，明瞭你的義務與責任，從自己個性的稟賦中發現你的興趣與才能。

十二、理想的通材，必有他自己的專長，只想學得一專長的，必不能具備有通識的希望。

十三、課程學分是死的，分裂的，師長人格是活的，完整的。你應該轉移自己目光，不要儘注意一門門的課程，應該先注意一個個的師長。

十四、中國宋代的書院教育是人物中心的，現代的大學教育是課程中心的。我們的書院精神是以各門課程來完成人物中心的，是以人物中心來傳授各門課程的。

十五、每一個理想的人物，其自身即代表一門完整的學問。每一門理想的學問，其內容即形成一理想的人格。

十六、一個活的完整的人，應該具有多方面的智識，但多方面的智識，不能成為一個活的完整的人。你須在尋求智識中來完成你自己的人格，你莫忘失了自己的人格來專為智識而求智識。

十七、你須透過師長，來接觸人類文化史上許多偉大的學者，你須透過每一學程來接觸人類文化史上許多偉大的學業與事業。

十八、你須在尋求偉大的學業與事業中來完成你自己的人格。

十九、健全的生活應該包括勞作的興趣與藝術的修養。

二十、你須使日常生活與課業打成一片，內心修養與學業打成一片。

二十一、在學校裏的日常生活，將會創造你將來偉大的事業。在學校時的內心修養，將會完成你將來偉大的人格。

二十二、起居作息的磨鍊是事業，喜怒哀樂的反省是學業。

二十三、以磨鍊來堅定你的意志，以反省來修養你的性情，你的意志與性情將會決定你將來學業與事業之一切。

二十四、學校的規則是你們意志的表現，學校的風氣是你們性情之流露，學校的全部生活與一切精神是你們學業與事業之開始。敬愛你的學校，敬愛你的師長，敬愛你的學業，敬愛你的人格。憑你的學業與人格來貢獻於你敬愛的國家與民族，來貢獻於你敬愛的人類與文化。

中文大學，請您學會講道理

2010年6月2日晚上十一時零四分，我們收到中文大學發出的「堅守政治中立原則」的電郵通告，拒絕中大學生會放置民主女神像於校園的申請。不足兩天，此事演變成建校以來最大的管治危機，廣受香港及國際媒體關注。6月4日深夜，未圓湖畔，大學站前，在三千校友、師生和市民的見證下，民主女神像落戶中大。

作為中大人，眼見母校數十年的傳統和名聲有毀於旦夕之虞，焦灼心傷之情，難以言述。痛定思痛，從今次及過去幾年發生的種種校園事件中，我們得到甚麼教訓？如果我們學到的，只是推搪卸責，並歸咎於公關功夫做得不到家或學生不聽話，那麼類似爭議恐怕只會一再發生。

中大從價值理念到制度文化到日常教研，已現危機，這是許多中大員生近年眼見的事實。如果我們再不好好反思，並努力謀求改革，那麼我們不僅有負香港社會的期望，同時也將承擔深重的歷史責任。

對於整個事件，可議可評之處甚多，但我在這裏只集中談一點，就是希望中文大學從今天開始，能夠學會公開講道理，並用理由說服我們。

原因有三。第一，大學是追求道德學問之地，決定真假對錯的，理應是客觀的理由，而不是人的身份、地位和權

力。第二，大學是公營機構，校方有責任將影響深遠的政策背後的理念理據，公開宣示，並讓師生自由討論。這樣既可給自己矯正錯誤的機會，也可藉此建立大學管治的正當性。第三，言傳身教，是教育的不二法門。如果大學整天給學生批評一言堂、黑箱作業及假諮詢，也就難言能為學生提供良好的民主教育示範。

中大要有明天，第一步是要學會以理服人。

&

以今次事件為例。校方整份聲明不足三百字，聲稱大學行政與計劃委員會一致決定「大學必須堅守政治中立的原則」，因為只有這樣，才能「維護所有大學成員享有表達不同見解和持有不同立場的自由」。據此說法，大學正是基於此原則，而非別的理由，才拒絕中大學生會的申請。既然這是校方經過深思熟慮後，得出的一致決議，那麼我有以下三問。

一、既然大學一直堅守中立原則，為何多年來不在校園公開宣示，讓大學員生對此有充份了解，反而在之前諸多事件中(例如去年頒授榮譽博士給唐英年先生)，令人質疑校方有明顯的政治傾向？

二、校方明知此事敏感，勢必引起社會爭論，甚至傷害許多香港人的道德情感，以至影響中大聲譽，那麼在作出決定前，為何沒有舉行公開聽證會，詳細解釋背後理由並爭取師生的理解？

三、聲明公佈後，面對校園內外如潮湧的批評，為何校長及委員會成員還不把握最後機會，為自己所信的原則作公開辯護，並爭取全校師生和香港市民的支持？

我對此實在不解。我絕不在意校方有自己的立場，我在意的是為甚麼不能將立場背後的理由，好好公開講清楚。我們至今收到的訊息，皆由公關部發出，非常簡短，沒有下款也沒有解釋，只是簡單的「通知」。而劉校長至今也沒有站出來，向全校師生作過任何正式交代。

這種做法的後果是：全校師生對大學正在發生甚麼一無所知，管理層的道德誠信受到公眾質疑，整所大學辛苦建立的聲譽嚴重受損。最教人難過的，還是我們收到不少學生和校友來信，哀嘆母校緣何變成如斯模樣。我們為了這樣一紙聲明，付出難以想像的代價。

☙

儘管如此，我們還是應該嘗試理解校方提出的政治中立原則，認真探究其意涵，並將道理說清楚。畢竟這並非兒戲之事，而是關乎一所大學的未來。

依我理解，所謂政治中立原則，是說掌控大學行政權力的決策者，在就大學事務作出決議時，不可以訴諸政治理由作為決定的依據。也就是說，決策者在做決定時，有意識地採取一種自我約束的態度，暫時擱置個人政治判斷，並只考慮相關的學術理由。

這裏須留意，中立原則只適用於擁有權力的大學決策

者，而不適用於一般教職員和學生。原因很簡單，只有決策者才代表大學，同時也只有決策者才有決定大學事務的權力，因此才需要承擔相應的行政責任。

換言之，大學教師參與政黨活動和中立原則並不相干，但一校之長擔任某些政治職務卻有可議之處，因為我們無法保證，校長會否因為該等職務而在決策時引入特殊的政治考慮。所以，如果大學真的重視中立原則，為表公正，掌權者理應自我約束，避免擔任和其公職無關的政治職務。

為甚麼大學要謹守政治中立原則？據中大校方解釋，因為這有助於「維護所有大學成員享有表達不同見解和持有不同立場的自由」。這有其道理。試想像，如果大學在決定資源分配、人事聘任以及課程設計等問題上，用的不是相關且適當的學術理由，而是考慮該部門或當事人的政治立場是否和校方一致，那麼很容易會構成政治審查，威脅學術自由。此外，中立原則還有一重作用，就是當大學遭到外來政治壓力干擾，例如要求學校對老師和學生的言論和活動作出限制時，它可以用此原則來抵擋那些不合理的要求。

由此可見，政治中立原則反映的不是價值中立，而是很深的道德信念：大學的最高使命，是追求真理。要發見真理，大學必須兼容並包，容許不同觀點在校園互相交鋒，自由傳播。大學的角色，不是宣揚某黨某派觀點，又或服膺當權者的政治意志，而是盡最大努力，保障師生在一個自由環境中自由探索學問。

有了以上的理解，那麼當學生會向校方提出申請時，最正常的做法，是根據既有行政程序，經雙方討論後，即可決定能否放置，置於何處及放置多久。無論最後決定是甚麼，根據校方定下的自我約束的中立原則，它都不可以訴諸政治理由作為下決定的依據。

　　教人詫異的是，校方白紙黑字給出的說法卻是這樣：「如有行動或活動反映政治立場，而對大學政治中立的原則有損者，大學不應涉及。鑑於上述的原則，行政與計劃委員會不能接受學生會會長五月二十九日來函所提出的申請。」

　　這個論證不能成立。不錯，學生會的申請，毫無疑問反映了它作為一個學生團體的政治立場。但學生會不是大學決策者，學生會的立場更不代表大學的立場，它根本沒有責任，也沒有必要來保持甚麼政治中立。

　　為了貫徹中立原則，校方的結論理應是：「在滿足其他非政治性的相關條件後，應該批准學生會的申請。至於該件展品的政治含意為何，校方不作判斷，並予以尊重。」

　　奇怪的是，校方最後卻引用了自己對民主女神像的政治判斷來否決學生會的申請。只是這樣一來，大學校方也就等於一手破壞了自己聲稱要堅守的政治中立原則。在邏輯學上，這叫做「自我擊倒」（self-defeating）。

　　校方或會回應說：如果大學一旦容許學生會將女神像置於校園，很易令人誤會這就是中文大學本身的立場，從而惹來很多麻煩，並會影響中大的長遠發展。

中大民主女神像。

　　這個問題其實不難處理。只要校方出一紙聲明,又或在女神像邊加一告示,説明學生會的立場和大學無關即可。如果校方堅持説,這種切割無論如何也是不可能的,那這也就意味着,它要對中大所有團體舉辦的活動皆作政治審查,只要牽涉政治性質的,都要排除出校園之外,確保大學和政治絕緣。我想普天之下,沒有人會接受這樣的結論。何況這個舉動本身,恰恰是基於某種政治立場,而不是甚麼政治中立原則。

⁓

　　在上述討論中,我們假定了政治中立原則的合理性,並指出由此原則推導不出校方的結論。但想深一層,一所

大學真的應該在所有事情上保持中立嗎？

我們不要忘記，政治中立的原意，是為了更好地保障學術自由，確保多元的學術環境。因此，當大學本身的自主性受到外來勢力威脅時，大學就不宜再高談甚麼「政治中立」，而應毫不含糊地站出來說「不」，因為這些勢力要破壞的，正是中立原則本身所要捍衛的學術自由。

學術自由是大學的基石。沒有這一基石，整所大學都會崩塌。

再想深一層，大學並非世外桃源，學術自由更不可能單獨存在，而是建立在整個政治制度的自由體系之上。試想像，如果一個社會的基本人權得不到保障，沒有民主法治，欠缺廣泛的公民和政治自由，那麼大學也難獨善其身。

這點我們應該有所體會，因為在香港今天的大環境中，大專院校的自主性早已十分脆弱，受到的或明或暗的干預愈來愈多。如果我們真的視學術自由為大學的命脈，那麼在專制與民主、奴役與自由、壓迫與解放之間，大學其實沒有任何中立的餘地。大學存在的一個重要目的，是去保障和捍衛人類文明的基本價值。

由此可見，學術自由是大學生存的條件，但卻不是唯一的目標。大學更重要的使命，是在自由的環境下，培育學生的獨立人格和批判意識，鼓勵他們求真求善求美，並對建設合理公正的社會有所承擔。所以，在不影響學術自由的前提下，大學實在無須因為政治中立而自綁手腳，不敢去肯定和宏揚一些經過長期實踐而得到充份支持的人類價值。

難道鼓勵學生追求民主自由，懂得尊重容忍異見，勇於

實踐公義，關懷弱勢社群，不應該是大學的責任嗎？中立原則本身不是大學的最高原則，而是為了保護學術自由而衍生的操作指引，我們千萬不要主次不分和因噎廢食，因而患了政治潔癖症又或政治恐懼症。

෴

我相信關心中大的人，都會為今次事件痛心不已。因為無論有甚麼內情，事件的發展已令整個社會懷疑中大捍衛學術自由的決心——這是大學受到的最大傷害。

我對中大有很深感情，並相信她有更遠的路要走，有更偉大的使命去完成。但這次事件令我深切體會到，如果在龐大的體制面前，由於長期的安逸、怯懦、恐懼、漠然和明哲保身，我們整個知識群體都喪失批判精神的話，這所大學將很難談得上偉大。

我們不是旁觀者，我們責無旁貸，我們任重而道遠。

（2010年6月21日）

還中大以山水和人文

2006年3月5日晚上，我們在網上呼籲中大人聯署〈齊來保護我們的山城〉，短短幾天，得到逾二千學生、校友和教職員的支持，遠遠出乎我們的意料之外。3月9日，許敬文協理副校長代表中大校方，發表〈眾志綠山城〉一文，聲稱我們的批評純屬誤解。我們並不認同校方的觀點。我們現在懷着極大的誠意，再次提出我們的憂慮，並回應校方的回應。[1]

我們一直相信，只要大家共同抱有保育中大這個美麗山城的心，那麼透過公開討論，一定可以加深我們對中大當前環境危機的認識，找出危機背後的原因，繼而尋求解決之道。這是我們發起聯署的目的，我們也一直希望校方能以同樣態度，和所有中大人展開誠懇而有建設性的對話。

但很遺憾，事情發展至今，學校令我們失望了。

從劉校長的公開談話，許副校長的回應信，到學校向傳媒發放的聲明，校方依然沿用一貫「凡反對者便是敵人」的

---

1   此文是我當年為中大校園環境關注組撰寫的一份公開聲明，並以關注組和中大學生會的名義聯合發表。當時我是關注組的核心成員。由於此文較為完整地闡述了我在校園環境和文化保育問題上的看法，故收入書中。〈齊來保護我們的山城〉聯署聲明，可見：http://www.inmediahk.net/node/99852；而當時以校友朱凱迪為代表發起的「保樹立人」行動及聲明，則可見：http://www.inmediahk.net/node/100539。

簡單思維，只懂得運用公關謀略，避重就輕，迴避問題，甚至隱瞞事實，但求盡快消弭這場嚴肅認真的討論。我們對此感到可惜，因為這樣的態度對解決問題毫無幫助。

我們提出異議，因為我們關心大學。而這次聯署其實是個大好契機，讓所有中大人一起思索大學的發展和校園的環境保護問題。我們相信，惟有這樣，我們的人文傳統才能承傳，我們的批判精神和綠色意識才能生根。也惟有這樣，我們才能談得上「眾志綠山城」。

回應之先，我們有個簡單請求。許副校長之前的回應信，是透過電郵傳給數萬的中大學生、教職員和校友，可是在信中卻連我們文章的網址也不提供，使得很多人只能看到校方的一面之辭，這是不太公平的做法。如果校方認同這是一場關乎大學環境的嚴肅討論，那麼請有風度一點，也將我們的回應信轉發給所有中大人一讀。

一

首先，讓我們回答一個最基本的問題：為甚麼這次簽名運動，會一呼百應，得到那麼多中大人的支持？

因為我們深愛我們的大學！而我們的感情，則和中大這個山城迷人的自然環境和人文傳統密不可分。

大學三年(或四年)，對很多中大人來說，是人生中最燦爛的歲月。這些歲月，既沉澱在百萬大道的恢宏，荷花池的嫵媚，兩座水塔的對望和小橋流水的野趣中，也留印於課堂的聆聽，圖書館的夜讀，Coffee Corner的闊論和糖水會的分

享裏；當然，那開遍滿山的杜鵑花、洋紫荊、木棉樹、鳳凰木，以及那鬱鬱蒼蒼的相思和松柏，更將中大變成桃花源似的讀書天地，令我們沉浸其中，樂而忘返。

對許多中大人來說，他們當初選擇中大，是因為這樣的校園；而當他們畢業後，長令他們依依的，也是這樣的校園。中大的山水人文，洗滌了我們的心靈，陶冶了我們的性情，凝聚了我們對中大的認同。只要在中大生活過的人，都會明白甚麼叫山水有情。

我們珍惜中大的一草一木，一桌一椅，不僅是因為這是我們的集體記憶，更因為我們深信，保護環境重視傳統，本身便是大學教育理想的一部份。

我們都知道，資本主義的過度發展，已令地球出現嚴重的生態危機。如果人類再不好好反省自身對大自然的態度，捨棄不必要的奢華，並回到節約儉樸的生活，人類將走向絕路。如果中大能夠開風氣之先，尊重自然，以一種「每一棵樹的生命都值得珍惜」的態度去保育環境，言傳身教，那就可以建立二十一世紀的大學應有的基本理念，培養出具綠色視野的學生。

我們主張好好保留傳統建築和室內陳設，並不是說舊的便一定最好，而是大學不是一所商業機構，而是理念和價值的傳承和開拓者。而理念和價值的傳承開拓，首先是要令學生感受到自己活在一個深厚的人文環境之中，從而對這個傳統有所認同，對知識有所尊重。

一所大學的靈魂，體現在她的歷史。傳統一旦形成，一所大學自有其獨特性格，學生自有其獨特個性。傳統的建

立，需要一代又一代人的努力，更需要大家好好保存她的歷史建築，非不得已，絕不輕言變更。一所偉大的大學，最難建立的，正是這種精神氣質！

正因為此，當我們目睹中大在過去短短幾年間，大量的砍大樹建高樓，而新建築又大多和自然環境格格不入時，當我們看到校方將所有傳統建築不問緣由的重新裝修，以奢侈庸俗為尚，視貪新厭舊為好，將前人幾經艱難才建立起來的傳統徹底放棄時，我們真是心急如焚。大學這樣做，表面上很符合經濟效益，實際上卻在拋棄我們最珍貴的東西！

今天的中大，不要說六十年代、七十年代、八十年代的校友難以辨認，即使是九十年代畢業的校友，如果重遊中大，也一定會驚覺，昔日的美景和往日的氛圍，很多已消失無蹤。

我們憂心，如果任由情況惡化下去，中大很快便會由馬料水的獨特山城，變成中環庸俗不堪的商城。

大學如果不理解我們這份心情，便永遠不能理解為甚麼在短短幾天內，會有二千多中大人簽下他們的名字。大學如果不願意面對現實，仍然大聲宣稱自己是如何的綠色環保，如何的愛護中大文化傳統，那麼也將永遠無法明瞭，過去這幾年的「德政」，已經對山城造成了多大傷害，傷了多少中大人的心。

二

校方或許會說，這是發展的代價。為了使中大在和其他

大學競爭中取勝，為了盡快將中大變成亞洲，甚至世界一流大學，我們必須極速發展，因此犧牲環境、放棄傳統是必須的。或者用許副校長較為婉轉的說法：「大學持續發展，校園人口密度不斷增加」，因此必須作出一定「平衡」。

但要成為一所出色的大學，便一定要犧牲我們的山水人文嗎？

絕對不是！世界上沒有優秀的大學，不會好好保護她們的校園環境和歷史建築的。試想想，如果牛津、劍橋為了趕上潮流，將她們過去幾百年的「過時」建築拆掉，將書院的老樹砍掉，將圖書館內的舊檯舊椅棄掉，這仍然會是世人景仰的牛津、劍橋嗎？如果中大每過幾年便要「重新來過」一次，試問我們的傳統如何承傳，文化如何累積，情感如何沉澱？

再者，今天奉為圭臬的發展邏輯，實在值得質疑。如果發展意味着更多的惡性競爭，更嚴重的教育商品化，更疏離的師生關係，更淡薄的社會關懷，那麼我們必須停下來，好好問一問：甚麼樣的發展？為何要發展？誰的發展？

如果真要談發展，我們希望見到的，是以教育為本的發展，是強調人和大自然和諧共處的發展，是有着深厚的人文關懷的發展，而不是今天這種爭錢爭排名爭收生，一切以經濟價值作衡量的發展。我們擔憂，如果不改變這種思維心態，我們的眾志，最後恐怕只會毀了我們的山城。

校方如果立志將中大發展成一所值得尊敬的大學，便必須明白中大人所重者何，必須體會甚麼是中大最優秀最值得珍惜的傳統，更必須從寬廣的價值視野，好好省察大學在今

天過度發展的資本主義社會，應該承擔甚麼角色，堅持甚麼信念，培養甚麼樣的社會棟樑。

不錯，我們的確有所爭。我們既為一草一木爭，亦為大學的健康發展爭。大學如果看不到我們的關懷，我們又將何以言?!

三

現在，讓我們回應許副校長的公開信。許副校長的信分為三部份。一、我們之前的批評，純粹出於誤解；二、校方有完善的行政及監管機制；三、校方已致力在其他方面進行了不少環保工作。

對於第三點，由於和我們之前的批評無關，而且我們歡迎校方在這方面的努力，所以不擬回應。至於第二點，大家可從早前我們公佈的一封校友的信中（"The Role of the University Steering Committees on Environment"）清楚見到，校方認為最重要的大學環境事務督導委員會，原來在校園環境保護上，根本沒有人力和資源進行任何有效的監管和保護工作，它甚至只是執行部門（校園發展處）的橡皮圖章而已。

我們為此感到震驚。我們實在難以相信，中大無數花草樹木的命運，原來操縱掌握在一個幾乎不受監管的行政部門手上。

我們敢問：這是完善的行政及監管機制嗎？當我們目睹一棵又一棵大樹默然倒下的時候，當我們對於無休止的砍樹建樓以及各種各樣的維修裝修工程沒有知情權和參與權的時

候，我們仍然能夠相信這樣的機制毫無問題嗎？為表負責，校方又是否可以公開過去幾年大大小小工程的環境評估，以供師生參考？

最後，回到第一部份。為免冗長，以下我們只就許副校長信中的某些重點作出回應。至於我們的批評是否合理，大家大可到該些地方作實地考察，自能作出判斷。

一、按照許副校長的說法，中大無日無之的斜坡工程，其實都經過深思熟慮，對自然環境全無損害(中大約有三百個斜坡，已完成鞏固工程的約有六十個。大家只要留意一下，便會發覺很多山坡都鋪了鐵絲網，嚴重窒礙植物的生長)。

實情是否如此？這裏讓我們引用中大著名植物學權威胡秀英老師去年的一個訪問，大家便會稍窺端倪：

> 校園裏有些很好的植被都被破壞了。好的植被應該有層次。樹林就像一個家庭，有老有少，自然而有層次地生長，才是好的植被。樹根受損，植物便不能自然生長。應該讓植物按自己的天性成長，讓山坡自然地保護，成為一個自然的環境。(《中文大學校刊》，2005年春·夏)

中大校方常說會尊重專家的意見，胡老師這番已算委婉的批評，難道不已為我們的斜坡工程斷了症，敲響了警鐘嗎？

二、李達三樓那一大片美麗的相思林，景禧園內苗壯的松柏，幾日之內橫遭砍伐，先是用電鋸將樹幹分屍，繼而以挖土機連根拔起，很多同學都目睹整個殺樹過程，大眾媒

體亦有廣泛報導。現在許副校長卻說：「為了保護原有的大樹不會因工程進行而影響生長，大學已把大樹移植。現時有18棵大樹移植往國際生舍堂附近草地繼續生長。」

不明就裏的人，讀到這段說話，一定會以為李達三樓工程根本一棵樹都沒砍過。但這絕對不是事實！我們曾經去過國際生舍堂察看，那所謂的18棵「大」樹，其中的11棵，無論用甚麼標準來衡量，都絕對稱不上是大樹。更令人難過的，是其中的9棵松樹，樹葉早已枯萎，能否生存也成疑問。請校方面對事實，將真相告訴我們，除了這18棵樹，整個工程到底砍了多少樹木？

三、池旁路所謂的危險斜坡，坡度不大，且植有許多參天古樹，幾十年來從未聽說過有任何危險，不知校方可否提供更多資料，供校內相關專業的老師評估？再者，鞏固斜坡根本無須砍樹，校方又何故三番四次誤導公眾(校方的網頁，甚至校長的訪問，一直都聲稱砍樹是為了斜坡工程)？

真正的理由，據說是為了行人安全而要擴闊路面。但該路段行人過多，主因是校方將大部份的教學，集中於崇基學院的教學樓所致。校方砍樹之前，為何不對此政策多作檢討？再者，如果行人過多，又可否考慮將該路段改成單線行車，甚至變成行人專用道路？

簡言之，如果我們有愛惜古樹之心，合理的做法，是做好充足的環境評估，並作廣泛諮詢，看看能否找到一個既保育又安全的方案，而不是粗暴地將這些陪伴了我們數十年的古樹「清理」?!(根據校園發展處的網頁：「工程建造期間有35棵樹木需要清理。」)

一如環境事務督導委員會主席林健枝教授公開所說：
「在有關項目尚未定案前，校方會與教職員、學生和書院討
論，尋求共識，避免紛爭，尤其工程會影響到面積較大、樹
齡較高或具有歷史價值的林木時。」（《中文大學校刊》，
二〇〇五年春‧夏）請問校方有這樣做嗎？

四、對於范克廉樓校友徑的伐樹，許副校長的解釋，是
因為「發現有部份出現樹枝枯死的現象，如不處理會倒塌，
對行人構成危險。」我們不是園林專家，但我們點算過，該
處砍伐下來的相思樹和松樹，不下二十棵。而從殘留的樹輪
及遺下的樹幹可見，大部份是樹齡相當高的大樹。

我們實在疑惑，這一大批樹木為何會突然同時「樹枝枯
死」呢？倘若真的如此，學校又有否試過拯救呢？又倘若
拯救失敗，該處行人稀少，這些樹木又怎會「如不處理會倒
塌，對行人構成危險」，因而要一次過將它們砍掉呢？

五、大學火車站新建的所謂觀景斷橋，品味差劣固不待
言，而它對該棵極具象徵意義的鳳凰古木生命的影響，大家
只要到實地看看，自會了然。事實上，去年工程進行時，該
棵鳳凰木半邊樹根幾乎橫遭除去，這和許副校長所說的「嚴
格監控在施工期間鳳凰木不會受到工程影響，並特別用疏水
石堆成保護層，保護鳳凰木的根部」，實在有太大距離。而
在觀景橋不遠處的另一棵較小的鳳凰木，樹葉早已枯萎。趁
它尚未倒下，大家經過時，最好和它道個別，說聲再見。

我們不是專家，判斷或許會錯。但觀乎大學的回應，實
在有太多似是而非，甚至明顯與事實不符之處。大學是追求
知識真理之地，意見不同是常事，大家據理力爭便是，但如

果校方為了掩飾過錯而連最基本的事實都歪曲的話，那麼教學生如何以大學為榜樣 ?!

四

我們認為，只有在校內師生具備良好的環保意識，完善的監察機制，開放透明的諮詢和參與渠道時，中大這個美麗的山城，才有可能不會遭到進一步的破壞。我們在此再次要求中大校方：

1. 立即停止砍伐崇基學院池旁路的大樹，並尋求更合理的解決方案。

2. 全面檢討大學的環境政策及監管機制，尤其是校園發展處的功能和角色。

3. 公開會見同學、教職員和校友，集思廣益，深切反省大學的發展方向，確保大學的自然環境和人文環境不再受到進一步的摧殘破壞。

願我們一起珍惜中大的山水人文！

(2006年3月17日)

請珍惜新亞水塔

近日我們得悉新亞書院正計劃在水塔旁邊興建一幢樓高多層的學生宿舍，並極可能對水塔景觀帶來嚴重影響。我們對此甚表關注，鄭重籲請新亞院方對選址重新考慮，並從長計議。[1]

在新亞生活過的人，大抵都會對水塔有一份深厚感情。水塔高大巍峨，剛直方正，立於中大之巔，有君子塔之譽，隱隱然承載了新亞的教育理念。水塔更會隨着朝暮光影，呈現迷人景致——吐露晨曦中的水塔，藍天白雲下的水塔，夕陽斜照的水塔，節日亮燈的水塔，各有風景，過目難忘。

水塔見證了我們的青春歲月。我們在它的守護下，探求學問，結識良朋，定下志向，並留下無數校園回憶。可以說，在每個新亞人的故事裏，都有水塔的身影。即使畢業下山，偶爾坐車經過，遠遠看到水塔身軀，也足以牽起我們許多往日情懷。水塔不只是一座儲水的塔。在當時只道是尋常的日子過後，水塔終成為我們許多人生命中無從拿走的部份。

正是在此背景下，我們對於在水塔旁興建新宿舍的建

---

1 這是我為「保衛新亞水塔」聯署行動起草的聲明。聲明在很短時間內，得到近千師生校友的簽名支持。行動出來後，新亞院方對原初的設計做了一些調整，但仍然維持在水塔旁邊興建宿舍的決定。

議，甚有保留，因為從院方提供的初步方案來看，新樓高達八層，緊貼水塔而建，遠遠望去，水塔猶如被人攔腰截斷，大半身軀埋在新樓後面，英姿盡失。

這是致命性的破壞！

水塔之所以為中大象徵，皆因其屹立空曠，視野無阻，遂能卓爾不群，遂有浩然之氣。此景觀一旦改變，數十年來為新亞人中大人珍而重之的社群地標即破壞無遺，且將永遠不能恢復舊觀，茲事體大，懇盼院方能夠三思。

當然，我們關心水塔，並不表示我們反對興建新宿舍。我們深明新宿舍對同學的重要，也感謝書院多年來為此努力籌謀。我們所祈求者，只是希望書院從歷史從人文從景觀着眼，考慮其他選址的可能，例如紫霞樓下面的山村徑，又或學思樓旁邊的山坡。

我們深知，改動必會帶來這樣那樣的不便和困難；但我們深信，這是值得的，也會得到師生校友的支持，因為地靈人傑乃中大神韻之本，人文價值不應單以實效計算。

錢穆先生嘗言，研究自己國家的歷史，須有一份溫情與敬意。我們認為，對於陪伴我們數十年的水塔，也應有相同的溫情與敬意，因為它一直在好好守護我們，守護我們的記憶和理想。故請院方能以歷史為念，以教育為念，以未來為念，認真考慮我們的訴求。

（2013年5月5日）

中大教我用心看

林茵

　　周保松是中文大學裏其中一位最受歡迎的老師，教政治哲學這樣的嚴肅科目，學生擁躉們也能把容納二百人的大講堂坐滿，說話條理明晰，書本熟得從不用靠PowerPoint幫忙。[1]

　　這天聊到中大發展，卻與平時侃侃而談的他不太相像。我們在校園裏四處逛，由豔陽高掛談到入黑，他唯一的引經據典，是在新亞書院的木棉樹下讀了一段《小王子》給我聽——狐狸說：「唔，這就是我的秘密。很簡單：只有用心看才能看得清。最重要的東西，眼睛是看不見的。」

　　重情如周保松，自然也藏着屬於他的狐狸和玫瑰花；尤其在中文大學，這個他生活了近二十年的地方。因此，當政府說要在中大面前的吐露港填海，他說，像心裏被割走一塊似的。

　　然而這種痛，不被理解，他在Facebook上說反對填海，學生質疑他、嘲笑他，「話你自私，你無考慮到香港整體利益、長遠發展，話點解你就有資格睇海景？」這些說法，狠狠地傷到了他，「為甚麼我們本着對一個地方的情感、想去保護它，卻會變成是道德有虧？」

1　本文是《明報》記者林茵與我做的一個專訪，刊於2013年4月28日。蒙作者和《明報》同意，收入本書，謹此致謝。

快將與吐露港割裂！

面對全然是另一種的發展邏輯，他覺得自己像個傻瓜一樣，「每次校園又要起一幢玻璃幕牆樓，我又一個人在諮詢會上聲嘶力竭的說，這裏起幢樓會怎樣破壞原先建築的整體格局，那條『情人路』對學生來說有好多的記憶，然後你發覺，講完就是講完了，佢會覺得，就算你講的好重要，也只是其中一個意見，主觀感受是無法量化的，佢覺得點及得上起幢樓，好多宿生可以住」。

大家都只看見帽子，他卻見到蟒蛇吞掉了大象，怎不孤獨？人們心眼沒開，看不見數字、經濟效益以外生命裏的種種，輕言取捨；周保松再三的說，讓他難過的不是取捨，而是那種「輕言」，「我意思不是說一定不可以發展，而是你連被犧牲的是甚麼都沒真正見到。」他感到，「沒有見到的能力」，可說是這城裏各種問題的根源。

周保松1991年入學，除了中間到英國讀博士的幾年，回港後又在中大教書、住教師宿舍，到目前為止接近一半的生命都在中大度過。「由我讀書時住新亞開始，望着海一寸寸地消失、樓一層層咁起，科學園、五星級酒店、豪宅，再填下去，建了住宅高樓，中大基本上就跟吐露港完全割裂了。」

災劫也發生在校園內，田家炳樓切斷了從百萬大道仰望的山景，李兆基樓取代了校園最美麗的景禧園杜鵑花群，圖書館旁多了幢完全不對稱的玻璃幕牆「怪物」（圖書館新翼），橫在半山的七彩逸夫科學大樓、將火車站上望的山城景致徹底破壞，「一下，一幢樓建成了，有些事物消失，另

一下，又有些事物消失，這是個好令人傷感的過程。這不是校方事前有無諮詢的問題，它覺得其實已經比以前重視了，有規劃委員會、諮詢會。問題是，我們生活在這個社區裏的人，有幾重視這些？眼看着環境被破壞，但出聲的人並不是很多。」

內化了的發展思維

周保松感到，其實大家都或多或少接受了大學必定要發展的思維，「大學高層覺得，我們是基於社會責任增收學生，所以要起樓；學生也覺得，在社會整體利益面前，為了中大人的景觀而反對發展是自私的。」他直言，大家習慣把一切量化，放在成本效益的天秤上，自然得出為了發展必須犧牲的判斷，如果這樣想，再多十場諮詢會都沒有分別。

「我想說的不是單純的有海景、無海景的問題，而是我們跟自然、土地、社區之間的關係和情感，到底怎樣才能納入決策的過程中被考慮？我發覺，其實我們要換一個方式來看生活和自身，才有機會見到問題所在。」

中大的山城佈局，在1960年代由知名建築師司徒惠一手策劃，風格樸素、對稱，與自然環境融為一體，每幢建築物的高度都考慮到使用者的視角，與層層山景相融，也留下極多天然樹木和草地。訪問當日藍天白雲，是四月難得一見的好天氣，「這裏住了兩萬人，咁靚的校園，為何沒有人出來坐呢？我覺得好怪，通常就算有人坐草地，都是外籍學生」。

只見競爭 不見自然

　　童年在內地農村成長的他，出生開始就與大自然共處，來到香港卻發現，與自然、土地的關係，對居於高樓大廈一單位內的香港學生來說，可能是要刻意去學的事情。但教育制度一直沒有培育人對生命的感受能力，學生不認得每天經過的樹，錯過路旁盛放的花，「由細到大被塑造到只能見到一種觀點，就是競爭，要贏其他人，要增值，然後你的生活質素和價值就用樓、錢和效率來衡量；那我們的個人情感呢，生活其中的大自然呢，不是太多人見到。因為佢哋見唔到，那就更有責任要令佢哋見到」。

　　周保松去年在校內發起博群花節，連其他大學的師生都說羨慕，感嘆「大學本應如此」，今年又搞登山，開放新亞水塔讓師生上去觀望重重山影，「沈校長說我搞花節好浪漫，其實我不是很喜歡浪漫這個字，好似好『文青』、好假咁；其實我只是想鼓勵學生行出自己間房、感受一下校園，我最想學生做的，是以後唔需要人搞個節日，自己都會三三五五拎張蓆去草地坐，飲酒唸詩聽音樂，我自己平時都會這樣的」。

　　春天到了，拉大隊到櫻花樹下上導修課，學生才發現櫻花的美好；假日請學生跟他行山，一班一百七十人，「只得」二三十人響應，我說已經很不錯啦，周還是心中有憾，好想更多學生見到自然之美，「你見到相思樹開花、映着藍色天空，你覺得好靚，這就是你生命中一個好好的時刻，錯過了是好可惜的」。

　　感受無法言傳，他總是想讓人親身經歷、看見，說到吐

露港填海，他就特地跟牧師約好借鎖匙，開放崇基教堂給我和攝記，「所有崇基學生，逢星期五都要來教堂出席周會的，有不同講者討論社會議題，由六十年代開始，是所有崇基學生生活裏好重要的一環。周會期間，這道簾是拉上的，只微微透着光，也看不到十字架；直到散場時才拉開，光灑進來，小思曾經寫文章形容這情景，『我抬起頭，看見山影天輝，滿心都是天恩祝福的喜悅』」。

周保松説，「一代又一代崇基人在這裏成長，這應該是他們心裏非常重要的一個畫面，意味着生命中一些很美好的東西」。然而自馬鞍山新市鎮發展，部份樓景已攝入視野裏，若再在此岸的馬料水填海建住宅，可以想像會將整個山線和大半天空遮蔽。

唯恐習慣「被扭曲」

「我好想講的是，這不止是沒了海景的問題。比如像菜園村的村民，佢每日打開窗，見到鄉村的風景，那不僅是一個外在的景觀，而是構成佢生命中無辦法分割的一部份。你將這環境改變，即是將佢生命中無法分割的一部份拎走，這對村民而言是種好實質的傷害；但香港人好容易就話，我賠償畀你囉，這就變成第二重的傷害，因為佢本來講緊的是佢跟這環境的情感聯繫，但你卻將他扭曲、變成錢，『你嫌賠唔夠錢之嘛』，這是在傷害和侮辱佢。這種情感和聯繫非常真實而重要，但在現時的發展和諮詢模式下，你是無辦法講畀人聽的，從來都被忽視的，因為佢會説，這些好主觀，只是個人感受，那些人無辦法感受到你所感受的。」

周保松説，不少中大同事，對於校園景觀的改變，其實都感覺痛心，但沒法説出來，「好難去講，因為你知道大家唔認可這種感受的重要性。」

「更加慘的是，當人們見不到這是種傷害時，就會用一種好漠然、甚至嘲笑的態度去對待這種情感聯繫，於是你自己都會被扭曲，慢慢習慣『無辦法的啦』、『一定要起樓、要發展』，我們自己都被塑造到這樣去睇，於是不再跟你生活的地方、城市、土地建立感情連繫。講到填海，你只見到起一層樓值幾多錢，住幾多人；但見唔到的是，一代又一代的人，去到『天人合一』見到好美麗的藍天白雲、海和山，這種有靈性的大學環境，是香港好寶貴的整體資產。當然那堆樓會產生經濟價值，但它帶來的破壞又有幾多？中大每年收生幾千人，如果這班年輕的心靈，能夠在一個好好的環境長大，見到一些美好的事物，他自己的人生都會美好起來，當他去做老師、做記者、不同的工作崗位時，可以將這些美好傳給其他人，這些並不抽象，好實在，你話有無價值？我覺得好有價值的。」

可否看到另一面？

然而，如果個人的情感價值無法量化，我們該如何衡量，甚麼時候可以為發展社會整體利益而取捨？「首先所謂『香港整體利益』，好多時都是由政府去界定的，就變成了只是經濟利益，而且是佢所界定那些好短期的經濟利益，佢講到彷彿有這樣嘢，然後每個人都需要為這整體利益去付出。如果你想要抗衡這個，有兩種路徑，一係你入去佢的遊

戲規則同佢拗，佢說香港唔夠地，我們拿出證據說其實夠地啊；另一種我嘗試的就是，可否鬆動這種睇事物的方式？在所謂整體利益、經濟發展至上的計算方式以外，讓另一些價值可以浮到出來，比如甚麼是好的生活？除了錢和樓，還有情感、社群聯繫、與大自然親密共融的關係。」

「如果政府真正的明白和尊重這些，比如要起樓，知道會影響崇基，就唔應該是等我們去遞意見書，而是主動來跟我們傾，發展出一種商議式的民主(deliberative democracy)，像戴耀廷所講的商討日。『商討』意思是我沒有一個既定的方案加諸你身上，而是我們一齊去傾，應該用甚麼方法找到土地，如何善用，過程中對各社群的生活和歷史有影響時，我們如何將破壞減到最低，如果真的無辦法，我們如何補償佢，例如透過一些紀念的方式，令被犧牲的人感覺受尊重。」

周保松說，「但我們現在有的，只是一種好either or的諮詢，一係A一係B，沒有商討的空間。一切都已經定好了，佢只是來聽聽你的聲音」。

那沒有風景的世界

「所有的政治參與，都有一個好emotional、好情感上的成分，比如你想參與中大的校政，前提是你真的愛這個地方，你不愛就不會關心，會漠然，對這地方無所謂。」

周保松認為，香港眼下盤根錯節的社會政治問題，都涉及一直以來個體生命、情感聯繫的不被尊重，「比如你講普選、佔領中環，大家沒見到的是，民主與人的尊嚴之間的

關係，我作為一個政治社群的成員，我的尊嚴就體現於我可以參與，我是有份的，這裏是我屋企。所謂爭取普選，最核心的不是一有普選就所有社會問題都解決了，而是有普選後我們每個人都會有種受尊重的感覺。我們現在屬於香港這城市，但因為無辦法參與政治，我們就成為這城市的異鄉人。我們明明活在這地方，但被排除出去，我們明明想be at home，但被alienated (疏離)，無民主就是這樣的感受。你見到香港人現在是這樣生活，走不出去，就算搵到更多錢，樓起得更高，我們的生命都是悲哀的，因在一個好細的世界裏，一間屋，只見到一線光，窗都關上了，好多美麗的風景都見不到，這是好慘的事。香港有很好的風景，香港人也應該擁有更加好的風景的」。

大學的價值
——周保松‧梁文道對談[1]

周保松是我的老同學，不僅同在中大哲學系上課，而且還一起拜在石元康教授門下攻讀政治哲學。只不過保松和我走的路太不同。當年我讀了四年碩士都沒唸完，他卻在本科畢業後跑到倫敦政經學院取得博士學位，然後回到母校的政治與行政學系任教政治哲學。

可是換個角度看，保松又是個十分反常的人。他本科本來讀的是工商管理，一個人人稱羨的熱門行當，前途無可限量，但他卻在大三那年忽然轉系哲學，一個在另一種意義上「前途無可限量」的學科。不僅這樣，他從大一就開始加入《中大學生報》，寫一大堆批評校方和批判主流社會的文章，這也是一般商學院學生不會幹的事。

最神奇的事還在後頭。始執教鞭，他就發起網上討論班，和他的學生日以繼夜的大談政治、哲學與人生，而且談得極為嚴肅深入。前幾年，他把第一批討論成果編成《政治哲學對話錄》一冊，數十萬言，自己印了三百本，留給同學當紀念。要知道，在教授都成了論文機器與行政人員，勞形於資金申請與工作報告之間的今天，

1　此訪談原刊於《讀書好》第34期(2010年7月)。在徵得梁文道同意後，我對訪談內容作了部份修正，謹此致謝。

梁文道、盧傑雄和我。1995年新亞書院畢業禮。

　　還肯花這麼多心力時間在學生身上的老師，實無異於一
種幾近消亡的文化遺產。

　　可堪告慰的，這一切無助於升職的勞動到底結下了纍纍
異果。他的學生畢業後依然不倦地閱讀思辨，不少甚至
接下其師的棒子，或者繼續走上學者的路線(有學院派也
有民間派)，或者成為新一代學運社運中堅。

　　近日母校中文大學惹起風波，人人關注大學的價值與學
運的未來，於是我更有理由找保松敘舊細談。

梁[梁文道]：最近《南方週末》轉了封讀者來信給我，因為
　　現在內地快要高考，學生們都在考慮填志願，選擇讀甚
　　麼專業。他們挑選了一些有關的問題，請我們一班作者
　　回答。其中交給我的問題是：有一位中學生，他很想讀哲

學，但是他的家人和老師都反對，覺得讀哲學沒有前途，賺不到錢。這位學生很困擾，不如你教我如何回答他吧。

周[周保松]：我理解他的困擾。我以前讀書時也有。這種掙扎是真實的，因為你選擇甚麼專業，會影響你日後要走的路。但要走哪一條路，你才覺得最有價值和最快樂？這沒有標準答案。人生好玩的地方也在這裏，因為每個人都不同，你不能總是跟着別人行。所以，我們要先瞭解自己，好好聆聽自己內心的聲音，知道甚麼樣的生活最適合自己，最能令自己活得舒暢充實。

但瞭解自己並非易事。人常常自欺，也常常不知自己的價值和信念從何而來，更不知它們為何是好的和對的。這需要很深的自我理解，以及真誠地面對自己。這是最基本的一步。反思之後的決定，至少是你的理性決定。當然，這個決定可能會錯，當下覺得好的他朝也可能會後悔，但這就是人生。

梁：在《相遇》這本書裏，你擔心教書時向學生提出很多與社會主流不同的價值，但學生出去後，還是需要在主流社會打滾，那你是幫了他們還是害了他們？書中你的一位學生反而質疑你怎麼會這樣想，因為他覺得那樣的大學生活收穫很大。現在回看，你還有那種困擾嗎？

周：困擾一定有。我教的是政治哲學，不可能不談價值，不可能不對現實社會作出批判和對理想世界作出想像。很多學生畢業後，會回來和我分享在工作中遇到的種種挫折和妥協。但這是否表示，大學最好就不要談甚麼原則理想，反而一開始就不加批判地全盤接受社會主流價值？

我並不這樣看。我始終覺得，教育應是一個empowerment的過程，我們叫它做「充權」吧，就是希望通過大學教育，增加學生的自信，擴闊他們的視野，從而看到生命有另外的可能性，知道制度也好人生也好，不是只有一條既定的路。有了這種想像力，人就有改變的力量。

現實雖然有許多限制，但我很不希望學生一早就接受「人在江湖，身不由己」這類說法，然後相信所有的事都不由自主，並將責任都推給社會。

第一，我覺得我們還沒到那個地步。沒錯，人從來就沒有所謂絕對的自由。我們一生下來，就活在種種限制當中。人之為人最大的挑戰，是如何在這些限制中，努力為自己做決定，努力對自己的決定負責，然後活出自己想過的人生。如果在大學時期，學生就已放棄這種自我期許，並覺得自己的路早已被別人決定，那是很可惜的事。

第二，我真的不是那麼悲觀。我覺得只要你真的有信念有堅持，那總會在生活中發揮一些作用。這些作用，不一定驚天動地，但你會實實在在看到。例如你做一個中學老師，你教給學生甚麼以及如何教，對學生是有影響的；又例如你做一個記者，你寫出甚麼樣的報導和評論，對讀者是有影響的。

但我們試想想，一個對真相對公義沒有堅持的人，怎麼可能做個好記者？一個對學生的成長沒有真切關懷的人，又怎可能做個好老師？

我這樣說，不是要大家做個不吃人間煙火的理想主義者。恰恰相反，我是說，我們的工作，很多時候就離不

開價值和信念，因為那是你所從事的事業的內在要求。往往是這些東西，賦予我們的生活和工作意義。

梁：說到這種張力，我甚至一直覺得，一個真誠的人一定會永遠感覺得到這種張力，因此他們難免會覺得難過痛苦。如果有人根本感覺不到，那他要不是聖人，就是傻子。你的學生會不會覺得出去工作很辛苦？

周：一定有。學生畢業後，便必須面對選擇。你說得對，愈認真對待生活的人，掙扎會愈多。但有掙扎，不一定是壞事，因為這說明你還在意自己活得怎樣，還在堅持一些東西，否則人心就麻木了。人明明活着而心卻麻了，那不是好事。

梁：我知道你與學生開了一些很熱鬧的網上討論組，在我看來是做了很多大學規定之外的東西，甚至是今天的大學教授不應該去做的事情。可以說說這些討論組的運作是怎樣的嗎？

周：每教一門課，除了平時的課堂及小組導修課，我還會設立一個網上討論組，供同學進行全天候式的討論。討論的題目，並不限於課堂所教，也包括時事新聞、人生哲學和對大學生活的反思等。在討論組中，大家的身份平等，氣氛很自由，有甚麼想法都可以提出來，所以討論很多元，往往也能去到頗深入。

我覺得這樣的對話很好，是很有效的讀書方法。傳統的教學，就是老師站在講台，單向地說一大堆東西，學生則坐在下面乖乖抄筆記。我覺得這樣不好，因為學生沒法投入，將那些問題變成自己的問題，為那些問題所困

感，並敢於提出自己的見解。

教書最難的，是將學生帶進學問的世界。我希望學生能夠將學問和生活融為一體，而不是兩者割裂。舉例說吧，如果我們在課堂討論社會正義，學生卻沒法活學活用，應用這些理論去分析香港的貧富懸殊問題，甚至將自己的信念實踐於生活，那是很可惜的。讀政治哲學的人，不可能將自己關在象牙塔中玄思，卻對外面的世界毫無關切。

梁：你回來教書八年，一回來沒多久就開始做這件事。為甚麼？

周：這個說來話長。簡單點說，就是覺得做這些工作有價值。一方面，你會直接看到學生有得着，看着他們的思想在進步；另一方面，我很享受和學生在一起。那是非常純粹的關係，沒有任何利益，一切都出於共同的對學問的追求。我也沒甚麼包袱，雖然我有自己的哲學立場，但並不要求學生都要信我的一套。人生很短，大家能走在一起認真討論哲學，其實很開心。

如果將問題放得大點，我所做的工作，也算是對今天大學教育出現的危機作出的某種回應吧。

大學教育可以有許多目標，例如職業培訓，為商業社會培養所需人才等，但我始終認為教育本身有兩個根本的目標，第一是令學生學會思考人生問題，並教他們有能力有自信活出屬於自己的幸福人生，第二是令學生成為有責任感的公民，日後在力所能及的範圍內承擔起應有的責任，推動社會進步。

如果你留意一下今天的大學，你會發覺這兩個教育使命基本上被忘卻了。所有大學都在拚命競爭，爭排名、爭資源和爭學生，然後又不斷催迫自己的學生拚命競爭，爭成績、爭工作和爭名位，卻很少人會停下來問：這樣的競爭，真的令學生活得好嗎？這樣的競爭，真的令我們的社會變得公正嗎？

我覺得這是很基本也很根本的問題，我們必須回答。

例如甚麼叫活得幸福呢？

要回答這個問題，我們需要對人性有一定瞭解，對自我有相當認識，對不同生活形態有自己的價值判斷，對生命的安頓問題有自己的體會。如此種種，都需要智慧，而不是一些技術性知識。你門門考試拿A，你畢業後高薪厚職，不代表你就懂得答這個問題。你懂得答，也不代表你就有勇氣去實踐你的信念。

這些理應是大學教育首要關心的問題，但如果你去問今天的學生，你會發覺在校園中，幾乎已沒有人和他們討論這些問題，因為大學和老師本身都不覺得這些問題重要。

我自己不這樣看，所以總千方百計提供機會給學生思考這些問題。我所做的或許不多，但至少我在實踐我相信的教育理念。

梁：除了這些網上群組，你好像還搞了一個「犁典讀書組」？

周：對，已經辦了六、七年，也許是香港少見的能維持這麼久的讀書組。要辦一個讀書組很易，幾個人湊在一起就行，但要持久則很難。我們的做法，是先定一個主題，

例如平等、國際正義或民主理論，然後在此主題下每次討論一篇文章，通常都是相關領域最重要的文章。

讀書組在我家舉行，三星期一次，一直維持在十多人的規模。如果有合適的機會，我們也會辦一些較大型的沙龍，請嘉賓來給一個報告，例如今年就請過陳冠中和錢永祥先生來主講，來參與的人很踴躍，每次都有五十多人。

讀書組的成員，不少已出去工作，但這些年來能維持下來，我想最主要的原因，是大家享受這樣的聚會，一來是在討論中建立起很強的知性友誼，一來是大家在討論中有所得。就我個人來說，有一群志同道合的人走在一起討論政治哲學，本身就是很快樂的事。如果在這之餘，還能做一些事情，例如一起寫寫文章，例如培養出更多新一代的學術生力軍，都是不錯的事。我們不少成員，現在正在外面很好的大學讀博士。

梁：你教書要備課，還要寫論文、做研究，你有時間嗎？

周：時間當然不夠。坦白說，在現在的大學體制中做這些事，其實是傻瓜所為，因為這對自己的前途一點好處也沒有。你愈花時間在學生身上，就等於愈和自己過不去，因為你會沒時間寫論文做研究。

不過有時我覺得，這是蠻悲涼的事，因為這多少說明大學不再將教育當一回事。大學在意很多東西，還有數不清的評核，要老師填無數表格，偏偏就不在意一樣東西：我們真的教好學生了嗎？我們真的盡了我們的責任，為我們的社會培養出有思想、有主見、有品味和有承擔的學生嗎？

很慚愧，我們做得很不夠。我不喜歡說甚麼一代不如一代，然後將所有問題歸咎於學生，因為更需要深切反思的，是大學和老師自身。今天的大學，容許老師花在學生的時間，實在太少太少了。

我們不重視教學，不將教好學生放在首位，是要付出代價的。今天的香港和中國，正面臨着深刻的社會轉型，並將面對各種各樣的危機。我們因此必須思考，大學應該培養出甚麼樣的人材去面對這些挑戰，並帶領社會向前走。很可惜，今天的高等教育界很少去認真思考這類問題。

梁：目前全世界基本的趨勢，就是大學是整個社會經濟未來動力的發動機或培育所。例如有些生化學科就和藥廠合作研究，甚至到了違反學術倫理的地步。因為大學裏的研究是應該拿出來登在學刊中公諸天下的，但現在很多研究都不公開，因為大學是在幫藥廠做，還要註冊專利，又怎麼可以公開呢？人文學科只是聊備一格，當學校已經變成這樣子的時候，不談你剛才講的那些問題反而是正常了。

周：教育商品化是資本主義意識形態的擴張，也就是將市場邏輯應用到教育領域。借用Michael Walzer在《正義諸領域》（*Spheres of Justice*）一書中的觀點，教育理應是個獨立自足的領域，有屬於自己的分配原則和倫理規範。現在一旦用市場邏輯支配大學，整所大學就會跟着市場模式運作，從收生到課程開設到研究資源的調配再到整所大學的定位，就會以在教育市場中爭得最多利益為目標，

結果是傳統大學理念的邊緣化。

我們以前談大學的理念，既強調追求真理，也強調德性培養，更強調要為民主社會培養出負責任的公民。但是如果大家都將大學理解為一家企業或職業訓練所，那麼它最重要的目的，就變成純粹為市場培養它需要的人才。現在香港的大學在評核自己辦學是否成功時，用的標準往往是看僱主對它生產出來的畢業生的滿意程度，背後就是這個道理。

如果大學變成這樣，那它就失去批判性了，因為它基本上成了既有體制的一部份，不會鼓勵甚至不會容許學生對現實作出太多的反思批判。

問題是，如果連大學也變成這樣，整個社會就會很容易失去活力，也沒法累積更多的知性資源去反思現狀，從而看到更多的可能性。像今次席捲全球的金融風暴，即使帶來那麼大的災難，高等教育界好像從來沒有認真反省過，到底自己在這場危機中需要承擔甚麼責任，以及在哪裏出了大問題。

我們都見到，金融危機的原因之一，是由於那些金融界精英過度貪婪，失去了最基本的職業操守和社會責任。但這些所謂精英從哪裏培養出來？當然是我們的大學。既然如此，如果我們繼續原來的路，將來豈不是又要再一次重蹈覆轍?!

梁：我知道現在的大學要求教授出很多論文，把注意力從學生身上移開了。但回想我們讀書的時候，我們不也整天都說有很多老師不做研究嗎？根據那種德國研究型大學

的理念，教學應該相長，你做了研究，才有東西拿出來教學生。所以，這豈不是過去幾十年香港認真的大學生所期盼的事？

周：教學與研究在理念上沒有衝突，而且應該兩者兼重。但一個很現實的問題是，時間就只有這麼多，你多放一分精力在學生身上，就少一分精力做自己的研究。我覺得要考慮兩件事，第一是大學能否建立一個較好的制度，重新肯定教學的價值，給教師多一些支持；第二是能否提供一個較理想的研究環境，容許老師在較少壓力的情況下，做出一些真正有價值的研究。現在的研究往往重量不重質，而且不斷催谷老師向政府申請研究基金。

我們要問，一個好的研究要在怎樣的環境下才能產生出來。譬如說哲學，羅爾斯五十歲才出他的第一本書《正義論》，但一出就是經典。不同學科有不同性質，不同老師有不同特長和不同研究方向，很多東西需要厚積薄發，例如我聽說中央研究院歷史語言研究所以前就規定研究員進去頭三年不能出論文。好的教學需要長時間和學生相處，好的研究需要長時間的醞釀和累積。

梁：所以當代學者只出論文集，而專著則幾乎消失了。

周：在現在的評核制度中，往往一本書就等同一篇論文，那還有誰會去寫書呢？而且寫一本書可能需要十年八年，一個真正的好學者，一生可能就只出版一本重要著作。在現在這個環境，這類學者可能就無法生存。

梁：又以我們中文世界的學者為例，可能他寫專著時想用中文，但它的分數一定比一篇英文論文低。

周：甚至完全不被承認。聽說有些學系，不管文章的內容是甚麼，也不管有多重要，只要用的書寫語言是中文，就不會承認它的學術價值。我想不到有較這更荒謬的情況。學術語言需要長時間的培育和發展，如果我們自己也不愛惜自己的語言，那就等於我們整個學術社群，根本不打算用自己的語言去從事知識創造和知識傳播。我認為這既不明智也不負責任，因為我們的社會正面臨着大轉型，如果香港學術界不積極參與其中，並努力建立自己的問題意識和學術傳統，從而對香港和中國的發展作出有意義的貢獻，那是很可惜的。

梁：你剛才提到的那種大學理念十分傳統，但這個理念到了韋伯（Max Weber）的時候已經出現一些矛盾。因為它強調通識教育（liberal arts education），要讓學生變成一個較完整的人，要讓他分享這個社會的文化價值，要讓他對自己的人生多些反省，從而得到一個比較幸福的人生。但這套東西是一種人文主義的教育理念，而人文主義的教育理念在現代已經有危機了。因為在價值多元的世界，大學要不要價值中立呢？人文主義的價值本身是否也是一種價值？而從前那種對人的想法在現代世界是否仍然合理呢？

周：這個問題很根本。在所謂價值主觀主義、懷疑主義甚至虛無主義流行的時代，我們還能不能講出一些大學的理念、堅持某種大學的價值呢？這是一個大問題。我初步的想法是：第一，根本就沒有所謂中立的大學。無論你喜不喜歡，你辦一所大學就一定要有自己一套想法。表

面「中立」背後其實都有一個沒講明的立場或態度,這和教育的性質有關,教育就是給學生一個方向,就是透過知識和德性去啟迪人完善人,這不可能沒有價值在後面。

簡單點說,要辦大學教育,我們自然要問大學想教學生甚麼,希望學生成為怎樣的人,對社會有甚麼貢獻。不管你相信甚麼主義,你都需要對這些問題有一套說法,並提供理由支持。對我來說,大學的理念和政治哲學其實分不開。它不外乎要回答兩個根本問題。

第一,我們需要某種對人的理解,即甚麼是人,甚麼是人的價值和尊嚴所在,甚麼構成人的幸福生活?這是個「我該如何活」(How should I live)的問題。

第二,大學的目的是為社會培養人材,並希望社會因此變得更公正更美好,因此它必須同時關心「我們該如何活在一起」(How should we live together)的問題。

當然,在多元俗世的社會,對這兩個問題的答案,和古代必然極為不同,論證起來也會有許多困難,但我們絕對不能迴避。問題不在於要不要回答,而在於哪種回答才是合理的。

梁:照你剛才的說法,大學不可能是價值中立的,那你怎麼看最近中文大學的民主女神像事件?校長劉遵義很強調「政治中立」,但也有人認為這是一個價值問題,跟「政治中立」無關。

周:政治中立是應用在校方身上,因為它擁有權力。當大學決定一些大學事務時,例如老師的聘任、課程的開設和資源的分配問題時,它不能訴諸政治理由來作為判斷的

依據。這有助保障一個相容並包的校園，容許師生在其中自由探索自由辯論。但「政治中立」原則的背後，不是價值中立，而是有一價值關懷，就是希望大學保持兼容並包的立場。

弄清楚這問題後，就回到你的問題。其實我們是在問：究竟大學作為公共教育機構，它有沒有一些基本的價值堅持？我認為一定要有，例如最少要包括以下兩項。第一，它理應追求真理，是其是非其非，不可以容忍虛假抄襲。第二，它理應堅持正義，不應容忍道德上錯的事情。大學不可以放棄一些經長時間實踐並證明具高度普遍性的價值，那是人類文明社會的底線，例如反對種族歧視、政府不應奴役屠殺人民，保障言論思想和學術的自由等。

梁：最近大家都在談中大傳統，有趣的是不論崇基或新亞，甚至聯合，這三家組建中文大學的早期書院，背後均有一種對中國的承擔。恰好現代大學都是民族主義時期的產物，它們都把自己定位成民族文化的捍衛者、發揚者。我們祖輩成立這所大學時，心目中也一定有一套民族文化，其中包涵一些價值。

但依據這些想法和精神建立的大學，發展到後來時，卻會出現很多不同聲音，甚至可能就是要反對這種建立在與民族文化有關的大學理念。換句話說，一間大學的建校者有一套看法，這套看法背後有一種對民族文化的理解和主動承擔。但到了後來，學生也好，老師也好，卻可能會反對這種對文化民族的理解和承擔。

周：這很正常。一所有活力的大學，本身就應該容許和鼓勵一代又一代人去詮釋、建構和豐富大學的傳統。精神不應是故紙堆的東西，也不應是一些永恆不變的教條，而總是容許學生去反思去批評，並將他們的理念在當下實踐。

梁：套回中大的例子，無論是主張最原始的那種新亞精神，還是寫大字報去罵新亞精神，對我來說依然有個共同之處，那就是一種對價值積極的認定，一種肯定和承擔。這是很重要的。中大五十年，無論是哪一種學生運動，大家對價值都有起碼的肯認，絕非價值虛無主義。

周：我同意。在中大四十周年時我寫了一篇文章，嘗試定義甚麼是中大精神，我認為是價值關懷和社會批判。這不是隨便說說。只要回顧一下中大過去幾十年的歷史，就會發覺不同時期的中大學生，都曾積極參與學生運動和社會運動，並直接影響香港公民社會的發展。今天很多人認為中大學生較有批判性較有社會關懷，絕非偶然，那是長年累積形成的人文傳統。

梁：一所大學對社會表達對它的關懷和承擔，往往與學生運動有關。然而，學生運動也會留下很多問題。譬如說上世紀德國六十年代的學運，法蘭克福學派本來是當時最有批判性的一群學者，卻被學生罵保守，上課時還拿東西擲Adorno。那時Habermas說了兩句我認為很妙的俗話，他說學運的矛盾就是你大學一年級進來，笨笨的，甚麼都不懂；大學二年級，開始接手；大學三年級，整群人終於非常成熟了；大學四年級，你卻即將離開，接着就畢業了。似乎學運注定不能持續，只能是很短暫的介

入，它不能對某個議題某個階級有很長期的關注。

周：學生角色尷尬之處，是他們的大學生活，總是在過渡之中，很難像工運社運那樣，長期由同一批人去關注同一個議題。但我們不要忘記，今天在香港積極投身社會運動的人，很多都是中大傳統培養出來。而且，學運和社運也非截然二分，今天很多很有活力的社會抗爭，都有很多大學生積極參與。

梁：人類社會和文明的不停演化需要很多新觀念，大學就是在孵育這些觀念和技術。有一天要是人類要離開地球，那辦法也多半是從大學裏出來的；同樣地，如果說大學是社會上各種觀念的實驗室，那麼學運也一樣有這種功能。

Habermas 所說的缺點，我反而認為是強項。學生是甚麼呢？學生是一群沒有職業，不需要在社會上被嵌進一個固定工作位置，卻很難得有三、四年時間自由浮動的實驗者。所以學運往往會關懷一些跟學生距離很遙遠的事情，你在英國肯定也看過那些關心巴基斯坦童工的學生吧。他們可以一下子關心這麼遙遠的人群，正正是因為他們佔據了一個有利的位置。故此學生更加要把握這段時候，擺脫任何以功利聯繫的角度來看這個社會，創造最大膽的想像和最有趣的實驗。

周：大學最精彩的地方，就是理想性和純粹性。沒有理想，沒有對真理對價值的純粹嚮往和追求，大學也就不再是大學。很多人可能會說大學生不成熟、天真，未入世。但如果人人都入世成熟世故，世界就會變得很乏味。

II

知識分子

小思老師（攝影：陳韜文）

當春風吹過

許多年過後，我再次見到小思老師，是在中文大學劉殿爵先生的追思會上。那是2010年初夏，相思開盡蟬聲初起的日子。劉先生是中文系教授，蜚聲中外的翻譯家，《道德經》、《論語》、《孟子》的企鵝圖書英譯本皆出自他的譯筆。

還記得那天，追思會結束後，我在擁擠的人群中，覓到小思老師的身影，趨前，怕她記不起我這個十餘年未見的學生，遂想自我介紹。誰不知老師見到我，卻馬上捉緊我雙手，說，我有留意到你的工作，你要努力。

我頻頻點頭，一時不能言。人散後，室外滂沱大雨，我一個人持着傘，在校園行走，走着走着，眼淚就止不住掉下來。老師一句「留意」，讓我覺得就算天下所有人不知我，也沒所謂了。遂不能自已。

ﻌ

初識小思，是1992年暑假。我和《中大學生報》幾位同學，有意辦個香港文學讀書組，想聽聽她的意見，因為她是研究香港文學史最有名的教授。小思請我們去范克廉樓飲茶，還將當時仍然健在的黃繼持先生也拉了來。

小思很熱情，告訴我們這本要讀那本要看，這個時期重要那個作家精彩，黃先生話倒不多，但一開口自有威嚴，小思對他簡直言聽計從。我後來才知道，黃先生在許多中文系同學眼中，是高山一樣的人物，尤其是他的魯迅和尼采研究。

　　那年暑假，我們讀了侶倫、劉以鬯、西西、鍾玲玲和黃碧雲等，我甚至為劉以鬯的《酒徒》寫了一篇上萬字的評論。我從那時開始，對香港文學產生興趣，認識到這個小島不僅不是文化荒漠，而且一直活水不斷，出過許多好作家好作品。

　　現在回想，這種不自覺培養出來的文化自信，對我影響極大，因為香港處在中西夾縫之間，非中非洋，總覺事事不如人，崇西方拜中原遂成常態。在這種大環境下，中文大學倒是異數，因為它是香港唯一一所可以使用粵語來學習的大學，直到今天仍然如是。而中大有小思這樣的老師，用純正的粵語和扎實的研究，數十年如一日教導我們要對我城的文學、文化有一份溫情與敬意，甚至要主動承擔起繼往開來的責任，實在是潤物無聲地豐富了我們的識見，陶冶了我們的心靈。

　　接着下來，我修讀了老師的「現代散文」，當年中大口碑最好的課。小思素不喜人遲到，但我做慣夜貓子，通常清晨五點才睡，十時半的課，往往要十一時半才能勉強爬起來衝入課室，同學都為我捏把汗，因為據說老師會用最嚴厲的眼神瞪着遲到者。

　　也許我睡眼惺忪，對此倒沒多大感覺，但每次坐下沒

多久就得下課，時間確是過得特別快。

那門課的小組導修，由小思親自帶，在聯合書院上。我們跟着她，一篇一篇，從周作人、豐子愷讀到許地山和梁遇春。我是「問題」青年，有時下課，還會纏着老師在課室外大草坪散一會步，甚至在黃昏中陪她步行回馮景禧樓中文系辦公室。那些時光，現在回想，都是金色的。

　　　　　　　　　　　　❧

小思是新亞人，而且恐怕是新亞書院校史上，最為堅定非入新亞不可的學生。1960年報讀大學時，她將六個志願全部清一色填上新亞書院，因為她要做唐君毅先生的學生。唐先生是當代新儒家代表人物，也是新亞哲學系創辦人。據小思自述，她讀初中三年級時，生命陷於困頓危難之境，但在偶讀唐先生的《人生之體驗》後，大受啟發，竟「撥開雲霧，得睹天清地寧」，因此決心追隨。

小思得償所願，無論是在新亞的四年還是其後的人生道路，皆深受唐先生影響。影響之深之遠，大家只要讀讀老師那篇有名的〈承教小記〉，自能明白。

我上世紀九十年代入新亞，對於甚麼是新亞精神，不甚了了，甚至還在圓形廣場寫過大字報，嘲諷那是陳舊腐朽之物。直到後來，我才漸漸明白，所謂精神，不在紙堆文物，而在活着的人身上。

小思老師正是用她一生的言行，活出一種新亞人的格調，讓我們這些後輩耳濡目染，慢慢知道人原來可以這樣

活，也值得這樣活，並明白《新亞學規》第一條所說的「求學與作人，貴能齊頭並進，更貴能融通合一」的道理。

唐先生1978年逝世，小思寫了一篇很短的悼念文字〈告吾師在天之靈〉，結句是「老師，請放心，您的學生願永遠承擔這種悲痛！」坦然承擔悲痛且願意永不放下，這是怎樣的一種情懷？！

2002年4月19日，老師在中大上最後一課。我後來在香港電台拍的一個電視特輯《情常在》中看到，那天課到尾聲，老師說：「我昨晚一夜未眠，因為我真的好喜歡教書。」語未畢，人哽咽，數十年教書生涯劃上句號。小思是作家，是學者，但她最珍惜的身份，是教師。

那年九月，我從英國回到中大任教，第一課也是在聯合書院上。站在講台上，看着台下一張一張年輕的臉，我開始明白，甚麼是薪火相傳。

❧

2012年秋天，我為中大籌辦第一屆博群書節，主題是「燃起那一路的燈」。我們從校友處募得逾萬冊舊書，免費送給中大同學。老師不僅捐了書，還特別回到邵逸夫堂，和數百師生夜話，分享多年淘書心得。

香港的愛書人都知道，小思堪稱書界最癡狂的「拾書者」，終年流連大大小小舊書店，搜集香港不同時期的書籍文獻，趁在一切尚未消失之前為香港文學研究保存多一點點原始資料。

老師退休後，更將畢生所藏數萬件資料慨捐中文大學圖

書館，成立「香港文學檔案」。她當時引用了弘一法師幾句詩來表達她的心願：「我到為植種，我行花未開。豈無佳色在，留待後人來。」

還記得當晚夜話開始前，全場掌聲響起，小思向大家鞠躬，輕輕說了句「我回來了」，眼中有淚光。而我做夢也沒想過，二十年後，我會有機會在我的學生面前，和我的老師燈下夜談，細說種種讀書舊事。

❧

2014年10月11日，香港正處於最為驚心動魄的時候，小思在《明報》副刊專欄寫下她最後一篇文章，以〈浴火鳳凰〉為題，裏面說到：「我病了三個星期，沒想到會遇上令人身心俱傷的事件。在嗅覺味覺全失的病態中，方知平常習以有之的感覺失去的難受。自由，也只有失去才知道寶貴。」

那段日子，我天天奔波於中大和金鐘之間，整日擔心學生安危，更不知香港前路何在。讀到老師這段話，真是百般滋味在心頭。

再後來，12月11日金鐘清場後，我收到老師電郵：「清場那天，我目睹你在隊伍中，心裏百般滋味，深知你日後歷練之路長且艱難。本想立刻電郵給你，可是不知從何說起。這運動以後，香港身世已急轉彎，必須用新的方法策略應變。」

我一直沒有機會告訴老師，其實早在佔領運動開始

時，我就已暗暗告訴自己，無論最後是怎樣一個結局，我也必須盡最大努力，將學生安全帶回學校。我後來知道，我沒有這個能力。所以，最後選擇和學生在一起，也是心安理得。

兩星期前，我打電話給老師，老師問，甚麼事啊。我支吾了一會，說，恭喜老師的《香港文化眾聲道》得了今年的香港書獎。老師不禁失笑，說，這算得甚麼呀。掛了電話，我心裏真想說，我的《政治的道德》也得了獎啊，而我最在乎的，不是你得了獎，也不是我得了獎，而是我們師生倆一起得了獎啊。

後來我又想了想，覺得甚麼也不用說，一如當春風吹過，萬物沐浴其中，自然生機勃勃，綠滿人間。或許有人問，春風在哪裏？在那春風化育過的生命裏。

（2015年8月4日）

多數服從少數

「如果你要被迫離開中大，我會先你而去。」

關信基教授在他的辦公室，異常平靜地對我說。那是2005年2月的某個上午。即使過了這麼多年，我仍然清楚記得，關教授那天的表情，就好像事情本該如此，沒甚麼需要考慮，也沒甚麼值得顧慮。

當其時，我回來中文大學任教三年不到，是一名普通的合約講師，而關教授是政政系講座教授兼系主任，香港政治學界最為德高望重的學者。我沒有料到，他也沒有料到，因為中文大學的一場危機，我們會有那樣一番對話。

☙

當年到底發生了甚麼？事件的起因，和中大校方為了推行所謂國際化而導致的教學語言大論爭有關。中大建校以來，一直奉行兩文三語，老師可以自由使用粵語、國語或英語授課。我的讀書時代，跟着五湖四海來的老師使用不同語言學習，是常事也是樂事，而這也早成了中大教育的一大特色。

去到2004年，著名經濟學者劉遵義出任校長，卻覺得這種傳統未能吸引更多海外學生（尤其是內地生），也不利提升

中大的國際學術地位，遂下了一道行政指令，要求所有打算招收非本地生的學系，其核心課程必須改為英語授課，以滿足這些學生的需要。

這個政策一旦實行，也就等於徹底摧毀中文授課在中大的位置，因為沒有學系會敢對招收外地生說不，也就必須提供大量英文授課科目，這即意味着《香港中文大學條例》中白紙黑字寫明的「其主要授課語言為中文」成為歷史。

教人驚訝的是，這樣一個嚴重破壞立校根基的巨大轉變，校方竟然不作任何公開諮詢，各個學系對此亦沒有任何異議。中大學生會的同學眼見情勢危急，而教學語言問題相當複雜，遂徵詢我及其他幾位校友意見，並在網上發表〈哭中大──致中大師生的公開信〉，嚴正抗議校方做法，同時徵求師生校友簽名支持。

公開信一出，迅即引起巨大迴響，並在很短時間內收到逾千聯署支持，其中既有李天命、石元康、蔡寶瓊、陳健民、蔡子強等老師，也有梁寶山、朱凱迪、鄧小樺等年輕校友，更有汪暉、甘陽和劉擎等中國著名學者。事件在公共媒體也引起廣泛討論，包括關子尹的〈語文作育，國之大事〉、梁文道的〈說英文的中文大學〉、陳雲的〈雙語〉、馬傑偉的〈中大語文政策的未來〉和馬國明的〈國際化與語文政策〉等。[2]

現在回過頭看，這場歷時兩年的論爭，實在為香港教育史留下厚重的一筆。討論的議題，從中大創校理念到文化使

2　這些文章後來都收入《令大學頭痛的中文》一書(中文大學校友關注大學發展小組編，2007)。

命，從母語教育的價值到對殖民教育的反思，從發展中文作為學術語言到大學在語文作育上應負的責任等，各方都有嚴肅深入的反思。

同樣值得留意的是，這場討論從一開始就沒有停留在行政安排和程序正義的層次，也不將問題偏限於教學方法和教學成效，而是直接將語言問題和香港的政治轉型聯結起來。例如〈哭中大〉指出：「香港正在一步步走向民主化。而在民主化過程中，我們最需要的，是一批又一批對本土社會和文化有認識、有承擔、有批判性的公民。要培養這樣的公民，首要的，是對自己的歷史、語言、文化有最基本的認同和肯定。中大，作為香港其中一所最具人文及社會關懷的大學，在這個歷史關鍵時刻，實在理應視培養這樣的公民為時代賦予自己的使命。」

❧

正是在這樣的大背景下，我當天才走去和關教授說，如果由於我參與這場抗爭而給學系帶來任何壓力，我願意辭職離開。我確實也做了這樣的準備。但我實在沒有想到，關教授會那樣回答我。

還記得那天下午我有課，地點在聯合書院鄭棟材樓的201室。我在正式開講前，拿起筆，在白板寫上「中文」兩字，一時感觸，竟在學生面前痛哭失聲，久久不能言語。

中文大學是我的母校，我在這裏受教，繼而在這裏任教，大學期間更做過數年學生報編輯，負責編寫《中大三十年》校史，對於中文對學生對大學和對香港的意義，有深切

體會。面對大廈之將傾，個人力量如斯微弱，身邊同路人如此寥落，當時的徬徨無助傷感，實在不知向誰言說。

爭論很快在政政系發酵，近百位學生發表聯署信，呼籲系方拒絕大學的新政策，老師之間的分歧亦浮出水面。有見及此，政政系特別召開了一次系務會議。關教授在會上說，為了解決這次危機，他提出兩項建議：

第一，政政系的必修科目，以後將同時有中文及英文班；第二，為貫徹雙語教育的理念，政政系每年開設的科目，中文及英文授課將各佔一半。這個方案的好處，是既能滿足大學要求，又能確保中文的教學地位。

關教授接着說，學生在系務會雖然只有本科生及研究生代表各一名，屬於少數，但這個政策對學生有深遠影響，因此建議給學生一個否決權：只要學生不接受，系務會就不會通過。關教授說到此處，語帶哽咽，眼有淚光。政政系系務會最後全體同意這個提議。

෴

2005年2月24日黃昏，劉遵義校長在范克廉樓前面的文化廣場公開交代事件，數百師生校友出席，群情激昂，發言踴躍。當日舉手發言者，雖然大部份對劉校長提出各種質疑，但卻也不是一面倒，例如校董王維基先生便特別回來支持大學新政。

見面持續了兩個多小時，結果是誰也說服不了誰。在許多關鍵問題上，劉校長無法對同學的質疑給出滿意答覆，但

卻也不願意作出半分讓步，最後自是不歡而散。劉校長離開時，我站在遠遠一角，穿過學生失望憤怒的面容，遙望廣場上方那條「說英文的中文大學」的橫幅在夜空飄盪，心情異常沉重。

校長之會結束後，政政系同學回到聯合書院鄭棟材樓，召開會員大會，商討系方提出的建議。關教授和我們好幾位老師應邀出席，一方面解釋系方立場，另一方面聆聽同學意見，並回答他們的問題。

討論去到晚上十一點，老師退席，以便讓學生繼續商討及作出決定。學生於深夜發表聲明，內裏提及：「我們同意這個方案，是因為系方並沒一意孤行、強迫學生同意，反而與學生直接對話，嘗試通過協商解決問題。系方更讓學生作最後決定，以學生的根本利益為依歸。」

❧

我們當晚退場後，才發覺大家尚未晚飯，於是關教授、馬樹人、黃偉豪、蔡子強和我等幾位老師同往大埔的陳漢記宵夜，大家情緒高昂，直到凌晨二時方散。我們都知道，我們也許改變不了大局，但至少政政系師生願意站在一起，做一件大家認為對的事。

我後來知道，我們是全校唯一一個以這樣的方式，作了這樣一個決定的學系。在過程中，我們承受了許多壓力，甚至日後必須為我們的決定付出代價，但我們確實守住了中大教育最重要的一道防線，並實踐了一種師生共治的精神。

事件後來的發展，是大學不得不正視師生校友的反對，撤回當初的決定，並成立由金耀基教授擔任主席的「雙語政策委員會」，全面檢討中大教學語言政策，並在2006年9月發表報告書諮詢稿，我們繼續據理力爭。而一群校友則成立「關注大學發展小組」，積極監察大學施政，並由政政系李耀基同學為代表，入稟法院控告中大校方違反《香港中文大學條例》。

　　這些都是可歌可泣的後話。

　　十年過去，當年那班同學最近辦了個畢業十年聚會，我和關教授應邀參加。席間我忍不住悄悄問關教授，當年你提議多數服從少數，將一票否決權交給學生，難道一點也不擔心？關教授微微一笑，説，我們要尊重學生，信任學生。

　　誠哉斯言！

（2015年8月29日）

歷盡苦澀的微笑

八月炎夏，陽光猛烈，在太和一家尋常的咖啡店等候女兒放學的間隙，我展卷重讀《教我心醉教我心碎》。作者是關子尹先生，我的老師。

每讀數頁，我便不得不放下，靜望街上熙來攘往的人群，以平復心中那份不忍。這是一本悼亡書，悼念關先生早逝的兒子翰貽。

那一年，是1996年，翰貽十五歲。

我並不認識翰貽，但我們那一輩中大哲學系同學，都知道翰貽，也關心翰貽。我永遠也忘不了，1995年在新亞書院人文館上關先生的課時，關先生一旦聽到腰間傳呼機的震動，臉上就會掠過憂色。我們當時沒人知道具體發生甚麼事，也不敢問，但人人心裏都暗暗祝禱，願翰貽能大步跨過。

翰貽走後，關先生整個生命一下子崩塌，用他自己的話，是「心毀不用」，數年間沒寫過任何哲學文章，反而用了極大精力去翻譯德國浪漫詩人呂克特的《亡兒悼歌》及其他有關詩作。最最觸動我的，是那首〈當此良夜〉：

我昨夜驚醒，
那心坎中的悸動；
當此良夜，

關子尹先生（攝影：陳韜文）

是揮不去的傷痛，
摧毀我心肝。

我昨夜戰鬥，
那人世間的苦難；
當此良夜，
鼓一己之餘勇，
終無以抵擋。

　　　　　　　　　　✣

　　1997年，勞思光先生七十大壽，在台北陽明山開祝壽會
議。勞先生是關先生的授業恩師，理應前往，但關先生傷痛
未癒，託我代讀一篇半完成的文章〈說悲劇情懷：情感的先
驗性與哲學的悲劇性〉。

在文章中，關先生談及哲學最主要的功能，是善用理性去解人生之惑。而人作為一「與共存在」的存有，在茫茫人海中最為在乎的，是一己至親。當至親遭逢大難，就算自己如何看通看透，亦難以緩和親人的身心痛苦半分。「在這一如噩夢般的歷程中，我們往往發覺一切哲學理性都不奏效，而這就是哲學在生活裏最感到無力的時刻！」

我仍然記得，當年我在會議中唸到此處時，勞先生眼裏的痛惜。

去到2012年8月，我寫了一封電郵給關先生，邀請他和梁文道為博群大講堂做一場有關「死亡的意義」的對談，地點在新亞書院圓形廣場，日期是11月30日。關先生一口答應，並說「這是我面對這挑戰的時候了」。

關先生知我。這確是學生的願望。沒有料到的是，勞思光先生10月21日在台北辭世。我和關先生，聯同哲學系其他師友數十人，同赴台北向勞先生道別。期間，我問關先生，講座之約還繼續嗎？關先生說，繼續。

ﻬ

十一月的香港，按常理，該是秋高氣爽。但很奇怪，講座那天從早上開始即陰晴不定，細雨時斷時續。去到下午兩點，雨竟停了。我鬆了口氣，決定如期舉行。

去到四點，天色卻突然逆轉，以至滂沱大雨。關先生打電話來，問是否有應變計劃。那刻我正在車上，不知現場如何，遂只好說，我們先到新亞再看吧。待到新亞，我一下子

呆了，整個廣場早已站滿好幾百人，人人持着傘，在雨中，安靜等待，等待一場關於死亡的哲學對話。

講座開始前，我們請音樂系同學唱了一段布拉姆斯的「搖籃曲」，象徵生命的開始。沒料到關先生開場時，語帶哽咽地告訴我們，這正是當年他每晚用德文為翰貽唱的催眠曲。關先生又說，這是他數十年教書生涯中，第一次這樣公開討論死亡，希望能超越一己傷痛，從哲學的觀點探討死亡的意義。

現在回想，當時的情景仍然歷歷：雨在下，關先生站在廣場中間，拿着濕透的講稿，以平穩的語調，一頁一頁討論生死；我和文道站在先生身後，全程輪流為他持傘；而在先生周圍，不同顏色的雨傘，一層一層向外擴散；有人在做筆記，有人在沉思，有人聽到感觸處眼中帶哀傷；待到天色漸暗，遠山隱去，水塔燈亮，思想在雨中跳動，點點滴滴灑落人心。

❧

關先生當天旁徵博引，介紹了不少哲學家的死亡觀，包括波娃(Simone de Beauvoir)、雅斯培(Karl Jaspers)和烏納穆諾(Miguel de Unamuno)等，甚至從甲骨文和金文中去考究「死」字的最初意義。但究其根本，我認為有三點特別重要。

第一，他借用海德格的說法，指出人是「朝向死亡的存在」，死亡必然到來卻又無法確定何時到來，是生命中恆存的「可能性」，因此如何在有限人生中活得完整和活得有意義，遂成為個體無法規避的重要問題。就此而言，死既非生

的反面，亦非生的終結，而是構成生本身不可或缺的要素。

第二，死亡不僅是自然和人文現象，更是社群現象，因為人並非孤零零活在人世，而總是與他者共存。因此，如何面對他人之死，尤其是至親的離去，遂是我們一生必須經受和學習之事。這種「學習」，不是外在的知性探索，而是事關我們最深的情感和最大的傷痛。如何走出死亡幽谷，是生命的學問，既要以理統情，亦要以情款情。

第三，即使生命中最重要的人的形軀已逝，卻不表示從此天人永隔，因為通過生者對死者的記憶和懷念，存歿兩方可以共享一個意義的世界，實現雅斯培所說的「跨越死亡的溝通」，達到更為純粹更加刻骨銘心的境界。就此而言，死者活在生者的念掛當中。生者不必刻意忘卻，也不必過度傷悲，因為只要情在思念在，對方便在。

講座結束後，關先生在臉書上說：「死亡問題是一永恆的奧秘，沒有人能三言兩語道盡其中真諦，相比之下，昨夜大家為這問題追索求解的精神，比任何『答案』都要珍貴。我最感榮幸的，是這種精神將成為這一代許多中大人的共同記憶。」

確是如此。一個人何時死怎樣死，是命限，無法掌控；但人該如何面對死，卻考驗我們的智慧，值得我們努力探索。就此而言，未知死，焉知生。

許多年過去，我相信，我仍然會記得，那一夜，我們在風雨中直面生死；那一夜，我曾為先生持傘；那一夜，我見到先生歷盡苦澀的一縷微笑。

（2015年8月15日）

2006年7月,石元康先生榮休日。左起:鄧偉生、我、盧傑雄和鄧小虎。

摘荔枝記

　　小時候，我有一段時間，住在粵北山區一個水庫農場。農場種了許多果樹，有芒果、龍眼、香蕉、葡萄，還有嶺南特產荔枝。果樹是單位的，果子熟了也不會拿去賣，而是給管理水庫的員工享用。

　　在各種水果中，我最喜荔枝。荔枝未熟時，青中帶微紅，掛滿一樹，沉甸甸垂下來，看着很美，放在嘴裏，卻是酸澀。我遂耐心等候。待到全紅，便爬上樹摘。那時家裏窮，根本沒有錢買水果，故雖知偷摘不對，還是忍不住。吃倒是其次，最享受的，是那份親自採摘的快樂。

　　離開農場後，我再沒有親手摘過荔枝。

　　今年六月某個黃昏，石元康先生打電話來，說荔枝熟了，荔枝熟了，你快點和翠琪來摘。石先生住在元朗錦繡花園，屋後有個小花園，種有一棵不大不小的荔枝樹，有兩個人高的樣子，枝葉繁茂。

　　我們去到錦繡，甫踏入後園，便見一樹荔枝掛，紅綠相映，好看無比，真是應了文徵明所説的「未論香色果如何，只説形模已珍美」。站在樹下，小時候摘荔枝的記憶，一下子就回來了。

　　石先生心情很好，告訴我這樹不是每年結果，今年可能

天氣好，所以大豐收。他由於腰不太好，不能自己摘，故請我們來幫忙。

我們去鄰居處借了梯子，再加一把園藝用剪刀，便準備開始工作。誰知我剛伸手撥開樹枝，手指便針刺似的痛起來。還未定過神，已見一群蜜蜂從荔枝叢中飛出來。我小時候家裏養過蜜蜂，給蜂刺慣，倒不驚慌，很容易便將它們驅散。

我站在梯上，一把一把將荔枝連果帶葉剪下來，翠琪則負責拿着水桶在下面接。而石先生站在旁邊，東一句西一句和我們聊天，例如牟宗三、殷海光先生以前喜歡吃甚麼水果啦，蘇東坡如何「日啖荔枝三百顆」啦，當然還有那有名的楊貴妃的「一騎紅塵妃子笑，無人知是荔枝來」的典故。我整個人藏在樹中，滿頭大汗，邊摘邊吃，間或回應石先生兩句，不經不覺間，樹上掛着的果愈來愈少。

這棵樹的品種，是桂味，果皮鮮紅，肉爽，核小，清甜中微微帶點酸。相較於糯米糍、白臘、黑葉、妃子笑等品種，我獨愛桂味，因為我喜歡桂花。石先生家中這一棵，算是上品，放入嘴中，真有一股桂花清香。

辛苦個多小時後，任務完成，荔枝盛滿一個水桶和兩個膠盤。石先生拿了磅秤來，叫我們猜。我猜十五，翠琪猜二十，石先生則猜二十五。結果一秤，是二十七磅。石先生笑了，笑中帶點自豪。

荔枝雖好，卻不能多吃，也不能久存。石先生自己留起部份，其他的便讓我帶走，託我送給師友。我將荔枝分成幾份，第二天一早便前往中國文化研究所，親自送一份給金觀

濤、劉青峰先生，再送一份給陳方正先生。我說，這是石先生家裏種的荔枝，我們昨天摘下來，送你們嚐嚐。他們很開心，比收到名貴禮物還要開心。

這幾位前輩都是好朋友。金劉夫婦八十年代已經名滿大陸學界，八九後寄居香港，和時任中國文化研究所所長的陳方正先生一起，創辦《二十一世紀》雙月刊，成為全球華人知識分子最受重視的平台，激發許多思潮和論爭。

過去幾年，幾位先生每月都會在文化研究所舉辦一次「歷史與思想研討月會」，每次邀請一位學者做報告，從歷史到哲學到政治到文化研究都有，形式不拘，討論開放。討論結束後，與會者便一起晚飯，在餐桌上繼續交鋒。印象最深刻的，是2003年「沙士」期間，月會如常舉行，人人帶着口罩，彼此熟絡卻又坐得有點距離，討論熱烈卻又不會口沫橫飛，誠是奇觀。

陳先生嚐了我送去的荔枝，回了一信，說：「我家後面也有一棵桂味，大概每兩三年可以收成一趟，開心一趟。今年打花時好像頗有希望，不料跟着風雨交加，就都打掉，顆粒無存了，令人記起杜甫的句子『不如醉裏風吹盡，可忍醒時雨打稀』。當然，他說的是花，不是果子。」經陳先生這麼一說，我才意會到一顆荔枝從開花到結果到成熟，中間實有許多不易，既須自己努力，也須依賴外部環境配合。

石先生是我的政治哲學啟蒙老師。我第一次上他的課，是1993年的「自由主義、社群主義與儒家」，當時我讀三年級，剛從商學院轉到哲學系，一切從頭開始。在石先生的

課，我第一次接觸自由主義思想，第一次認識羅爾斯的《正義論》，第一次知道理論對實踐的重要，從此一頭栽進政治哲學的世界。

石先生是我認識的人裏面，活得最樸素最知性的。我們這麼多年的交往，無論是在學校、在他家、在大家樂餐廳，甚至在菜市場，石先生都會隨時隨地和我談哲學談歷史談時政，而且不是泛泛而談，而是異常認真地討論，因此我們常有極為激烈但十分有益的思想交流。我在倫敦留學期間，我和石先生常通信，信裏大部份談的，也是哲學。他知道我家境不好，需要靠兼職幫補生活，所以我每次回港他都會去銀行給我換一些英鎊，並加一句：少點工作多點讀書。

石先生在大陸出生，台灣大學哲學系畢業。在加拿大取得博士學位後，八十年代初到中大哲學系任教，主要負責倫理學和政治哲學。香港的政治哲學，可説是石先生一手播的種，陳祖為、陳強立、盧傑雄、梁文道、周濂、鄧小虎、鄧偉生等都是他的學生。二十五載辛勞，換來今天碩果纍纍。

2005年石先生在中大最後一課，我們不同年代的學生聚首一堂，一起懷念和多謝先生的教導，場面感人。而每年春節的年初三，所有石先生指導過的學生，都會齊齊到他家拜年，石先生總會請我們飲茶聚舊，熱鬧非常。

石先生今年七月便從中大退休，然後會到台灣的大學任教，一圓多年心願。荔枝的原名，最初叫「離枝」。那天，我一邊將荔枝從樹枝中分出來，一邊暗暗祝願石先生身體健康，待他在國立中正大學安頓下來，日後再帶我去摘他常常掛在口邊的嘉義土產芒果。

(2006年7月10日)

士的選擇

這幾天，臉書上流傳一張英文海報，主題是「衛我港大自主，師生靜默遊行」。海報黑底白字，左上方印着香港大學校徽「明德格物」。遊行由四位港大老師發起，呼籲港大師生在10月6日中午，在校園身穿黑衣，集體抗議校委會出於政治動機，無理否決法律學院陳文敏教授的副校長任命，嚴重破壞學術自主。

四位老師之中，有政治系陳祖為教授的名字。

其實早在7月11日，祖為教授已通過香港電台的「香港家書」，向港大校委會主席梁智鴻發出公開信，指出校委會一再拖延陳文敏的任命，形同政治審查，勢必對大學自主和學術自由帶來無法挽回的傷害。

在該封公開信結尾，祖為教授毫不含糊地指出：「你作為校委會主席，比任何人更有責任捍衛港大的核心價值：學術自由、學術治校，多元管治、不畏權勢。你和你的委員的責任是守護大學的最佳利益，而不是服務委任你們的人。君子有所為有所不為。為了港大和你自己的聲譽，你必須領導校委會撥亂反正，守住港大百年基業。」

據我所知，祖為教授是港大所有教師中，第一位站出來向校委會說「不」的人。很可惜，即使港大師生校友聲嘶力竭作出抗議，用盡各種方法遊說，校委會最後還是用最醜陋

的方式否決了陳教授的任命，同時賠上了港大的百年聲譽。

掌權者的所作所為，歷史自有公論。而我心裏暗暗為港大慶幸，幸好還有祖為教授這樣正直的人，否則日後後人讀到這段歷史，豈不以為這所百年老店在大廈將傾之時，竟無一位老師敢站出來為她說上半句?!

🐚

今年九月，中聯辦主任張曉明公開聲稱香港的政治體制不是三權分立，特首擁有超然於行政、立法、司法之上的地位。此說一出，在香港引起極大爭論，許多趨炎附勢之輩一如既往，一窩蜂跑去替張曉明解說辯護。

祖為教授二話不說，在《明報》寫了一篇長文〈香港政制是三權分立嗎？〉，引經據典清楚解釋「權力分立」的確切意涵，並指出按《基本法》規定，香港確實是在行三權分立制。如果有人為了某些政治目的，肆意詮釋，將會對香港政制帶來難以估量的傷害。

祖為教授稱他所言皆是政治學常識，但在一個不講常識的年代，這些言論卻是振聾啟聵，令那些似是而非的歪理無立足之地。祖為教授心裏應該明白，這不是學術討論，而是政治爭論。他的觀點無論多麼有理，也不可能說服對方，而且還會得罪許多權貴。

但祖為教授終究還是寫了。為甚麼他要非寫不可？為甚麼在其他學者選擇沉默的時候，他選擇發聲？他一定問過自己許多次這個問題。

2014年8月31日，人大常委會公佈2017年香港特首選舉辦法，提出四點要求，其中最關鍵的是第二點：「提名委員會按民主程序提名產生二至三名行政長官候選人。每名候選人均須獲得提名委員會全體委員半數以上的支持。」由於中方有能力控制過半數提名委員會的投票意向，因此也就能夠絕對控制候選人名單。換言之，所有中方不接受的人，從一開始就不能進入遊戲。

　　這不是真普選。

　　為了抗議8.31決定，佔中三子當晚在金鐘添馬公園，緊急舉行「抗命」集會，有數千市民參與。在會上，祖為教授代表五十四位學者，宣讀題為〈對話之路雖盡，民主之心不死〉的致全港市民書。

　　那夜，我和其他學者同站台上，手挽着手，看着台下黑壓壓站着的民眾，聽着祖為教授一字一句讀出「北京背棄了自上世紀八十年代以來一直強調的『民主治港』承諾，巧言令色地強迫港人接受指鹿為馬的假普選框架，我們對此感到極度失望憤慨」時，忍不住黯然淚下。

　　這條民主普選路，我們走了二十多年。其間縱使荊棘滿途，挫折不斷，我們始終沒有放棄，並懷着良好意願，希望中國政府最終會兌現承諾，容許香港有真普選。我們畢竟過於天真。那一夜，我相信現場許多朋友和我一樣，對於香港的前途，對於自身作為香港人的命運，感到無限悲涼。

　　祖為教授讀完聲明後，大會最後一個環節，是請所有人

站起來齊唱《海闊天空》。歌畢，我和祖為教授握手擁抱，相對無言。那一刻，我們心裏清楚，這是終結，也是開始。當然，我們沒可能料到，一個月後，在同一個地方，香港會進入另一個時代。

祖為教授在那一夜，同樣作出了一個重要選擇。他一定比我清楚，在那樣的歷史時刻，站在那樣的位置，對他日後的人生會有甚麼影響。但他終究站出來了——在大部份人選擇旁觀的時候。

❧

祖為教授是中大政政系校友，更是我的政治哲學同行和前輩，所以我們有許多思想交流的機會。他研究儒家政治哲學，自稱在政治上屬溫和派，主張對話溝通和循序漸進，強調政治抗爭須權衡不同價值和利益，甚至在有必要時做出適度妥協。

儘管如此，祖為教授卻用他的行動告訴我們，溫和並不等於沒原則無底線，更不等同怯於表態和懼於行動。祖為教授從來不在人前說勇武，但在我眼中，他是香港學界少見的勇者。

我有時擔心他壓力太大，遂在臉書問候一二，他總是淡淡回覆：沒甚麼，要做的始終要做，顧不了那麼多。他大抵從來沒有逞勇之念，更沒想過要做甚麼英雄，只是事到臨頭，道理在那裏，又沒有別的人願意做，遂義不容辭。

問題是：這樣做理性嗎？如果你做，其他人不做，不是很傻嗎？

在今天香港，任何政治異議都有可能為個人帶來難以估量的代價，輕者是受到各種有組織有計劃的人身攻擊，重者是賠上事業和前途。既如此，最理性的處世之道，難道不是明哲保身和沉默是金嗎？別人作惡，我們不跟着作惡好了。至於為民請命和見義勇為這些事，最好還是由別人來做。如果失敗，代價不用自己承受；倘若成功，我們卻可以分享成果。

道理其實大家都懂。所以，這個世界大部份是精明人；在精明人眼中，勇者和傻瓜，幾乎是同義詞。問題是：如果沒有傻瓜，這個世界會有可能變好嗎？

是故，對於那些不惜付出代價而願意為公益奔走的人，我總是心懷感激，心存敬重。因為他們所爭取的，所捍衛的，所建設的，不僅是為了他們自己，更是為了所有人。自由也好，普選也好，最後受益的，是我們每一位。

「士不可以不弘毅，任重而道遠。」真正的士，是安於做傻瓜的。我大膽猜度，祖為教授也是這麼想。

（2015年10月10日）

錢永祥先生在新亞圓形廣場演講，右邊坐著的為梁文道。

賈勇自持的哲學人

「每一場民主運動，都是整個社會集體學習的過程：學習如何處理自己與他者的關係，學習差異之中的容忍甚至尊重，學習每個人權利與義務的界線，學習每個人的人格尊嚴究竟何指。台灣的太陽花運動，以至香港的雨傘運動，也應如是看。」錢永祥先生如是說。在他前面，是數百位中大同學，在他身後，是夕陽晚照下的巍巍群山。

2015年11月2日，錢永祥先生又一次回到新亞書院圓形廣場，和中大同學分享他對「公共文化」的看法。坐在他旁邊的，是專程從上海趕回來的梁文道先生。他們倆不是第一次這樣坐在一起。早在2011年秋天，他們已應我邀請，在圓形廣場討論「動物倫理與道德進步」。這樣的議題，這樣規模的公共討論，在香港，應該是第一次。

在圓形廣場談哲學，是我多年的心願。

我在新亞讀書時，每天打圓形廣場走過，發覺它大部份時間都很寂寞，空蕩蕩一個人也沒有，更不要說有甚麼講座。在大部份人的想像中，大學講座好像就只能在課室舉行：大家規規矩矩坐着，安安靜靜地聽，然後默默無言離開。我當時就想，講座為啥一定要這樣做？如果有幾百人在圓形廣場一起暢論哲學，一定很好玩。

我在2011年負責中大博群大講堂後，開始有實現當年心願的念頭。

　　但真的要做，有些難題卻必須解決。第一是露天舉行，萬一天氣不佳怎麼辦？第二是廣場那麼大，如果很少人來怎麼辦？第三是廣場沒有電腦和投影機，講者功力不夠怎麼辦？我們應對的方法是：在好的季節，找好的講者，定好的題目，然後祈求一點點好運氣。

　　我們很幸運，請來錢永祥和梁文道兩位先生，為我們開了個好頭。還記得那天來了四百多位同學，我們從下午四時陽光普照談到暮色四合再到水塔燈亮，所有人都沉浸在一種前所未有的討論氛圍裏。

　　那天同學舉手發言之熱烈，表達觀點之精彩，現場互動之動人，在中大極為少見。我記得公民社會中心負責人王泳聽完後馬上走來和我說，她聽得都快要掉眼淚了。錢先生後來也告訴我，他從未試過這種公共討論的經驗。

　　為甚麼大家會那麼享受？我猜想，這和空間有密切關係。公共空間從來不是中性的。圓形廣場古希臘式的設計，加上陽光樹木水塔遠山，以及旁邊的誠明館和錢穆圖書館，構成獨特的知性空間，只要廣場坐滿人，只要人與人之間開始真誠的認真的公共討論，就會營造出一種難以言喻的思想氛圍。

　　我的這種想法，在後來一場又一場講座中得到印證。同一個廣場同一個季節，2012年我們邀得關子尹先生來談「死

亡的意義」，2013年賀衛方先生來談「中國憲政的未來」，2014年9月22日我來談「民主實踐與人的尊嚴」。每一場，都吸引成千上百的人：有中大學生，有香港其他院校同學和一般市民，也有從廣州和深圳遠道而來的朋友。

每場講座結束後，總有學生跑來告訴我，這種講座，讓他們體驗一種前所未有的大學教育。他們的臉上，既有興奮，也有感激。為甚麼會這樣？同學的反應，開始令我思考。

我的觀察是，那是因為在大部份同學接受的教育裏，確實很少有這種學習經驗：在一個露天公共場所，一大群人就彼此關心的公共議題，走在一起進行嚴肅認真的思想對話。在這裏，同學開始意識到，他們並不孤單，因為他們關心的問題別人也在思考；他們並不幼稚，因為他們重視的問題別人也十分在乎；他們更並不無知，因為他們提出的觀點別人也會共鳴。

這是一種公共學習。在學習過程中，參與者自覺進入一個知識共同體，體驗到一種難以名之的「知性上在一起」（intellectual togetherness）。這種氛圍，看不到摸不着，卻是一所大學最不易有也最珍貴的東西。

這些年來，我一直努力在尋找、在實驗、和在建立的，正是這樣一種大學氛圍。草地上課、原典夜讀、犁典讀書組、思托邦沙龍、校園歷史文化導賞等，都是我在個人力所能及的範圍，做的一些教育嘗試。這些嘗試的目的，說到底，也就是希望在主流之外，慢慢找到一些新的學習方式，讓學生對大學教育有更豐富更美好的感受。

❧

　　這就回到錢永祥先生當天講座的主題：公共文化。甚麼是公共文化？以我的理解，就是一個社會的公民，在公共領域就公共議題，通過書寫、論述和行動而形成的文化規範。

　　人不能離開觀念來理解世界，也不能離開價值來指引行動，而觀念和價值往往來自我們的文化傳統。我們一方面從文化中汲取養份來理解自我，賦予生活意義，並對公共事務作出評價，另一方面也在參與和介入的過程中，創造和豐富所屬文化的內涵。換言之，我們既受文化影響，也在影響文化——這是一個互動的、持續的、跨主體的公共實踐。

　　公共文化的形成和發展，有以下幾個特點。

　　第一，它是集體性的，不是某個特定個體的單獨創造，而是一代又一代人共同努力的成果，裏面牽涉知識的承傳、倫理資源的累積以及政治傳統的形成。

　　第二，建立好的公共文化，需要良好的社會條件，例如需要充份的言論、思想和出版自由，以及集會結社的自由，也需要活躍的公共空間(報紙、雜誌、沙龍和大學等)，更需要能夠容忍異見、尊重多元和願意對話的現代公民。

　　第三，它是反思性的，因此不是對既有觀念、制度和習俗無條件的接受，而是牽涉主體對人類生活的詮釋、建構、批判和證成。價值反思的廣度和深度，直接反映一個社會的文化活力。

　　第四，它是規範性的，是故公共文化中的各種論述不僅是在描述社會現象，更是在應然層面，基於某些原則和理

想，對社會提出各種實質性的道德評價和政治主張。

從上可見，一個社會的公共文化能否為公民提供足夠資源去作自我理解和社會批判，往往直接影響社會轉型的方向和集體生活的品質。亦因此故，錢先生特別強調，哲學在公共文化建設上，可以起到重要作用，因為哲學人理應具有的精神面貌，包括對理想的堅持，對超越的渴求，以及對觀念的不斷反思，正是建設公共文化所需。

這也是為甚麼，錢先生十分重視「集體學習」，因為良好的民主轉型不是從天而降，而是需要公民一起學習：學習如何將價值實踐於制度，學習與自己立場相異的人和平共處，也學習如何成為及格的民主參與者。

學習的過程，其實就是在過一種公共生活。沒有公共生活的社會是可悲的，因為我們難以通過共同學習來尋求社會改良，也難以通過公共參與令個體和他所屬的生活世界聯結起來，從而活得更加完整。

❧

讀者或許不知道，錢先生對公共文化的重視，不僅見諸於他的著作，更見諸於他的實踐。從青年時代起，錢先生即已在戒嚴時期的台灣，辦報紙辦雜誌，參與學運社運，從事理論建構和學術譯介，身體力行地推動台灣公共文化的建設，歷數十年而不綴。

錢先生退休前是中央研究院研究員，也從2006年起擔任《思想》創刊主編，幾以一人之力，將這本雜誌辦成華人社

會最高水平的思想雜誌。在過去幾年，我和一些朋友在香港辦了個夏令營，每年暑假選拔數十位有志於公共思考和公民實踐的中、港、台年青人來中大結營，再邀請不同領域的優秀學者來和這些年青人對話。我們連續辦了三屆，每屆為時一星期，錢先生每年皆應邀而來做我們的學術義工，和學生分享他的哲學人生。

錢先生的身體力行，感染許多像我這樣的後輩，並促使我在現實各種艱難中一次又一次停下自問：學術何為？政治何為？

錢先生很欣賞德國社會學家韋伯(Max Weber)，曾經翻譯過他那兩篇膾炙人口的〈學術作為一種志業〉和〈政治作為一種志業〉，並寫過一篇流傳甚廣的文章〈在縱慾與虛無之上〉。在這篇文章中，錢先生引述韋伯說：「對近代人而言，最艱難的事就是『面對時代宿命的肅殺面容』而猶賈勇自持。如果時代宿命代表着荒涼世界中一切希望的破滅，賈勇自持所要求的就是以堅韌的心腸面對這個局面而說：『即使如此，沒關係。』」

為甚麼沒關係？因為即使如此，我們仍然要屹立不潰，繼續我們要做的工作。在我心目中，錢永祥先生就是這樣一位賈勇自持的哲學人。

（2015年11月19日）

這樣的中大人

——懷念周錫輝先生和中大婆婆

這兩天心裏很不好過，因為要送別兩位中大人。

第一位是周錫輝先生，新亞學長，我很敬重的一位前輩。昨晚是錫輝先生喪禮，在世界殯儀館舉行。我七時多去到，想不到來致祭的人那麼多，一條長長人龍，由大堂排到殯儀館外面，一直綿延到很遠很遠。錫輝先生不是所謂名人，卻有那麼多人前來相送，可見他一生如何受人尊重愛戴。

追思會人太多，座位全坐滿，我和許多人一樣，站在靈堂旁邊，一站就兩個多小時，靜靜聆聽錫輝先生的親友，回顧他的生平點滴。一直聽下來，我這個後輩，才知道錫輝先生許多不為人知的事蹟，才明白為甚麼在那麼多人眼中，他是一個好人君子俠者良師。

錫輝先生1970年考入新亞社會系，1971年任第九屆新亞學生會會長，1973年再次參選，任外務副會長。錫輝先生是香港學運史上第一代參與者：爭取中文成為法定語文的中文運動、保衛釣魚台運動、反貪污捉葛柏運動，以至國粹派和社會派之爭，都有錫輝先生身影。而在1989年六四事件後，錫輝先生更和其他校友及志同道合者組建民主大學，宣揚民主人權理念，默默為香港公民社會培養力量。

錫輝先生近年關心中文大學發展，並和其他校友一道組

成「校友關注大學發展小組」，就學校各種政策提出不同意見。他兩次就校政公開發言，我恰巧都在場。

第一次是2008年11月25日的烽火台論壇，主題是反對校方為着擴建圖書館而拆遷烽火台。那天發言的人很多，輪到錫輝先生時，已是暮色蒼茫，他拿起話筒，力陳對母校發展的種種憂思。他是在場最老的中大人，同時也是陳詞最慷慨和情緒最激昂者。我站在百萬大道，看着他高大的身影，聽着他的聲音在夜空迴盪，既感佩又難過。

然後，輪到另一位校友繆熾宏先生發言，我聽他讀出以下一段：「我們認識、理解的教育，是百年樹人，不爭朝夕的事業；是春風化雨，潤物無聲的工作；是開廣心智，嚮往光明的追求；是民胞物與，承先啟後的抱負；是不隨俗流，

擇善固執的志向；是服膺真理，不畏權勢的胸襟──於是，體現在校園之內的，應該是關懷互勉，教學相長，群策群力的風氣；以及腳踏實地，切磋砥礪，尋根問底的精神。這是不易達致的境界，也是大學師生不應輕易放棄的方向。」

我聽了這番說話，不禁潸然淚下。

中大這群老校友，出於對母校的關心，出於對教育理想的堅持，不為名不為利，默默做了那麼多挽中大於狂瀾的工作。試問今天香港教育界，有幾人能夠說出這種高瞻遠矚和擲地有聲的話?!

至於第二次發言，則是2010年6月發生的民主女神像事件，當時錫輝先生在范克廉樓中大學生會舉行的記者招待會上，力駁劉遵義校長的政治中立說，並直斥劉校長為「九流校長」。錫輝先生一生從事教育，為人寬厚，而且做過多年中學校長，歷經無數風浪，若不是對中大愛之深責之切，若不是心中有浩然正氣，我想他不會說出那樣的重話。

錫輝先生及他那一代中大人，據我所知，是最早一批身體力行鑄造中大獨有氣象的先行者。中大的學運傳統以至香港的社運傳統，由他們那一代播種。我們這些後來者，有幸在讀書時代承繼了這樣的傳統，有幸從這些先行者中得到啟迪鼓舞，是我們的福份。更教我輩慚愧和感動的，是錫輝先生直到去世前一刻，仍然心繫中大，守護中大。

❧

第二位要送別的，是中大婆婆，一位過去二、三十年，

幾乎天天在中大出沒的老人家。婆婆又名「怪婆婆」、「逸夫婆婆」，或她自稱的阿May。直到她走後，我們才知道她的真名叫秦冒。

婆婆身形矮小，喜穿有各種顏色的鮮豔裙子，天涼的時候，會罩上頭巾或帶上披肩，很整齊很得體。我有時在校園遠遠見到她，看着她一個人在緩緩行走，總覺得那是一道好看的風景。

婆婆住在中大旁邊的赤泥坪村，有點神秘，因為沒有人知道她的過去，她又極少談論自己身世，於是種種關於她的故事，遂在校園流傳，甚麼版本也有。但中大婆婆又很親切，因為她就生活在我們身邊，無處不在。在書院、在飯堂、在范克廉樓、在泳池邊、在各種學術會議的茶會，幾乎天天都會見到婆婆的身影。

如果有所謂中大人的共同記憶，我想婆婆必在其中。這個說法並不誇張，因為婆婆走後，臉書上為悼念她而設的網頁，已有三千多中大人參加，還有許多不同年代的中大人，寫下他們對婆婆的各種追思和回憶。

我對婆婆所知甚少，但就多年觀察所見，婆婆儘管生活清貧，還是活得挺自在的。她每天穿得整齊潔淨，隨意在校園蹓躂，出席各種活動，閱讀最少兩份報紙，間或會和學生、工友聊聊天。雖然她不是中大員工，但無論在甚麼場合，我都沒見過人給她臉色看，反而會以不同方式給她一些幫忙。她臨走前身體變得很差，卻不願求醫，中大學生會和學生報的同學，更主動給她不少照顧。山城中，有人情。

今天婆婆走了，我有說不出的失落。我最初也不知道為

甚麼，後來才漸漸意識到，這麼多年來，我早已習慣婆婆是中大的一部份。中大變得實在太快，人的記憶和情感，遂無處安頓。我現在有時駐足觀賞校園風景，內心泛起的，往往不是欣喜，而是傷感：説不定那天這些樹木就會不見，某日這裏就會出現一幢新大樓，然後許多美好事物就會無聲無息地消逝。

所以，婆婆的存在，婆婆一直以她那不變的姿態存在，其重要，不是因為別的，就是因為她存在。她存在，讓我們這些活在中大的人，感到有些東西，始終不變，始終陪伴我們。

婆婆現在走了，在很特別的意義上，中大就不再是原來的中大。

錫輝先生和中大婆婆，以他們獨有的方式，守護了中大一生。

謝謝您們！

（2011年6月16日）

高錕校長和中大學生。

真正的教者

——側記高錕校長

高錕校長在2009年獲諾貝爾物理學獎，迅即成為媒體焦點。除了高校長在光纖通訊方面的成就，同樣受人關注的，是他擔任香港中文大學校長期間和學生的關係，尤其是1993年發生的兩件大事。但觀乎媒體報導，有頗多的不盡不實，部份更近乎傳說。這些傳說，對高校長和學生都不公平。

我當時讀大學三年級，是《中大學生報》校園版編輯，親歷這些事件，而且和高校長做過多次訪問，算是對內情有所瞭解。現在熱潮既過，我自覺有責任將當年所見所聞記下來，為歷史留個記錄。更重要的是，十八年後，我對高校長的教育理念，有了一點新體會。這點體會，無論是對中文大學還是對中國的大學，也許都有一定參考價值。

一

我第一次見高錕校長，是1992年8月某個下午，我和學生報其他四位同學去大學行政樓訪問他，一談就是三小時。高校長的粵語不太流利，我們主要用普通話交談。高校長給我的第一印象，是個率真誠懇，沒官腔很隨和的人。即使我們有時問得直接尖銳，他也沒有迴避或帶我們繞圈子，而是直率地表達自己的想法。我還留意到高校長有個習慣，就是

喜歡一邊聊天一邊在白紙上畫幾何圖案，愈畫愈多。

那天我們從中大的人文傳統和教育理想談起，說到學制改變、校園規劃、教學評核和通識教育等。最後，我們問高校長是否支持學生運動。那個年頭，學生會經常出去示威抗議，有的時候(例如十一國慶酒會)會出現學生在外抗議，校長在內飲宴的場面。校長說他個人很支持學生參與社會事務和民主運動，但因為他是校長，代表大學，因此不適宜表態。他甚至說：「我很同情你們的許多行為，覺得是年青人應該做的。但有些人很保守，可能會覺得我不對。如果我不做校長而做教師，那情形就不同。」[1]

那個訪問最後由我執筆，一年後收進我參與編輯的《中大三十年》。中大學生會一向有為學校撰史的傳統，每十年一次，從學生的觀點回顧及檢討大學及學運的發展。書出版後，我寄了一本給高校長。過不了幾天，他在校園遇到我，說讀了我的兩篇文章，一篇寫得好，一篇寫得不太好。我有點詫異。一是詫異他會讀，二是詫異他如此直率，直率得對着學生說不喜歡他的文章。我沒有不快，反覺得這樣很好。可惜當時人太多，我沒機會問他不喜歡哪一篇。

這裏要補一筆，談談學生會幹事會和學生報。幹事會和學生報是中大學生會的核心，是當時僅有的兩個需要全校學生一人一票選出來的組織，運作經費來自學生的會費，在組織和財政上完全獨立於校方。學生會總部在學生活動中心范克廉樓，幹事會在地庫，學生報在頂層，彼此關係密切，我

1　《中大三十年》(中大學生會出版，1993)，頁15。

們慣稱自己為「范記人」。至於校長所在的行政樓，與范克廉樓只是一路之隔，從正門一出來便是烽火台。

中大學生會有很長參與校政和關心社會的傳統，崇尚獨立思考自由批判。我入學時，八九年剛過不久，范克廉樓聚集了大批熱血青年，天天在那裏議論國事。除了學生會，中大還有過百計學生團體，包括書院學生會、國是學會、中大社工隊、青年文學獎協會、綠色天地等。這些團體也是學生自治，每年由會員選舉出我們叫做「莊」的內閣，自行組織活動，學校不會干預。

我特別說明這個背景，是想讀者明白，雖然高校長是國際知名的光纖之父，但我們當時對他不僅沒有崇拜，反而有一份戒心，因為他是校長。對范記人來說，校長擁有龐大的行政權力，代表大學官僚體系的利益。而學生會的職責，是捍衞教育理想，監察大學施政，爭取校政民主，保障同學權益。所以，校長和學生會之間，存在着結構性張力。

更重要的是，范克廉樓有強烈的反權威反建制傳統，在我的讀書年代尤甚。這個傳統從上世紀七十年代發展下來，一代傳一代，從沒中斷過，形成所謂范克廉樓文化。很多人對這個傳統不認識，一見到學生會有抗爭行動，總習慣將他們標籤為過激、非理性的「一小撮搞事份子」，卻很少嘗試理解他們行動背後的理念。

二

1993年距九七主權移交，還有四年。那是高錕校長任內

1993年港事顧問論壇。

1995年校長遴選論壇，我負責主持，高錕校長和金耀基教授出席。

最紛擾的一年，而且和香港政局糾結在一起。在這年，高校長放棄了一年前親口對我們說過的政治中立，接受中國政府委任為港事顧問，結果引發軒然大波。

讓我先說點背景。1992年7月，彭定康成為香港最後一任殖民地總督。他上任不久，即在施政報告提出政治改革方案，增加立法會民選議席，冀在九七前加快香港民主發展步伐。這個方案遭到中國政府強烈反對，雙方關係破裂，當時的港澳辦主任魯平甚至斥責彭定康為「香港歷史上的千古罪人」。中方於是決定另起爐灶，積極吸納香港不同界別精英為其所用，邀請他們出任港事顧問。

1993年3月27日，中國政府公佈第二批港顧名單，高錕校長赫然出現其上。中大學生會在29日發出聲明，指港事顧問乃不民主的政治委任，高錕身為校長，代表中大，不宜擔任此職，並要求高校長公開交代事件。高校長當晚回應說，他是以個人身份接受此職，不會對中大有任何影響。

事情發展得很快，當天范克廉樓已出現大字報潮，傍晚電視新聞也以頭條報導此事。委任名單中，其實也有別的大學的校長，例如科技大學校長吳家瑋，但因為只有中大有反對聲音，所以成為全城焦點。

3月30日中午，學生會在百萬大道烽火台舉辦論壇，有四百多人出席。高校長沒有出現，但發了一信給學生會，稱他會利用港顧一職，就「學術自由及促進本港與國際學術界聯繫」向中國政府反映意見。論壇結束後，有五十多位同學帶着橫額，遊行到中環恆生銀行總行，要求正在那裏參加中大校董會會議的高校長回校公開解釋。傍晚6時許，高校長

答應出席第二天的論壇。我們當晚在學生會開會到夜深，並為第二天的論壇作準備。

3月31日早上11時，高校長踏出行政樓，來到數步之遙的烽火台，等候他的，是中大上千名師生和全香港所有媒體。高校長那天穿深色西裝，精神看來不錯。烽火台放了一張長桌，高校長坐一端，中間是學生主持，另一端是學生會會長。高校長背對着的，是朱銘先生著名的太極系列雕塑「仲門」，再後面是大學圖書館；正對着的，是密密麻麻站着的師生，師生後面是百萬大道，大道盡頭是俗稱「飯煲底」的科學館，上有「博文約禮」校徽。

論壇氣氛熱烈，學生排着長隊等待發問，用的是標準中大模式：發問者先自報姓名及所屬書院、學系、年級，然後提出問題，高校長回應，發問者接着可追問或評論，高校長再回應，然後下一位接上。

爭論的焦點，是港事顧問的政治含意以及校長應否接受這樣的委任。高校長不善言辭，對着群情洶湧的學生，一點也不易應付。我記得，當時高校長不是太緊張，即使面對發問者的冷嘲熱諷，他也不以為忤，有時甚至忍不住和學生一起笑起來。

高校長當天說得坦白：他不熟悉政治也對政治沒興趣，只是如果拒絕接受委任，會引起對方「猜疑」及「弊多於利」。有學生批評高校長六十歲了還如此天真，竟以為港事顧問可以和政治無關。他回應說：「你們說我太天真了，我說我是一個很真實的人，希望大家努力對香港的將來做一些

事情，這是不錯的。香港的將來是大家的將來，可能對世界的影響非常大。」[2]

論壇去到最後，學生會會長將一個紙製傳聲筒遞給校長，諷刺他是中方的傳聲工具。高校長接過傳聲筒一刻，攝影記者蜂擁而上。這張相片在全香港報紙刊登後，不少人大罵中大學生是文革小將，想威逼校長戴高帽遊街示眾。我們哭笑不得，因為真是發夢也沒想過，傳聲筒會變成批鬥高帽。

4月1日高校長和其他港事顧問上北京接受委任，學生會再次帶着標語到機場示威。高校長回來後，接受我們訪問。被問及如何看待學生抗議時，他說學生會對他沒有作出任何人身攻擊，而且「在香港，學生完全有權和有自由這樣做。」[3] 儘管他這樣說，學生之間卻很快出現分歧，不同立場的大字報貼滿范克廉樓，引來大批同學圍觀回應。學生報當時做了個民意調查，訪問七百多位學生，發覺支持和反對高校長出任港顧的比例，是一半一半。

事件發生一年後，我再次訪問高校長，問他一年來做過甚麼，他說沒有參加過任何港顧的正式活動，也沒表達過甚麼意見。我當時為這宗新聞起了個標題叫「港顧徒具虛名，校長一事無成」。[4]

報紙出來後，有個書院輔導長見到我，說你們這樣寫校長，難道不怕得罪大學嗎？我當時愣了一下，不知如何回答，因為真的沒想過。我那幾年辦學生報，雖然對學校有許

2　《中大學生》，第88期（1993年4月）。
3　《中大學生》，第88期（1993年4月）。
4　《中大學生》，第92期（1994年4月）。

多批評，但從來沒擔心言論會受到限制，也沒感受過來自學校的壓力。當時的中大，百花齊放。除了學生報和大字報，還有許多我們稱為小報的刊物，大部份匿名出版，言論大膽出位，放在范克廉樓任取。我們自己也知道，校內校外都有聲音，要求大學管制這些出版物，但校方始終沒有行動。

港顧一役後，高校長如常接受我們訪問，每年會親自寫一封信來多謝我們的工作，還從他的私人戶口拿出兩萬元資助學生會有經濟需要的同學——雖然我們不怎麼領他的情。高校長也重視我們的言論。學校公關部的職員曾告訴過我，每月學生報出版後，如有對大學的投訴，高校長都會叫職員影印一份，寄給相關部門跟進。我當時的印象，也是許多校園問題報導出來後，負責部門很快就會回應。

我們那時一個月出版一期報紙，每期有好幾十版，印五千份，放在校園免費任取，通常幾天內就會派完。那時做學生報很辛苦，白天要採訪，晚上要開會寫稿排版校對，沒有半分酬勞，但我們卻覺得值得和有滿足感，因為相信可以為校園帶來一點改變，並令同學多些關心身外事。

現在回過頭看，港顧事件在中大校史中最重要的意義，不是對香港政治產生了甚麼影響，而是起了一個示範，就是校長有責任就大學重要事務出來和同學公開對話。之前或許也試過，但論規模論影響，這次千人論壇是歷史性的。

從此之後，類似的校政討論逐漸成了傳統。我記得1995年高校長宣佈退休後，學生會曾在烽火台辦了另一次論壇，要求學生有權參與遴選新校長。那次高校長不僅自己出席，還帶了好幾位學校高層來一起討論。這樣的對話，不一定就

有即時的實質成果，但對建立一個問責的、透明的、重視師生共治的校園文化，卻有積極作用。

三

　　1993年發生的第二件大事，是11月13日的開放日事件。所謂開放日，是指中大三年一度開放校園給公眾參觀，讓公眾對中大有更多認識。1993年的開放日，恰逢中大建校三十週年，所以辦得特別隆重。沒料到的是，這個開放日又一次令高校長成為全香港的焦點。

　　開幕禮當天早上，百萬大道會場坐滿了嘉賓，高錕校長應邀到台上致辭。正當他準備發言時，突然有十多位學生從兩邊衝出來，手持標語，高叫反對開放日的口號，會場霎時亂成一團。高校長一個人在台上，手裏拿着講稿，說又不是，不說又不是，只能呆呆站着苦笑。與此同時，有學生搶了台上的麥克風，還有兩位爬到典禮正前方的「飯煲底」頂層，用一條長布橫額將中大校徽遮起來，上書「兩天虛假景象，掩飾中大衰相」。

　　台下觀眾及負責籌辦開放日的同學，最初不知所措，接着則對抗議學生不滿，開始起哄，場面混亂。事件擾攘十多分鐘後，示威同學被保安推下台，高校長才有機會將開幕辭匆匆講完，但整個開放日的氣氛已全變了調。

　　典禮很快便結束，高校長打算離開，大批記者立刻上前將他團團圍着。我作為學生報記者，夾在人堆中，第一時間搶着問了一句：「校方會不會處分示威的同學？」「處分？

我為甚麼要處分他們？他們有表達意見的自由。」校長邊走邊答，語氣平靜。

我當時一下子就呆了。要知道，二十多分鐘前，高校長剛經歷了人生最難堪的一幕。堂堂一校之長，光纖之父，在全校甚至全香港人面前，受到自己學生最不客氣的抗議和羞辱。這次和港顧事件不同，學生不是要和校長對話，而是要公開揭露大學之醜相，讓外界知道中大三十年沒甚麼值得慶祝，藉此激起更多對大學教育的反思。所以，我和其他在場記者一樣，以為校長一定會大發雷霆，狠狠訓斥學生一頓。但他沒有那樣做，而且清楚表達了他的態度。

那一幕，留給我很深的印象。我後來不止一次回想，如果我是他，在當時的情況，會不會有他那樣的即時反應？坦白說，我想我做不到。我相信絕大部份人也做不到。

第二天的報紙，不用說，鋪天蓋地是這宗新聞，並且一面倒批評學生。在校內，這件事也引起同學極大爭論。那一期學生報社論，叫「不是社論」，因為我們內部徹底分裂，無法對事件有共識。然後我聽說，學校管理層對此震怒，認為絕對不能縱容學生。我又聽說，大學收到不少校友來信，強烈要求懲戒學生。

過了兩個月，結果甚麼也沒發生。

到底這中間發生了甚麼，我全不知情。直到前兩年，我從同事蔡子強口中得悉，原來當年大學曾為此特別開會，會中只有三個人不主張處分學生。三人之中，有高錕校長本人——是他硬生生將處分學生的建議壓了下去。[5]

5　三位中的另一位，是政政系的關信基教授，時任大學輔導長。

四

　　我1995年畢業後，就再沒見過高校長。

　　大約是2000年，我在倫敦讀書，香港電台為高校長拍攝「傑出華人系列」，導演看了我讀書時代的許多文章，特別來倫敦訪問我，我才將開放日那難忘一幕說了出來。

　　在此之前我從沒和人提過此事，因為要公開肯定高校長，對我是很不容易過的一關。其實當時高校長也在倫敦，我卻因為可笑的自尊而沒去見他一面，遂成遺憾。

　　兩年前高校長得諾貝爾獎，傳媒拚命追查中大舊聞，報導得最多的，就是這兩件事。而得出的結論，往往是頌揚高校長寬大為懷，有雅量容忍我們這些頑劣之徒。而愈將學生描畫成偏激乖張，似乎就愈顯校長的偉大。

　　我對此感到不安。坦白說，我並不認為我們當年所做的每件事都合情合理。但這不表示我們是無理取鬧或大逆不道。恰恰相反，無論在理念上或行動手法上，我們都有過深刻反思，甚至進行過激烈辯論。這些同學是我在大學中，見過的最有理想、最具批判精神和最關心社會的人。他們許多畢業後一直堅持信念，在不同領域默默耕耘，推動社會改革，並取得不同成就。

　　退一步，如果我們真是頑劣之徒，高校長何必要忍受我們？高校長身邊許多人，就勸過他不要過度縱容學生。例如當時的副校長金耀基教授，便曾公開說他不認同高校長的做法。我也聽過不少評語，認為高校長軟弱無能，沒有管治權

威。可以說，高校長的做法在當年不僅沒有受到頌讚，反而備受嘲諷。

高校長為甚麼要那樣做？這些年來，我一直困惑。尤其當我2002年回到中大任教，目睹母校種種轉變，我就更加懷念我的讀書時代，更加希望理解高校長多一點。到了最近兩年，因為閱歷漸深，也因為聽了高校長幾段話，我有了一些新體會。

在「傑出華人系列」訪問中，高校長應導演之邀，上到范克廉樓中大學生報會室，打開當年報紙，首度談他的感受：「我的感覺是學生一定要這樣做，不然我聽不到新的思想。他們表達之後，我們至少有一個反應，知道他們在爭取甚麼東西。」2009年高校長獲諾貝爾獎後，高太太黃美芸女士回中大演講，提及高校長當年和學生激烈爭論後，回家對她說：「甚麼都反對才像學生哩！」

從這兩段說話，我們清楚看到，高校長和許多人不同，他沒有視學生為敵，更不是在容忍學生，而是暗暗欣賞這些別人眼中的叛逆學生。他似乎認為，中大學生不這樣做，才奇怪才不應該。

這真是大發現！

我從來沒想過，高校長會欣賞學生。他欣賞學生甚麼呢？我猜想，他欣賞的，是學生敢於獨立思考，敢於挑戰權威，敢於堅持信念的精神。他相信，這是真正的科學精神，也是真正的大學精神。

我這不是胡亂猜度。高校長在某個電視訪問中說得清楚：「千萬不要盲目相信專家，要有自己的獨立思考。譬如

我說，光纖在一千年之後還會被應用，大家便不應該隨便相信我，要有自己的看法和信念。」高校長不喜歡別人崇拜他，更不喜歡別人盲從他。他要學生有自己的見解。

真正的大學教育，應該鼓勵學生自由探索，成為有個性、有創造力、同時懂得對生命負責的人，而不是用形形色色的戒條令學生變得唯唯諾諾服服貼貼。高校長明白，要培養這種人，就要給予學生最多的自由和最大的信任，容許學生嘗試和犯錯，並在眾聲喧嘩和不和諧中看到大學之大。

這不僅是個人胸襟的問題，更是理念和制度的問題。一所大學的師生，如果看不到這種理念的價值，並使其體現在制度，實踐於生活，沉澱成文化，這所大學就很難有自己的格調。

我漸漸體會到，因為高校長有這樣的視野，所以他能對一己榮辱處之泰然，能頂住重重壓力保護學生，也才能說出「甚麼都反對才像學生哩！」這樣的話——即使學生反對的是他本人。

高校長不是文科人，未必懂得將這些理念用很好的語言表達出來。做校長多年，他並沒有留下甚麼動聽漂亮的名句。但他是科學家，知道真正的學問真正的人格，要在怎樣的環境才能孕育出來。高校長不曉得怎麼說，但曉得怎麼做。

當十八年前他自自然然不加思索地反問我為甚麼要處分學生的時候，他就活在他的信念之中。正因為此，當年我們這群最反叛的學生，今天才會那麼懷念高錕時代的多元開放，才會公開感念校長的有容乃大。

說來慚愧，我用了十八年，才能體會這點道理。

五

　　再次見到高校長，已是十五年後，在去年秋日的中大校園。

　　那天陽光很好，我駕車從山腳宿舍到山頂辦公室。在路上，我遠遠見到，高校長和高太太兩個人慢慢在前面行走。我把車停下來，問高太太要不要載他們一程。這時候，高校長自個走到車前，向我揮手對我微笑。

　　校長老了許多，一頭白髮，還留了長長的鬍子，像個老頑童。我大聲説，校長，你好，我是你的學生。校長一臉茫然，不知如何答我。

　　我的心驀地就酸了。雖然面對面，由於他的病，高校長永遠不會記得我是誰了，我也永遠不會再有機會向他道一聲謝。十八年前的記憶，在樹影婆娑中，零零碎碎上心頭。

　　我希望，當時光逝去，人們説起高錕時，不要只記着他是光纖發明人，諾貝爾物理學獎得主，還能記着他是我們的老校長，是一位真正的教者。

(2011年6月29日)

III

閱讀時光

閱讀的月色

我甚麼時候第一次讀《小王子》，已經記憶模糊，但最早也是高中時期，而且沒有給我留下甚麼印象。[1] 上到大學，我開始讀第二次，印象依然一般，只對書中某些段落有感覺，但基本上讀不懂。三十多歲時，回到大學教書，因為參與某次校園保育行動，觸發我再一次捧起《小王子》，終於能夠讀出一點共鳴，但仍然談不上對全書有任何整體的把握。

過去大半年，由於寫作《小王子的領悟》的關係，我將全書反反覆覆讀了無數遍，甚至比較過不同譯本，雖然仍有困惑，感受卻和以前大有不同。在字裏行間，我開始能夠代入小王子、玫瑰和狐狸的位置去體察他們的心情，明白作者聖修伯里的用心，甚至在深夜隱隱聆聽到書中傳來的嘆息。

這一段閱讀之路，我走了差不多三十年。

我年輕的時候讀不懂《小王子》，正常不過，因為我那時根本沒有足夠的人生閱歷和哲學修為幫助我進入這本書。一個人與一本書的相遇，需要情感和知識的準備。而由於每個人的成長經歷不一樣，因此也就沒有一張人人適用的書單，要求所有人必須跟着讀。一本書偉不偉大，和一本書能否在某個階段進入你的世界並點亮你的人生，是

1　本文原收錄於《小王子的領悟》（香港：中文大學出版社，2016）。

兩回事，而後者才是閱讀的樂趣所在。

我的這點讀書體會，和我的年少讀書時光有關。

⁂

我在大陸農村出生，在偏遠小鎮長大。我開始愛上看書，大約在小學一、二年級。最初看的是連環圖，有點像現在的漫畫，也稱小人書。第一本教我着迷的，是《三國演義》，而我人生中的第一個偶像，是百萬軍中救阿斗的常山趙子龍。

那時家裏窮，想看書，就只能到街邊的小書攤。書攤老闆也隨意，用長繩將兩棵樹連起，然後將連環圖一本一本掛上去，有二三百本之多，讀者想看哪本取哪本。租金是一本兩分錢，但不能借走，必須坐在樹下小板櫈看。夏天天氣炎熱，蚊多，街上灰塵撲面，但很奇怪，只要一書在手，我就可以立刻將外面的世界忘個一乾二淨，完全沉醉於刀光劍影的故事裏。

我讀的這些小人書，大部份是神話和歷史故事。到了三、四年級，識字多了，不再滿足於連環圖，遂開始找大人書來讀，例如《封神榜》、《西遊記》和《水滸傳》等。我特別喜歡《封神榜》，尤其書中那位會遁地術的土行孫，最最教我驚嘆。印象中，《聊齋誌異》、《七俠五義》、《隋唐演義》、《楊家將》、《大明英烈傳》等，都是那時候的至愛。

這些書從哪裏來？那時鎮上沒有圖書館，自己又買不起

書，於是只能問人借。我喜歡去大人家串門，留意屋中是否有書，然後懇求他們借我。有時班上有人買了最新的《故事會》，大家就會排隊輪着看。那時的我，有嚴重的閱讀饑渴症，甚麼書都讀，包括《中國共產黨黨史》之類，因為裏面的戰爭場面很吸引。

當時無論是在家還是在校，大人都不鼓勵小孩讀課外書，所以我總得偷偷摸摸。有時給發現了，少不免一頓責罵。既然如此，為甚麼還要讀？快樂啊。那時的日子並不苦悶，也不是沒別的玩意可玩，但沒一樣東西能像閱讀課外書那般帶給我難以形容的愉悅。

當然，也不是沒有例外。有次我不知從哪裏借來托爾斯泰的《安娜·卡列尼娜》，我聽別人說這是世界名著，滿心歡喜，誰不知很快讀不下去，因為我根本記不清那些長長的翻譯人名，總是被弄得暈頭轉向。我是直到後來進了大學，才開始讀杜斯妥耶夫斯基的《罪與罰》、《卡拉馬助夫的兄弟們》等俄國作品，可見那些譯名帶給我多深的挫折。

雖然讀得亂七八糟，而且興趣愈來愈廣，但在我的少年時期，真正令我讀得如痴如醉且難以自拔的，只有兩位作家，那就是金庸和瓊瑤。多年後回望，我甚至覺得，沒有他們，我可能就不是今天的我。

先說金庸。我是甚麼時候迷上金庸的呢？這背後有個故事。那時是八十年代，李連杰剛拍了《少林寺》，全國為之

瘋狂，每個男孩都迷上武術，人人幻想自己有天也能成為武林高手。其時有本月刊叫《武林》，正連載金庸的《射鵰英雄傳》，每期十多頁。我讀了幾期後，開始泥足深陷，讀完一期就痴痴地等下一期。

如果有書癮這回事，金庸就是令我上癮的書毒。怎麼形容呢？就是你一旦拿起來，你就不可能放得下，腦裏無時無刻都是書中情節，世間所有事情都再也見不到。不幸的是，讀了幾期後，可能是因為版權問題，連載消失了。這真是害苦了我。我當時並不知道金庸是誰，也不知道去哪裏可找到他的書，但我知道，沒有了郭靖黃蓉黃藥師洪七公，我的日子過得很不快樂。

又過了一段時日，我認識的一位同樣嗜書成迷的高年級同學，有天拉我到一邊悄悄告訴我，他知道哪裏可以找到金庸。原來當時鎮上有家地下租書鋪，專門出租港台原版武俠小說，以金庸、古龍、梁羽生為主，是店主專門託人從香港偷購回來。書鋪不開門營業，必須有熟人介紹。在那個年代，出租這些港台圖書，是有風險的。

我仍然隱約記得，第一次去那家書鋪，就是由那位高年級同學陪同。屋子晦暗，裏面除了書，甚麼也沒有。或者準確一點說，全是金庸、古龍和梁羽生，而且全部用牛皮紙包上封面，看上去一點不起眼。當時我心想，媽呀，如果有天堂，這裏就是。

店主是個五十歲左右的男人，不苟言笑，直接告訴我，留下按金十元，書租兩毛錢一天，每次只租一冊，而且必須低調，不能告訴別人書從哪裏來。兩毛錢一天，是個甚麼概

念？當時租看連環圖，才兩分錢一本，而我一個月最多也就幾塊零用錢。

那怎麼辦？我必須一天看完一冊。這些書都是繁體字啊？沒關係，看不懂就猜。但要上課啊？也不要緊，那就蹺課吧。蹺去哪裏？跑去學校後山的橡膠林，那裏風涼水冷，人跡罕至。不怕老師處罰嗎？我當時幫自己立了條規矩，一定不可以逃班主任的課。至於其他老師的，只要和班長做些「私人協調」，蹺一兩節課然後偷偷溜回課室，是可以「特事特辦」的。

那真是超快樂的讀書歲月。

我沉迷或沉淪到甚麼地步呢？我記得讀到《神鵰俠侶》時，真箇神魂顛倒，一分鐘也停不下來，於是放學騎車回家時，我大膽到一手扶着車把一手拿着書，邊騎邊讀。回到家，看小說可是死罪。那怎麼辦？於是躲到公共廁所看。公廁有電燈，家人又不會發現，絕對是好地方。惟美中不足的，是不能看得太久，而不是廁所太臭。

這樣的瘋狂歲月，維持了一年多，我就跟着家人移民香港。來港的那年夏天，在深水埗北河街的板間房，我做的第一件事，不是去四處觀光，而是去樓下租書店，將金庸一本一本搬回家，一次過過足癮。再後來，我知道公立圖書館原來也有武俠小說，於是我去將古龍、梁羽生等人的作品也完完整整讀了一遍。

第二位我喜歡的作家，是瓊瑤。我忘記了是怎樣發現瓊瑤的，反正來香港後，我很快喜歡上台灣文學，讀了不少三毛、琦君、張曉風、白先勇、司馬中原的作品，但他們的

吸引力都及不上瓊瑤。原因不用多說，當時情竇初開，瓊瑤的小說是另一種教人上癮的書毒。《窗外》、《在水一方》、《幾度夕陽紅》、《彩霞滿天》、《心有千千結》等，我一本接着一本，和書中男女主角同悲同喜，顧影自憐，不能自已。

讀瓊瑤和讀金庸，是兩種不同的體驗。金庸的書，會陶冶你的俠士氣慨。瓊瑤的書，卻特別容易令人憂傷。是自作多情也好，是強說愁也好，反正你就是快樂不起來。那種憂傷的鬱結，我持續了好長一段時間，直到上了大學才慢慢好轉。

讀瓊瑤和金庸，還有一個意外收穫，就是他們令我愛上中國舊詩詞。那是因為他們的作品經常提及李煜、李清照、柳永、蘇軾、辛棄疾等，我遂順着這些線索，逐個去找他們的作品來讀，甚至主動背了不少。這種自願的用功，和學校裏的為了考試而背，實在是兩種境界。

※

我今天和大家分享這段經歷，並不是叫大家一定要讀他們。事實上，我知道有不少人是不太願意承認自己是讀金庸和瓊瑤長大的。我不僅沒有這種負擔，而且很感激他們，為我的少年時代帶來那麼多快樂。

如果有些作家，在你成長的階段，令你整個人投入其中並與之同悲共喜，這不是很幸福的事嗎?! 這些作家是誰，他們的作品夠不夠偉大，不是最重要；重要的，是他們能否將你帶進一個新天地，讓你看到一些「欲辨已忘言」的風

景。一旦見過，你就會停不下來，就會主動向前尋找你的閱讀桃花源。

　　現在人到中年，回過頭看，我發覺少年時代這些雜亂無章、興之所至、狼吞虎嚥的閱讀，對我後來的思考、寫作甚至做人，較正規學校教育的影響可能還要大。我知道有不少人的閱讀方式，是頗為精打細算和講求效益的，例如一定要知道某本書對自己的學業和工作有甚麼用處，才願意將書打開。我的經驗告訴我，最快樂最忘我的閱讀，往往不是這樣。

　　　　　　　　　　🍂

　　這些年少時光離我很遠了。許多早年讀過的書，現在都已記憶模糊。有時候我不禁自問，那些年的閱讀，對今天的我還有多大影響。然後我發覺，影響遠遠大於我的想像。

　　這事從何説起？

　　讓我舉個例子。我自小喜歡賞月。不管何時何地，只要見到天上有月，我都會忍不住放慢腳步，甚至停下來，兩相對望一會，然後心裏自然泛起某種哀愁，又或腦裏自然念記起某人。我最初也奇怪，後來便明白，那和我自小的閱讀有關。

　　試想想，細味過蘇軾的「明月幾時有，把酒問青天」、「何夜無月，何處無竹柏？但少閒人如吾兩人者耳」，又或「起舞徘徊風露下，今夕不知何夕」百千回後，你看到的月，和那些從來沒讀過的人，怎麼可能還再一樣?!

　　月是一樣的月，看月的人，卻有別樣情懷；而情懷，是你的閱讀歲月沉澱而成的月色。也許這就是文化。你讀

過的書，不知不覺走進你的生命，鋪成你的底蘊，並以潤物細無聲的方式，滋潤你的生活，豐富你的情感，並默默引領你前行。

　　閱讀的美好，就在這裏。

年少讀書舊事

我1985年移民香港，1987年考進何文田官立中學做插班生。還記得初入何官，最大的感受，是學校有自己的圖書館。圖書館不算大，藏書也不算多，但對我來說已是天堂，因為之前在大角咀讀的高雷中學，只有一層樓，地下是賣鋼材的店鋪，連校舍也談不上，完全沒有讀書的環境。

學校圖書館借書的人不多，裏面有木造的長書桌，有各種綠色小盆栽，午後還有陽光穿過窗口，照在書架上，生出不同光影。我那時因為各種原因，活得很憂傷，讀課外書成了最大的寄託。

放學後，我常常一個人坐在圖書館一角靜靜看書，直到學校關門，然後迎着黃昏，帶着書的餘韻，坐車回深水埗的家。現在憶及這些零碎片段，我就會想起岩井俊二導演的《情書》裏面圖書館的幾幕——那些色調和情懷，總能在我的閱讀時光裏找到線索和共鳴。

我那時讀書很雜，純粹出於興趣，不會考慮讀這些課外書有甚麼用。我當時的生活，其實有兩個世界：一個是和別的同學一起上課下課、做功課、背書和考試的世界，另一個是完全屬於自己的閱讀世界。

這兩個世界偶有交集，例如出於對歷史的興趣，我會讀柏楊的《中國人史綱》、錢穆的《國史大綱》和王曾才的

《西洋近代史》，這些閱讀和我當時修的「中國歷史」和「歷史」科目相關，但即使如此，關係也不是很大，因為用來考試的「歷史」和用來滿足好奇心的「歷史」，往往是兩回事。

大部份時候，這兩個世界是井水不犯河水的。我很少和老師及同學分享自己讀過甚麼課外書，甚至壓根兒沒想過要做這件事，畢竟讀武俠、愛情和偵探小說，還是會被人視為無心向學，甚至招來一些壓力。但物以類聚，我總喜歡在圖書館默默留意那些喜歡閱讀的同學，並暗暗引為同道。去到中四時，我和六七位同學辦了個讀書小組，定期聚會，還出版過兩期手寫的《求索》小刊物，自行影印釘裝，在很小的同學圈子流傳。

除了學校圖書館，我很快發現學校附近還有一個更大的閱讀天地，那就是位於培正道的九龍中央圖書館(後來改稱為「九龍公共圖書館」)。中央圖書館樓高十二層，是九龍區藏書最豐的公共圖書館，我第一次去借書時，真覺得那是個天堂一樣的地方。我其後幾年的閱讀養分，不少都從這裏獲取。

最近這幾年，我開始明白，公共圖書館的設計、藏書和功能，對一個社會公共文化和公民意識的發展，可以有重要作用。正因為此，圖書館讓我們看到甚麼和不看到甚麼，推廣甚麼和不推廣甚麼，都有許多故事在背後。這是後話。

我當時讀過一些甚麼書呢？記憶已經有點模糊，加上沒有記錄，實在很難逐一細數。但我印象較深的，有以下幾類。

第一類是武俠小說。我基本上將金庸、梁羽生、古龍所有著作完整地讀了一遍，部份甚至看過好幾回。我是徹底的金庸迷，早在移民香港前，已在老家的地下租書店偷偷讀過他的作品，例如《射鵰英雄傳》和《神鵰俠侶》。初到香港時，我最大的快樂，就是知道原來不用錢也可以讀到金庸。

金庸對我有多大影響，我當時並不知道，我只知道沉迷到不能自拔。我仍然記得讀完《鹿鼎記》，知道這是金庸封筆之作時，真是有無盡悵惘，覺得從此再沒金庸可讀是人生最大遺憾。我甚至固執地認為，這個世界只有兩種人，讀金庸的和不讀金庸的。當然，如果有人告訴我他還認識梁羽生《萍蹤俠影錄》中的張丹楓和雲蕾，我會更加高興。

我後來上到大學做學生報編輯，第一件事就是策劃了一個金庸武俠小說研討會，請來幾位中文系老師主講，包括陳永明和楊鍾基老師，吸引許多同道中人。金庸小說給我最多的，是一種人格教育。郭靖、楊過、喬峰，才是我少年時代的偶像，而不是譚詠麟和張國榮。而「為國為民，俠之大者」這八個字，更是不知不覺深印在心，從此難忘。

第二類是台灣當代文學，尤其是小說和散文。瓊瑤、白先勇、琦君、三毛、余光中、陳之藩、張曉風、黃春明、司馬中原等，都是借來就讀，讀完如果喜歡，我還會找來同一

作者的其他作品繼續讀，直到讀齊為止。（是的，我是一個讀完瓊瑤全集的男生。）

在那麼多書中，對我影響最深的，是司馬中原的《啼明鳥》。那是一本以台灣六十年代東海大學為背景的青年成長小說，知道的人很少。我讀了這書多次，並為其中的理想主義深深打動，因而對未來的大學生活充滿期待。我當時甚至想過，讀完中學就去報考東海大學，可惜由於我居港未滿七年，沒有資格應考。今年暑假，我應邀去東海大學住了一星期，終於得見著名的路思義教堂，並在熟悉的文理大道散步，遙想當年男女主角在大度山的種種故事，算是圓了當年的夢。

為甚麼我會如此着迷台灣作家，卻對深受其他同學歡迎的香港作家如倪匡、亦舒和李碧華等提不起興趣？我現在猜度，那主要是因為，台灣現代文學整體呈現出來的那份人文關懷和生命情調，以及揮之不去的去國鄉愁，是我潛意識裏深深認同的。作為新移民，我一直在尋找自己的身份安頓。我到現在仍然記得，當年讀琦君的《三更有夢書當枕》和《千里懷人月在峰》，還有張曉風編的《親親》和《蜜蜜》時，那份無法言說的感動。

在那個世界，有溫柔敦厚，有關懷，有愛；而那個世界，離我真實生活的世界，很遠。如此遠卻又如此美好，遂成為我精神生活的烏托邦。

最近這幾年，因緣際會，我有機會和白先勇、李歐梵、林懷民、吳念真等前輩接觸相處，近距離感受他們的行事為人，更加印證我當年的讀書體會。直到現在，我仍然很感激

這些台灣作家——是他們的作品，滋潤安慰了我初到香港時彷徨無助的心。

⚘

第三類是中國文學，包括現代的魯迅、沈從文、周作人、朱自清、張愛玲，也包括古代的陶淵明、李白、柳宗元、李煜、蘇東坡、辛棄疾、柳永、李清照等。我喜歡這些作家，首先是和當時的中學課程有關。

當時的高中文科，除了「中國語文」科，還有「中國文學」。這科的重點不在語文訓練，而在文學欣賞，因此要精讀許多古典和現代文學作品。這是我最喜歡的科目，而且我很幸運遇到幾位很好的中文老師，包括梁漢鑿、梁世祺和陳振來老師。他們都是中文大學畢業，教學各有特色，給了我許多鼓勵和啟發。

另一個原因，是金庸、梁羽生和瓊瑤的小說，經常引用古詩詞，我很自然就被吸引進去，並愈讀愈着迷。現在回想，陶淵明的〈歸去來辭〉、李白的〈將進酒〉、王維的〈山居秋暝〉、蘇軾的〈水調歌頭〉和〈記承天寺夜遊〉、柳永的〈雨霖鈴〉，還有沈從文的〈邊城〉和周作人的〈風的話〉，都對我有很深的影響。

我發覺，這些作品一旦進入你的生命，就會成為你的情感和審美結構的一部份，並在最深意義上構成你的自我。讀過唐詩和沒讀過唐詩的人，舉頭望的雖然是同一個明月，感受卻絕不一樣。好的文學和好的藝術，都有這種力量。

最後一類是歷史和思想。錢穆先生的《國史大綱》和《中國歷代政治得失》，是我們那個時候必讀的，蔣夢麟的《西潮》在年青人中間也很普及。由於對生命困惑，我也開始閱讀《聖經》，甚至跟同學去教會聽牧師講道。

記憶所及，除了瀏覽過羅素的《哲學問題》、《李天命的思考藝術》和《存在主義概論》之類，我基本上沒怎麼讀過哲學。對哲學產生興趣，是進入大學之後的事。在那個時期，我也雜亂地讀了不少和時政相關的東西，包括《爭鳴》和《九十年代》雜誌上的文章，還有劉賓雁和蘇曉康的報告文學等。

✑

除了圖書館，要想找書讀，另一個途徑是去書店。

我去得最多的，是旺角的樂文書店和田園書屋。這兩家書店，主要售賣港台的文史哲類書，書種又多又新，是香港二樓書店的典範。旺角在學校和家中間，是我每天必經之地，放學後去書店打一會「書釘」（即只站着看，看完不買），也漸漸成了習慣。沒有書店喜歡我這類顧客，所以有時也得識趣，例如讀了半小時，便須將書放回書架，做個記號，下次接着讀。又或者實在忍不住，可以在這家讀一點，然後轉去另一家繼續。

逛書店和泡圖書館，是兩種不同的閱讀。書店是變化的流動的活潑的，每星期有新書上架，人在其中，和其他讀者擠在狹小的空間拚命吸吮新知，渾然不知時間過去，現在想起也覺美好。

除了旺角，另一個我喜歡去的地方，是鴨寮街。那個年代的鴨寮街，有兩三家專門售賣舊書的攤檔。免費收集回來的舊書，隨意擺於街上，沒有任何分類，甚麼書都有，堆積如小山。書價便宜，幾元便有一本。

　　那時我家就在鴨寮街旁邊，於是隔幾天就會造訪一次，彎腰伏身，像尋寶一樣在書堆左翻右查，希望找到心頭好。現在我家書架，有好些書就是當年這樣淘回，包括一套三卷馬克思的《資本論》，郭大力和王亞南譯，1938年讀書生活出版社出版。

　　二十多年過去，憶起這些年少舊事，我意識到，後來我所走的路，都和這些讀書經驗分不開。中學課本的知識，大部份我已忘記，但這些完全不為甚麼而讀的課外書，卻在不知不覺間融入生命，並在無數困頓的日子給我力量。更重要的，是在讀書過程中，閱讀本身成了我的生活方式，以至直到今天，逛書店打書釘淘舊書，依然是我生活的最大樂趣。

　　我很慶幸，我的少年時代，曾經有過這樣一段讀書時光。

（2014年10月9日）

羅丹，《沉思者》。

怎樣讀原典

我在大學任教政治哲學多年，發覺閱讀原典對學生的學習有許多好處。所謂閱讀原典，就是選擇一些學術經典作深度閱讀，與作品直接對話。但我也發覺，在閱讀過程中，同學經常會遇到各種困難，以至半途而廢，入寶山而空手回。對於這種由閱讀而來的挫折，我體會甚多。

以下九點，是我多年來的一些讀書心得，供讀者參考。不過，我必須強調，這些心得不是甚麼公式或指引，畢竟每個人的讀書方式和閱讀經驗都不一樣。

一、甚麼是閱讀呢？在我看來，這是一場思想的相遇。當你捧起一本學術著作，你是在進入一個思想的世界。這個世界處理的問題，很可能十分重要但異常困難；用的語言和邏輯，很可能頗為陌生且不易把握；提出的觀點，很可能聞所未聞甚至匪夷所思。因此，足夠的認真、足夠的謙遜，以及迎難而上的好奇心，都很重要。

二、捧起一本學術著作，我們最好習慣帶着問號去閱讀：作者在處理甚麼問題？這些問題為何重要？作者又是在甚麼學術傳統回應別人的挑戰？支持這種回應的理由有足夠說服力嗎？如果沒有，我們是否有更好的出路？帶着問題去思考，我們就不會那麼容易迷失在理論的迷宮，同時令自己和作者處於一種對話的狀態。

三、宜慢讀細讀，不宜速讀粗讀。人文社科著作許多都涉及抽象的概念、嚴謹的論證和深邃的思想，因此要習慣慢咀細嚼。讀一遍，不懂，再讀；再不懂，繼續讀。一篇文章反覆讀十數遍，然後才略有所得，是常事。如果貪多務得，囫圇吞棗，最後可能記了一堆似懂非懂的學術套話和時髦術語，思想的收穫卻可能甚少。

四、無論擺在我們面前的著作多麼有名，也不宜用一種崇拜的、甚至膜拜的心態去讀，更不要認定這些著作所說的，必然就是真理。在任何時候，都不要盲從權威，不要失去自己的判斷力。我們當然可以相信某套理論或堅持某種立場，但一定要有充份理由支持。不僅對待經典如此，對待自己的老師，也應如此。「吾愛吾師，吾更愛真理」，理應是追求學問的基本態度。

五、如果能力和條件許可，最好多讀外文原典，少讀譯本。一開始也許讀得很慢很吃力，但只要堅持一段日子，慢慢習慣以後，你會發覺這種努力絕對值得。與此同時，最好是閱讀重要思想家本人的著作，而不是只讀詮釋這些哲學家的二手文獻。還有就是要學會群讀，而不只是獨讀。例如辦個讀書小組，幾個人一起讀，然後互相討論彼此交流。我辦讀書組多年的經驗告訴我，只要持之以恆，這種讀書方式往往既愉快收穫又大。

六、不要強求自己讀一些根本讀不進去或完全找不到共鳴的著作，無論這些著作受到多少人推崇或影響力有多大。說到底，閱讀的目的，是滿足自己的好奇心和享受思想的盛宴。如果讀來味同嚼蠟，樂趣全無，那倒不如先放下，改讀

其他。也許過一段日子重拾，或會另有所得。世間沒有甚麼非讀不可的書，也不見得所有人都會喜歡同一本書，畢竟每個人都不一樣。

七、讀那些能夠回應你的關切和助你解惑的書。也就是說，最好不要隨意地東讀一點西讀一點，而能因應自己關心的問題，有計劃地讀。例如你關注自由問題，可以去讀穆勒的《論自由》和伯林的〈兩種自由的概念〉；關心社會正義問題，可以去讀羅爾斯的《正義論》或諾齊克的《無政府、國家與烏托邦》；對國家正當性問題有興趣，可以去讀洛克的《政府二論》或盧梭的《社會契約論》。這是一種以問題為導向的閱讀：盡量讓你的關懷和困惑，推動你去探索和欣賞沿途美好的知識風景。

八、學術潮流此起彼落，時髦術語層出不窮，更有一些作者喜歡故弄玄虛，令讀者暈頭轉向，以為愈含混愈艱澀的文字便愈有深度。實情往往不是這樣。好的學術著作，通常能用清晰明確的語言將道理講清楚。有些書你讀不下去，未必是你能力不足，而是對方寫得不好。

九、不僅要學會讀，還要學會寫。所謂的寫，最好不要只是摘抄筆記或抒發幾句感受，而是嘗試用自己的語言，將該書主要觀點整理出來，並逐點檢視它們是否合理。許多時候只有通過寫，我們才能確定自己在多大程度上讀懂了一本書。

在這個追求速讀易讀的年代，以上這幾點讀書心得，也許不合時宜。但慢慢閱讀，慢慢咀嚼，慢慢在其中理解和領悟，其實也不錯。讀書，在這種意義上，既是一種生活方式，也是一種做人態度。

（2014年7月10日）

左起：錢永祥、梁文道、石元康、慈繼偉等在犁典沙龍。（攝影：陳韜文）

犁典讀書組聚會。

犁典讀書組

問：犁典讀書組是甚麼時候開始的？

周：我2002年9月回來中大政政系任教，去到11月，碩士研
究生陳智遠跑來和我說，希望我能為同學開個政治哲學
讀書組，大家一起讀原典。我覺得這個主意不錯，於是
寫了以下一封信給政政系同學：

「我下學期會和一位研究生Paul Chan開一個讀書組，沒
有學分，但要努力讀書，努力想問題那種。選讀的書是
我常提及的John Rawls, *A Theory of Justice*，一本被學界公認
為二十世紀最重要的政治哲學著作。[1] 初步構思是兩星期
聚一次，每次討論其中幾節，希望一學期下來，可以令
參與者對這部書有些基本認識，對當代政治哲學的核心
問題有些了解。當然，讀書組的另一目的，是希望凝聚
一些對這類問題有興趣的同學，共同討論探究，令政政
系的學術氣氛變得濃厚活躍一些。有興趣的同學，歡迎
加入！」

這封信寫於2002年11月12日。

讀書組第一次聚會，在2003年1月某個晚上，在聯合書
院政政系舉行，來了三十多人，有本科生也有研究生，

1　John Rawls, *A Theory of Justice* (Cambridge, Mass.: Harvard University Press, 1971;
revised edition, 1999).

將本來只能坐十多人的會議室擠得密不透風。當晚出席的，還有哲學系的博士生周濂和鄧偉生，他們後來分別去了人民大學和中山大學。在政政系歷史上，這種形式的政治哲學讀書組，很可能是第一次，當晚所有參與者臉上都帶着好奇和期待，討論也很愉快。

有了第一次，讀書組便開始運作，出席人數慢慢穩定在十來人左右。去到2004年秋天，我們在新亞書院錢穆圖書館麗典室讀Ronald Dworkin的*Sovereign Virtue*，並有了「犁典」這個名稱。[2] 到2006年暑假，我們一起讀了F. A. Hayek的經典*The Road to Serfdom*。[3] 那段時間積極參與的，有覃俊基、盧浩文、葉家威、梁卓恆、王家禮、王向真、王邦華、陳家豪、鄭思翎等，他們很多後來都繼續攻讀政治哲學碩士和博士。

去到2006年秋天，讀書組陸續加入其他成員，包括李經諱、鄧偉生、鄧小虎、曾瑞明、陳日東等，舉行地點也從圖書館改到我住的大學宿舍12苑。從那時候開始，犁典便不間斷地定期舉行，成員逐漸增加。

如果從2002年11月算起，犁典讀書組成立至今已有十五年，很可能是香港歷時最久、參與人數最多的讀書小組。這是很長的一段路。當初起步的時候，我們怎麼也沒有想過，會一直走到今天。

問：為甚麼叫做「犁典」？

2　Ronald Dworkin, *Sovereign Virtue* (Cambridge, Mass.: Harvard University Press, 2000).

3　F. A. Hayek, *The Road to Serfdom* (Chicago: The University of Chicago Press, 1994).

周：有兩重原因。第一重是我們早期的聚會，經常在新亞圖書館麗典室舉行，而「犁典」和「麗典」發音接近，「麗典」則是"reading"的音譯；第二重是我們希望讀書組能像耕牛犁田那樣耐心爬梳原典，慢慢讀，讀得深。我小時候在農村生活，天天看着牛隻犁田，所以這個名字對我來說，很形象，也很親切。

問：讀書組的形式是怎樣的呢？

周：我們通常三星期聚會一次，大多數是在星期五晚上或星期六下午，每次至少三小時。我們每次會讀一篇文章，並由一位成員做報告。報告完後，大家就自由討論。選文方面，我們通常會定一個大的閱讀主題，例如國際正義或民族主義，然後挑一組相關的重要文章來讀，通常是期刊論文或某本書的部份章節。

除了讀書，每年我也會請我的好朋友、著名電影評論人家明來為我們播放一部精彩電影，然後好好聊一晚。聖誕節和春節時，我們通常會一起打邊爐，輕鬆聚聚。我們許多成員都喜歡喝酒，所以從海外回港的老會員，有時也會為我們奉獻一兩瓶好酒。

讀書組是個很自由的小團體，沒有甚麼特別規矩，除了來之前一定要先讀文章。至於討論，每個人可以隨時發言，也可以隨時打斷別人和挑戰別人，沒有論資排輩這回事。

問：通常是甚麼人來參加？

周：早期主要是我的學生和志趣相投的哲學朋友，後來知道的人多了，就有些本來不認識的也主動要求加入，例如

犁典沙龍。（攝影：陳韜文）

袁偉時教授2011年3月作客犁典沙龍。

其他大學的研究生、中學老師和已經出去工作的人，甚至試過有中學生。在讀書組的中後期，除了前面提及的核心成員，經常來參加的，還有劉琦、鄭煒、袁瑋熙、李肇祐、龍子維、郭梓祺、水城、黃宇軒、孟繁麟、周漢杰、李敏剛、梁健尉、黎恩灝、李晶瑩、郭志、楊政賢、鍾耀華、鍾义耀、方均富、陳曦彤、蔡子俊、何敏盈、司徒偉傑、尚正和梁采珩等。

這些年來，到底有多少人來過讀書組，我們沒有做過正式統計，經常參與的估計有過百人，來過一兩次或數次的，則多得難以估算。而犁典成員去海外攻讀政治哲學和政治學博士的，迄今約有二十人，許多都已學成回港。

問：讀書組為甚麼能夠吸引那麼多人，而且可以維持那麼久？

周：這個問題不易答，而且不應只由我來答。我相信，日後一定會有其他讀書組成員分享他們的體會。不過，我想其中一個主要原因，是參與者對政治哲學有濃厚興趣，而犁典是個很好的小社群，讓大家共同追求學問。精讀文章和深入討論，是犁典的要求，參加者也大都有這樣的自我期許，因此一直能夠維持較高水平的討論。每次讀完，都有所得，都能從別人的發言學到東西，是讀書組最為難得之事。

事實上，在中大以至在香港，確實沒有甚麼平台，可以凝聚一群志同道合的人，長期這樣討論學問。現在回看，犁典的存在，對我的思想發展，起了很大作用。也有不只一位成員跟我說過，他們後來去海外讀博士，方

知讀書組那幾年的學術訓練，對他們幫助有多大。

除了知性上的收穫，還有一點很重要，就是讀書組也是互相扶持和彼此勉勵的小團體。讀書組成員不僅有相近的學術興趣，也有相近的社會關懷。我們平時一起讀書，也一起打邊爐食宵夜看電影踢足球，甚至一起參與社會行動，網上交流就更不用說。所以，每次聚會，不僅有共同讀書的得着，也有朋友相聚的愉悅。我甚至可以說，讀書組的成員，是在閱讀中共同成長。

最近和鍾耀華和李敏剛聊天，他們不約而同地告訴我，讀書組對他們最大的影響，是一種平等相待和自由討論的氛圍，成員之間沒有階級和尊卑之分，可以沒有任何顧慮地暢所欲言和據理力爭，同時學會認真對待和尊重別人的觀點。他們這種感受，倒是我沒怎麼想過的。這也正好說明，不同人來到犁典，讀的是同一本書，收穫的卻可能很不一樣。

問：這麼多年來，你們都讀過些甚麼書？

周：太多了。如果將文章和書名詳列出來，這張清單會很長。就我記憶所及，討論過的主題，其中包括：社會正義、實踐理性問題、自由主義、價值規範性問題、國際正義、平等和自主、市場和資本主義、商議式民主理論、公民抗命、人生哲學、民族主義和愛國主義、民粹主義、當代儒家政治思想、中國自由主義論爭等。

至於研讀過的哲學家，則包括：

Hannah Arendt, G. A. Cohen, Ronald Dworkin, Terry Eagleton, Jon Elster, Milton Friedman, Mahatma Gandhi, Jürgen

Habermas, Václav Havel, Friedrich Hayek, Axel Honneth, David Hume, Immanuel Kant, Frank Knight, Christine Korsgaard, Charles Larmore, Ernesto Laclau, David Miller, Thomas Nagel, Robert Nozick, Martha Nussbaum, Derek Parfit, Thomas Pogge, John Rawls, Joseph Raz, Jean-Jacques Rousseau, Thomas Scanlon, Samuel Scheffler, Amartya Sen, Charles Taylor, Jeremy Waldron, Michael Walzer, Max Weber, Bernard Williams等。

中國學者方面，我們曾討論過石元康、慈繼偉、陳祖為、錢永祥、汪暉、許紀霖、劉擎等人的著作。除了政治哲學，我們有時也讀一些文學作品，例如《小王子》、《伊凡‧伊里奇之死》等。

上面列出來的哲學家，不是一張完整清單，尤其是早年的聚會，我們沒有系統地留下記錄。不過，從這些哲學家的背景，大抵見到我們的閱讀，主要集中在當代英美政治哲學，這明顯和讀書組成員的學術興趣有關。

問：除了讀書組，你們也會辦犁典沙龍，兩者有甚麼不同？

周：兩者性質不同。沙龍主要是邀請外面的學者來做專題報告，除了讀書組成員，我們也會邀請對這些題目感興趣的朋友來參加，所以規模會較大，通常有五、六十人，討論從晚上七時去到十一時。

為了留個歷史記錄，我將過去七年沙龍的講者和題目詳列於下：

1. 陳冠中：「東歐經驗與香港民主」（2010年7月22日）

2. 錢永祥：「中國化：馬克思主義與自由主義的歷史經驗」（2010年11月5日）

3. 袁偉時：「新尊孔派興起的背景及自由派面臨的學術挑戰」（2011年3月5日）

4. 秦暉：「中國與世界的互動：全球化時代憲政民主的『危』與『機』」（2011年11月17日）

5. 陳祖為："Political Authority: Towards a Confucian Perfectionist Perspective"（2012年5月5日）

6. 許紀霖：「中國自由主義的挑戰」（2012年12月7日）

7. 劉蘇里：「反對的心理機制」（2013年11月28日）

8. 王怡：「基督教與自由主義在中國的雙重變奏」（2014年3月8日）

9. 劉擎：「左翼自由主義與當代中國思想論爭」（2014年8月2日）

10. 羅永生：「身份政治往何處去？」（2015年4月26日）

11. 劉創馥：「黑格爾論歷史進程」（2015年8月1日）

12. 吳介民、陳冠中：「中國因素與香港未來」（2015年11月27日）

13. 秦暉：「二十一世紀全球化的危機」（2017年1月7日）

參加犁典沙龍的朋友，其中較為人熟悉的，包括：
石元康、陳方正、關信基、慈繼偉、陳韜文、梁其姿、陳祖為、熊景明、梁文道、馬嶽、蔡子強、張潔平、常成、邢福增、余國良、區家麟等。
與此同時，因緣際會，也有許多大陸和台灣朋友曾經參與，例如：錢理群、徐友漁、崔衛平、金雁、梁曉燕、郭于華、許章潤、高全喜、嚴搏非、周濂、諶洪果、長

平、龍應台、林載爵、鍾永豐、陳宜中、張鐵志等。

當初籌辦沙龍，我沒有甚麼特別想法，就是希望有個場合，大家能就一些共同關心的議題，坐下來討論。辦了幾場以後，從現場氛圍和參與者的反應，我漸漸看到沙龍的意義：在這樣的時代，我們迫切需要認真的思想對話。但在現實中，卻甚少這樣的思想沙龍。香港很少，大陸和台灣聽説也幾乎沒有。

辦好一場沙龍，需要一點學問，例如找到有份量的講者，選個有意思且大家感興趣的題目，提供像樣的食物酒水，以及營造好的聊天氛圍。同樣重要的，是要請到合適的朋友來參與，令沙龍產生化學作用，成為真正的思想盛宴。

現在回想，每場沙龍，都留下各種美好回憶，教人懷念。

問：辦了這麼多年犁典，你覺得對大學和社會有甚麼影響嗎？

周：這個問題不易答。我一向不太懂得從這種宏大的角度，去衡量自己所做之事的意義。説到底，辦犁典主要有兩個原因。第一，我是一位老師。辦讀書組和沙龍，讓學生有更好的學習機會，是教師應份之事。對我來説，這些都是教育的一部份。第二，一起讀書一起思考，本身就是很快樂的事。那種快樂，有時真的會教人手舞足蹈，難以形容。

我很清楚現在的大學是怎麼一回事，因此明白這些教育實踐，在大學不會有任何位置。不過，這並不表示，這些活動沒有意義或意義有限。

試想想，一個年輕人，如果因為參加讀書組，讀了一些好書，從而改變看世界看人生的方式，對他自然極有意義。如果他改變了，因而活出不一樣的人生，繼而影響其他人，這個世界自然也跟着不同。

換言之，用心做好應為之事，改變自然跟着會來。

問：如果其他人也想辦讀書組，你有甚麼建議？

周：第一，讀書是好事。一群朋友一起讀書，是加倍好事。所以，想做就去做，不要拖不要等。第二，要讀，就得認真讀。讀書需要時間和精神。第三，挑好書來讀。最後，也是最重要的，要持之以恆。

捐書人

1991年9月，我選修了陳特先生的「哲學概論」，地點在新亞人文館115室，助教是哲學系研究生楊國榮，綽號「楊過」。我們的小班導修課，每兩星期一次，楊過帶我們走出教室，在新亞草地席地而坐討論柏拉圖、伊壁鳩魯、休謨和康德，探究理型、善惡、知識的可能和存在的意義。

國榮對於哲學的熱情，感染了我們每一位，令我們這些不是主修哲學的學生每次上課都如痴如醉，欲罷不能，就像在生命中打開一扇窗，窗外是個新世界。我在三年級時，幾經掙扎，終於從工商管理轉到哲學，成為國榮的師弟。

其後，我們各散東西，國榮和他的「小龍女」何杏楓雙雙負笈加拿大讀博士，我則陰差陽錯地去了倫敦政經學院研究政治哲學。再聚首，已是2002年深秋，我們在某個夜晚，一起陪伴已到癌症末期的陳特先生，在中文大學崇基校園散步。

那一夜，明月當空，夜涼如水，我們三人在相思樹下靜靜行走，閒閒地説話，好像前面還有很長的路。但我心裏知道，那是永別。

再後來，大約是2009年，我驚悉國榮也患了癌症，病情兇猛。其間我和友人去他家探望過幾回，最後一次是2010年暮春，當時他已虛弱無比，瘦到我幾乎認不出來，只能斜斜

躺在牀上和我們說話，說一句，停頓好一會，再接續下一句。談甚麼呢？談儒家哲學在香港的未來，談他對人世間的種種關懷。如果是平時，我一定會和他辯。他也知道我會。但那一次，我沒有。

時間靜默流逝。

前幾天晚上，杏楓在臉書和我說，國榮去世後，他的藏書一直放在迷你倉，知道你們正在辦博群書節，除了部份新儒家和生死學的書要留給女兒靜得，餘下的全都捐出來給中大學生吧。我說好。當晚國榮的學生即電郵我一份藏書清單。我在燈下細看，裏面有應用倫理學、政治哲學、儒家、道德心理學、死亡哲學，還有一本我當年送他的《政治哲學對話錄》。

真箇是往事如昨，故人如昔，寒夜中我彷彿又隱隱聽到國榮豪邁爽朗的笑聲在校園迴盪。

⁂

1992年秋天，我在中大認識另一位朋友，名字叫林森，地點在范克廉樓307室的中大學生報會室。林森是哲學系高年級生，加上入學時年齡較大，知道許多我聞所未聞的東西，在他面前我像個小弟。

林森高瘦冷峻，不是那麼容易接近，但不知何故，我們卻很投契，常常在報社那個凌亂不堪的小資料室，聊哲學聊文學聊電影，有時會抽上一兩口煙，有時會因為聊得太過投入而忘了去上課。大約一年多後，林森離開中大。

我們沒有正式道別，我也不知道他去了哪裏。

又過了若干年，我偶然聽人說起，他在中環開了家英文二手書店，口碑不錯，但我也不怎麼放在心上，因為我極少去中環。直到前陣子，負責書節的同事小珊告訴我，有一位我認識的書店老闆捐了五千冊書給博群。

我一聽便傻了眼。在香港，經營獨立書店的人分文不收捐出這樣數量的書，而且為了確保書的質量，還特別請義工先做一番篩選才交給我們，真是匪夷所思。我上網搜索，才知道那家書店叫flowbooks，創辦於1997年，店址在中環擺花街。店主有個特別的名字──樹單，是他在印度修行時用的名字Surdham的譯音。

這位樹單先生，就是林森。他一個人，在中環這個人潮如海商賈如雲之地，開一家小書店，安安靜靜，守了十八年。

林森送來的書，全都裝在「紅白藍」袋，足足有好幾十個。早兩天我在書節的儲物室，將袋子打開，看到裏面有小說、哲學、政治、旅遊、經濟、歷史，都是好東西。我知道，這些書，是林森長年一本一本收回來，現在交到我們手上，很快就會一本一本覓到新主人。這是怎樣的緣份，又是怎樣一道流動的書風景！

❧

如果國榮和林森是舊識，那麼黃志清先生則是我素未謀面的可敬的前輩。去年八月，雷競璇先生通知我們，說有位

中大老校友有一批藏書想捐給書節，但他身體已很不好，叫我們快點去。我們遂馬上上門拜訪，安排好五千冊文史哲書籍的捐贈。

兩個月後，黃先生不幸辭世。

黃志清先生到底是誰？我後來讀到他〈書海浮生〉一文，開首第一句即稱「我的一生沒有甚麼東西，只有書」，才知道自己孤陋寡聞得可以。黃先生1961年畢業於聯合書院中文系，由於自小喜歡讀書，工作後每逢假日，即會四處淘書。據他回憶，「當年香港書業集中在中環一帶。石板街康記、皇后大道中商務印書館、百新書店、中華書局、三聯書店、集古齋；荷里活道世界書局、民生書局；鴨巴甸街黃沛記、光記、三益；嚤囉街的地攤等。」

黃先生從六十年代開始就在中環經營「匯文閣」，成為中文大學圖書館最早的中文圖書供應商，其後得到宋淇先生和裘開明博士的幫忙，將生意拓展到美國。哈佛大學、普林斯頓、耶魯和史丹福等大學的圖書館，都是他的長期顧客，緊接着歐洲、澳洲和日本的大學和國家圖書館亦紛紛慕名而來。

可以說，在那個時代，黃先生的圖書公司，是西方學術世界中文圖書主要的供應地。黃先生一代書痴，去到晚年，更慷慨轉讓和捐贈了大量珍稀藏書給城大和中大圖書館。

❧

這幾年，因為參與籌辦中大博群書節，我有幸認識許多

這樣慷慨可敬的捐書人。雷競璇、林道群、小思、北島、文思慧(已逝)、周錫輝(已逝)、李歐梵、石元康、關子尹、張燦輝、陳韜文、陳健民、巢立仁、馬傑偉、張敏儀、張玨于、黃啟成、梁文道、余國良、盧傑雄，是這張長長名單中，部份我認識的師友。

他們將書捐出，我們再作分類整理，貼上捐書人名字，然後一本本擺放在邵逸夫堂特別設計的書室，讓同學自由瀏覽，並可挑選最多五本帶回家中。書節期間，我們還會籌辦各種講座，請小思、北島、林夕、白先勇、周國平、吳明益、沈祖堯、Michael Sandel等來和我們分享讀書心得。

博群書節辦了三屆，我們合共收到贈書五萬多冊，讓數以千計年輕一代愛書人受惠。這裏面，有知識，有記憶，有傳承，有關懷，有期許，還有許多我不懂如何言說的溫暖。

捐書人，謝謝你們。

(2016年3月6日)

序言書室。

序言書室十年誌

十年前某天午後，李達寧和李文漢兩位哲學系畢業的年輕人，約我在中大范克廉樓咖啡閣見面。他們計劃在旺角開一家新書店，想來聽聽我的意見。

那是我第一次聽到「序言書室」這個名字。

記憶中，那天我們拉雜談了許多，例如如何定位這家書店，該賣甚麼類型的書，吸引哪些讀者，營造怎樣的閱讀氛圍等。我當時特別強調了幾點，例如要主動辦思想講座，要有二手書部，要想辦法找外國學術出版社的「倉底貨」(remainders)來賣。我最後還笑着對他們說，讀書界有個說法，如果你想坑你的朋友，要麼鼓勵他去辦雜誌，要麼鼓勵他去開書店。祝你們好運。

過了一段日子，大約是2007年5月初夏，序言正式開業，在書店辦了個小派對，還找了已結業的曙光書店老闆馬國明先生來做特別嘉賓。

曙光書店創辦於1984年，結業於2006年，地址在灣仔莊士敦道，專售英文學術圖書，滋潤香港讀書人二十年，是香港書店史上的地標，也是傳奇。是故序言此舉，既是向前輩致敬，也有承先啟後之志。

那天我在場，許多朋友也到了，人人帶着期待和祝福。

序言的地址，是旺角西洋菜南街68號七字樓，就在地鐵站附近，左邊是樂文書店和田園書屋，同一座有梅馨書舍，右邊不遠處是旺角城市中心，其時有文星、榆林、博學軒、新思維等書店佔據不同樓層。這些書店各有特色，例如文星專攻大陸文史哲，樂文集中售賣台版書，梅馨則只經營二手，端的是香港獨立書店集中地，吸引無數愛書人日夜流連。

　　我有好一段時間，幾乎每個週末，都會從中大坐火車到旺角，走過鬧市，爬上不同大廈不同樓層，穿梭其間，來回尋覓，消磨許多淘書時光。在眾多書店中，序言雖然後起，卻在附近不少書店相繼結業後仍能繼續，並成為香港年青一代讀書人的匯聚之地，中間實在有許多曲折和努力。

　　李達寧早期的想法，是希望將序言辦成一家以人文社科為主且中英並重的學術書店，既提供最新的英文學術原著，也供應中港台各種重要的前沿思潮著作，讀者群則以對理論有興趣的大學生、研究生和教授為主。

　　以我理解，序言當初是想走曙光書店的路。

　　十年過去，序言承繼了曙光嗎？這問題不易答。

　　書店離不開書。就英文著作而言，序言進書的廣度深度以及新書上架的頻率，和當年曙光相比，其實有相當距離。早年勢頭還好，近年則愈以中文書籍為主。我最近和書店另一位合伙人黃天微談過，印證了我的觀察：目前序言中英文售書比例已去到十比一。

　　原因不難理解：網絡書店興起後，愈來愈少人在序言購

買英文書，於是存貨愈積愈多，又欠缺資金和空間購進新書，於是形成惡性循環。我也留意到，序言早期還會售賣大陸出版的簡體字學術著作，近年已逐漸減少。可以說，序言今天已轉型為一家專營港台人文社科及社運理論為主的書店，這可從近年每個月的暢銷書榜得到印證。

這種轉變，或許不是序言的初衷，而這也不見得是壞事。但一葉知秋，這個城市的知識社群愈來愈難以合力維持一家以學術理論為主的獨立書店，卻是必須承認的事實。馬國明曾經說過，當年曙光能夠生存多年，靠的也就是百多位忠誠讀者的長期支持而已。今天境況可想而知。

❧

但這樣的轉變，並非沒有代價。這話從何說起？姑且讓我懷舊一下。

我仍然記得，上世紀九十年代讀大學時，老遠從中大跑去曙光打書釘的情景：灣仔老唐樓晦暗的樓梯，樓梯兩邊五花八門的海報，推開門，是一室文史哲的青文書屋，書從地面堆到屋頂，窄窄的通道轉身也難，店長羅志華永遠藏在書堆中對着電腦忙着，偶爾才抬頭看看客人。

從青文往裏走，就會見到曙光，那是另一番景象：書架上整整齊齊分門別類排着各種英文學術著作：哲學、文化研究、社會學、批判理論、後殖民研究等等。書店盡頭，有一書桌，有位帶着眼鏡上了年紀的男人，總是靜靜坐在那裏看書，忘了天地的樣子。他就是馬國明先生。

那個時候，曙光書架上的書，大部份是我未曾聽過，也是我看不懂，更是我買不起的，但我每次去，還是會捧起翻開，看看裏面説些甚麼，八卦一下作者，甚至暗暗背誦幾個「主義」。如果偶然在那裏碰到自己仰慕的學者，還會偷瞄幾眼，暗喜一下。

因為離學校遠，我去得並不頻密，但那種書店氛圍，卻教我知道那是讀書人匯聚之地，那些是重要的書，那種生活值得嚮往。

一個城市，如果沒有一兩家這樣的書店，讓那個時代有志於求知的年青人，有機會在那裏遇上同道中人，接觸到最進步最深邃的思想，從而知道這些思想家在思考甚麼，以甚麼方式思考，以及這些思考對一己生命及當下社會有何意義，那麼這個城市就會付出代價：沒有好的書店，就沒有新的思想；沒有新的思想，社會就會停滯；社會停滯，人的心靈就會閉塞；心靈閉塞，我們就很難見到活得更好的可能性。

這個代價，不僅是對某個年輕人的生命而言，也是對整個城市所有人的生命而言。

※

時代變了，序言走到今天，雖然不是曙光第二，但卻創下香港書店史上的一項紀錄，那就是利用書店的有限空間，十年來堅持不懈地舉辦各種講座、對談、新書發佈會和詩歌朗誦會，從而令序言成為香港最重要的一片公共領域。這項

成就，不僅其他獨立書店無人能及，就算是商務和誠品這些大型書店也難望其項背。

這樣說，是否有點言過其實？我對自己的判斷也不是很有信心，於是特別請教黃天微，到底序言十年辦了幾場活動。她說，七百場。我一聽，簡直呆了。七百場是個甚麼概念？這意味着過去十年，平均每五天多，序言就有一場讀書會。

這家小書店辦的讀書會，到底在討論甚麼？我很好奇，於是去序言網頁搜索了一下。不看則已，一看更為吃驚。為甚麼呢？以下是2016年6月至10月序言舉辦過的活動，大家看過便會明白。

10月29日（日）《雙城對倒——新加坡模式與香港未來》新書會

10月22日（日）《徹底的愛：酷兒神學導論》說書會系列之三：當性工作者遇上徹底的愛

10月17日（一）The Courage of the Truth 讀書組

10月9日（日）《哲學的力量：踏進法國高中教室，想想台灣哲學教育》新書分享會

10月8日（六）德勒茲的《差異與重複》

9月21日（三）社區民主，如何落實？

9月16日（五）英國脫歐造成政治地震：左翼的分析

9月9日（五）從法國哲學試借鏡通識：《守住這一代的思考》新書會

9月2日（五）貨幣中的英國殖民史：尋找大英帝國的餘暉

8月26日（五）《人民‧弊》新書會：「中國經濟崩塌下的香港」

8月20日（六）新書《香港文化論》講座：何為香港文化

8月5日（五）「女」遊與寫作

7月30日（六）《真假法治》新書討論會

7月23日（六）《神學私房菜》新書分享會：解放神學與「平信徒做神學」運動

7月16日（六）名字、規矩、必然真相：簡介克里普克

7月15日（五）新書會：《香港貨幣簡史——從戰後至開埠175載》——香港貨幣70年的回顧與展望

6月29日（三）《北韓迷宮》新書分享會

6月20日（三）「香港前路何處走——自決可能嗎？」選民起義對談系列1

6月3日（五）六四詩聚

　　從上可見，短短五個月內，序言合共辦了十九場讀書會，主題包括哲學、政治、宗教、經濟、法律、香港問題、國際關係、文化研究、教育、女性主義等等。每場講者，要麼是新書作者本人，要麼是在相關領域學有所長的讀書人。

　　如果我不將清單列出來，有多少人會相信，在香港這樣的城市，會有這麼一群讀書人，年復年月復月地聚在一起進行如此密集的讀書會？序言的實踐，不僅在香港書店史上極為少見，即使放在華文社會乃至全球書店的語境，也殊為難得。

　　序言的讀書會，究竟如何操作？

首先，出版社或民間團體如想和序言合辦講座，不用支付租金；其次，講者沒有酬勞；最後，聽眾不用付費，但鼓勵隨緣樂助。由於地方狹窄，如果來的人多，書店就會將中間的書架移走，騰出一個可容納三四十人的空間。平時來聽講座的，真是來自五湖四海，有中學生和大學生，有教師和社運人，也有失業者和退休人士。

我有幸在序言做過幾次講座，每次都很愉快。記得有一次，來的人很多，將椅子坐滿後，其他人只好在後面站着聽，再遲來的甚至不得其門而入。那夜燈光昏黃，空氣混濁，樓下是香港最繁華最吵鬧的一條街，街頭卡拉OK的歌聲一陣陣飄上來，而我們數十人則聚於一室異常認真地討論政治哲學。那個景象，有點荒誕，卻也教人回味。

十年，七百場，意味着甚麼？意味着主辦者要有莫大的恆心毅力，同時要有莫大的知性熱情，才能持之以恆地做同一件事做足十年；意味着這些讀書會，正潤物細無聲地啟迪無數對知識好奇和對社會關懷的年輕人；也意味着在持續的理性討論和深入對話中，孕育出一個閱讀共同體，並令序言成為讀書人討論公共議題的重要平台。

我自己也辦過多年的讀書組和思想沙龍，深明箇中艱難，因此對序言十年的努力，懷有最高的敬意和謝意。

序言所做，是真正的公益。

⁂

寫到這裏，回過頭看，我終隱隱明白，從曙光到序言，

中間這三十年，香港其實走過頗不平凡的一段路。這段路，折射出兩家書店不同的命運。

序言最初希望辦成曙光，但終究成不了曙光，原因有許多，但最主要的，恐怕還是時代變了。這個時代的讀書人，似乎早已失去想像中的理想象牙塔，也淡薄了對西方學術理論的單向迷戀，甚至沒有了昔日那份沉潛讀書的安靜心境。主體、民主、自主、抗命、本土、獨立，是這個時代的關鍵詞。如何用思想理解時代，以及如何以觀念指引行動，是許多年輕一代讀書人走入書店拿起書本的內在動力。

序言之為序言，是通過貼近社會脈絡的書籍和讀書會，有意識地回應時代，並在這個過程中，慢慢形成其獨有的精神和格調，並得到許多讀者認同。序言不僅是一家書店，也是一片公共空間，更是一個價值社群。正是在此意義上，序言超越了曙光，並開出香港獨立書店的新格局。

　　　　　　　　　　　　　　　　　　　　　　　　.◣.

我每次去序言，都喜歡坐在靠近窗邊的椅子，靜靜看一會窗外風景。所謂風景，就是旺角街頭川流不息的人群，以及人群中傳來的種種叫賣聲。那是香港繁華熱鬧的縮影。偶然回頭，我就會看到書架上排得滿滿的書以及在專心讀書的人，還有小貓「未未」靜靜地守護着這小小的書室。

這也是風景。

香港在路上，序言在路上，我們也在路上。

書，會為我們燃起一路的燈。

歐遊尋書記

2009. 6. 29 (星期一)

現在身處巴黎一家小旅館,第一次去旅行用Wi-Fi在房間上網,感覺特別。[1]

今天下午四時多,從倫敦坐「歐洲之星」火車到巴黎,第一時間想去的地方,仍然是羅浮宮,雖然這已經是第三次來,而且最想看的,還是那些看過好多遍的藝術品。

很可惜,去到剛好關門,而今天又沒有夜場。我和翠琪興致不減,在玻璃金字塔下的書店逛了很久。英國的維珍公司在這裏開了一家很大的書店和唱片店,設計很不錯,書多,音樂又好聽,教人捨不得走。

離開羅浮宮,我們去了不遠處一家土耳其和希臘餐廳晚飯。我們坐在露天位置,正對着羅浮宮的側面,黃昏的陽光灑下來,整個城市突然就溫柔起來。

這家餐廳生意很好,我叫了一客烤肉拼盤和一大杯啤酒,味道好得沒法說。翠琪則點了一客羊肉芝士沙律,也是味道濃郁,教人垂涎。我們開始明白,從倫敦到巴黎,最大的不同,原來是食物。

吃完飯,我們走到不遠處的塞納河散步。河上有一條

---

[1]　2009年6月底7月初,我由於要帶領一批中大學生到英國參加學術交流,遂有機會重遊巴黎和倫敦,並記下沿途尋書點滴。

巴黎莎士比亞書店一角。

橋，供行人專用。橋上熱鬧得很，人們三五成群，或坐或躺，拿着酒杯，吃着東西，玩着遊戲，而橋下遊船穿梭不停，一片悠閒。

過了左岸，沿着河邊走，我們在街頭見到哲學家孔多塞 (Condorcet, 1743–1794) 的人像雕塑，然後往前走，便見到巴黎聖母院。夕陽斜照聖母院，我抬頭仰望，細細體會這座城市的滄桑。

聖母院不遠處，便是無人不識的莎士比亞書店 (Shakespeare and Company)。這家書店由美國人惠特曼 (George Whitman, 1913–2011) 於1951年創辦，最初的名字叫Le Mistral，到了1964年才改為現在的名稱，因為他想在莎士比亞誕生四百周年的日子，向畢奇 (Sylvia Beach) 致敬——她在

1919年創辦了最初的莎士比亞書店，成為喬伊斯、海明威等許多作家聚集之地。

這家書店最為人津津樂道的，就是容許那些落泊巴黎卻名不見經傳的年輕作家、藝術家和知識分子免費留宿書店。惠特曼稱呼這些留宿者為tumbleweeds（風滾草）。他們雖然不用付費，卻要做三件事：每天讀一本書，每天在書店幫忙幾小時，以及留下一頁個人自傳。從書店成立開始算起，據估計，最少已有三萬人曾在這裏留宿。難怪惠特曼曾經很得意地說過：「莎士比亞」其實是偽裝成一家書店的社會主義烏托邦。

雖然已是旅遊景點，但那天我們去到時，人並不多，書店兩層密密麻麻全是英文二手書，種類齊全，質素也不錯，

足以讓人在這裏好好消磨一整天。上到二樓，有十多人正在舉行讀書組。我不便打擾，遂在遠遠一角找個地方坐下來，靜靜看風景。

2009. 6. 30 (星期二)

巴黎炎熱，萬里無雲，陽光猛烈。

一早起來，在街角的咖啡店吃了個簡便早餐，然後和翠琪去黎塞留街的法國國家圖書館舊館，那裏收藏了許多歷史原始資料和典籍，翠琪要去那裏看《道藏》一個較早的版本，這是她來巴黎的主要目的。

圖書館門前有個圓形公園，中間有個大噴水池，四周都是參天古樹，樹下有椅，椅上坐了幾個老人家，捧着書，在樹蔭下安安靜靜地讀。

翠琪入了圖書館後，我決定去蒙帕納斯公墓(Cimetière du Montparnasse)，那裏葬了二百多位法國名人，包括藝術家、哲學家、詩人、政治家等。墓園管理處很體貼，準備了地圖，將墓園分為不同區域，標示出這些名人的墓地位置。墓園那麼大，沒有這張地圖，想要找某一個人，真是不知從何找起。

最多人參觀的，是沙特(Jean-Paul Sartre, 1905–1980)和波娃(Simone de Beauvoir, 1908–1986)的墓。這個最易找，因為就在正門不遠處。兩人合葬在一起，墓很簡潔，白色墓碑上就寫着兩人名字和生卒年份，別的甚麼也沒有。

沙特和波娃1929年相識於巴黎高等師範學校，在該校著名的哲學教師資格考試中，沙特得第一，波娃第二，從此成

為終身伴侶，開始他們傳奇的一生。沙特後來成為著名的存在主義哲學家和文學家，寫了《存在與虛無》、《存在主義是一種人道主義》、《嘔吐》等作品，獲頒諾貝爾文學獎卻公開放棄。

沙特同情社會主義，曾先後訪問蘇聯、中國和古巴，並和捷古華拉見面。他也積極參與社會運動，成為二戰後法國影響力最大的公共知識分子。1968年，沙特因為支持學生運動而被捕，戴高樂總統赦免了他，並對人說：「你不會逮捕伏爾泰」。

沙特晚年曾被問及死後希望如何被人記起，他說：「我希望人們想起我時，會想起我所生活的年代，以及我在其中如何活着，即如何以一己之力努力實踐我的諸多抱負。」(大意)他逝世時，數萬人前往弔唁。

波娃一生和沙特密不可分，但同時活出了自己的精彩人生。她在1949年出版的《第二性》(*The Second Sex*)，成了女權運動的經典。在書中，她借用沙特「存在先於本質」的想法，指出所謂的「女性」特徵，並非天生，而是社會建構。父權社會視女性為不正常和低男人一等的他者，以致很多女性也認定自己就是如此，於是慢慢變成這個樣子。

波娃寫了不少小說，其中《達官貴人》(*The Mandarins*)獲頒法國最高榮譽的文學獎。沙特死後，她出版了《永別：向沙特說再見》(*Adieux: a Farewell to Sartre*)一書，又將沙特寫給她的書信編輯出版。

當天墓園很靜，遊人疏落。兩人的墓碑下，放了一盆紅色小花，旁邊有一本沙特的著作，還有一些小字條，用

沙特和波娃之墓。

小石壓着，是瞻仰者留下的。我抄了幾張：

"We owe what others make us, and thank you for that."
"Existence is our ticket to grasping the universe as it was, is and will be after us."
"Simone, you woke me up to rights of women."

我在墓前駐足良久，不禁想起九十年代在中大修讀陳特先生的「存在主義」時，大家在導修課一起討論《嘔吐》的情景。

接着我要找的，是社會學奠基人之一涂爾幹（Émile Durkheim, 1858–1917）。涂爾幹在歐洲首創社會學系，並在教育、犯罪、宗教和自殺社會學方面卓有建樹。按地圖指示，他應該離沙特不遠，但在烈日下，我卻遍尋不遇。就在滿頭大汗，差不多要放棄時，才讓我眾裏尋他似地見到。因為年

阿隆之墓。

代久遠，墓顯得相當古老，卻同樣有人們的留言，其中一張是
一位印度學者留下來的，多謝涂爾幹將他帶入社會學的世界。

下一位我要找的，是貝克特 (Samuel Beckett, 1906–
1989)，著名荒誕派戲劇《等待果陀》的作者。這部劇，目
前還在倫敦 West End 上演。貝克特和妻子葬在一起，顯得
低調。上面有人給他留了言，問：“Mr. Beckett, are you still
waiting for Godot?”

最後一位我要致敬的，是阿隆 (Raymond Aron, 1905–
1983)。阿隆是法國當代另一位重要思想家，但和沙特不
同，他是一位自由主義者，寫過《知識分子的鴉片》，嚴厲
批評以沙特為首，同情蘇聯和共產主義的法國左翼知識界。
他在自傳《入戲的觀眾》中，對於當時法國知識界的情況，
有很多精警的描述。

阿隆和沙特是高等師範的同學，在1928年的資格試中，他考了第一，而沙特卻不及格，要來年再考。兩人早年曾經緊密合作，後來卻由於政治立場而徹底決裂。阿隆除了在大學教授社會學和哲學，還在法國大報《費加羅》寫了三十年政治專欄，影響深遠。

　　阿隆的墓在墓園最偏的一角，我按圖索驥，找到了位置，卻怎樣也發現不了他的名字。我來來回回搜索，最後才發覺他不是獨葬，而是和他的家族在一起，墓碑上寫着Famille Ferdinand Aron，然後是一連串名字，排到阿隆時，名字只能刻在平放的墓板上，字跡模糊，幾不可見。

　　阿隆的低調，和沙特的張揚，形成鮮明對照。

　　單是拜訪這幾個人的墓，我已用了三小時，難免有點疲倦。出來後，我在街角找了家法國「茶餐廳」，點了個午餐，再叫了杯啤酒。旁邊是位八十多歲的老人家，可以略說英文，大家聊起來。他說法國菜沒落了，我說不是呀，我覺得很好，他奇怪地望着我，大抵心想我為何要求如此之低。這位老先生的地理概念有點問題，將香港、南韓和日本混在一起，說你們的三星手機真好用，又說你們的魚生真好吃。

　　美麗的女侍應也走過來開聊，知道我是教哲學的，馬上將坐在另一桌的一個中年男人拉過來，說他也是哲學家。一談之下，才知他是研究科學哲學的。我問，你是大學老師嗎？他馬上認真更正："I am a Professor."

　　巴黎正午，天氣熱得可以。我坐在咖啡店，喝着啤酒，看着街景，一個人發了好一會呆。

　　吃完飯，我決定去羅丹美術館。1996年我去過一次，這

次再去，最想看的，還是那個靜靜立在花園中的「沉思者」（The Thinker）。

這個博物館最特別之處，是將羅丹許多雕塑，放在露天花園，給人自由參觀。花園古樹參天，來者可遠觀，可近看，也可在長椅上小休。

看完羅丹，我順道到幾步之遙的巴黎傷兵院，拿破崙葬在那裏。在宏偉的圓拱頂之下，拿破崙巨大的靈柩置於中間，非常壯觀，像帝王一樣，但我並不喜歡，覺得和法國大革命追求平等的傳統，格格不入。

2009. 7. 1 (星期三)

今天身體不適，哪裏都沒去，在酷熱的小旅館，一個人對着電腦，寫〈行於所當行——我的哲學之路〉。從網上新聞看到，回歸日香港有幾萬人上街，而我的文章剛好寫到香港作為一個政治城邦的可能性，不禁想起盧梭。

中午到樓下咖啡館吃了個簡便午餐，喝了一杯咖啡，看了一會街景，然後回旅館繼續寫作。

黃昏六時，去羅浮宮看夜場。最喜歡的，依然是斷臂的維納斯女神像（Venus of Milo）。也說不出甚麼原因，就是喜歡，以至在像前看了二十分鐘後，還是忍不住折返再看一次。更高興的，是終於看到倫勃朗（Rembrandt Van Rijn）的名畫「沉思中的哲學家」（Philosopher in Meditation）。作品較我想像的要小一些，不過強烈的光影對照以及畫中安靜沉思的哲學家，着實令人着迷。

名聞世界的倫敦Foyles書店。

2009. 7. 2 (星期四)

　　中午從法國坐火車去倫敦。在火車上，繼續集中精神寫文章，偶然抬頭看看窗外美麗的田園風光。

　　回到倫敦，放下行李，第一件事是直奔查令十字路（Charing Cross Road）的書店。這條路，是倫敦書店的中心。全盛時期，一整條街都是大大小小各有特色的書店，是愛書人的聖地。在那裏，我最喜歡的，不是世界有名的 Foyles，更不是Borders，而是Blackwell's。Foyles確實大得驚人，整家書店佔地五層，簡直像個圖書館，但書店的佈局、氛圍和選書質量，卻遠遠及不上Blackwell's。[2]

　　這不是太令人意外，因為在許多讀書人心目中，牛津大

2　　修訂此文時，倫敦的朋友告知，Foyles近年重新裝修，已有脫胎換骨的轉變。

倫敦百花里的Waterstone's書店。

學的Blackwell's一直是全世界最好的學術書店,而倫敦開的
這家旗艦店,和牛津老店其實一脈相承。到底好在哪裏?其
實很簡單:書好。Blackwell's不花巧不豪華,就是老老實實為
讀者尋找每個領域最好的書,然後做好分類,並讓讀者放
心:要讀好書,來我這家就好。[3]

　　這個道理看似易懂,做起來卻極難。這些年來,我在世
界各地逛過不知多少書店,真的能夠做到這個水平的,也沒
有幾家。

　　我在倫敦四年,最最懷念的,就是每週騎着一輛破單
車,在大街小巷逐家逐家書店淘書的日子。Blackwell's, The
Economist, Waterstone's, Judd Books, Skoob Books, Bookmarks
等,都是每星期必去的書店。

3　從網上得悉,這家書店已經搬遷,現址位於50-51, High Holborn。

話說回來，像我這樣一個窮學生，逛書店打書釘雖然開心，買新書卻絕對是奢侈，所以去二手書店找便宜好書，才是我的最大嗜好。我去得最勤、也奉獻最多的，是在羅素廣場附近的Judd Books。在我心目中，那是倫敦最好的二手書店。Judd Books有兩層，地牢那一層，全是學術出版社放出來的倉底貨(remainders)，以人文和社會科學為主，大部份都是四五鎊一本，加上學生有九折，書價往往較外面便宜幾倍。

那真是書的天堂。想當年，我在那裏不知道消磨過多少時光，搬回家的書，少說也有上千。書店老闆隔三差五見我一次，漸漸也成了朋友。

2009. 7. 3 (星期五)

今天回母校倫敦政經學院一行。學校沒甚麼大變化，那家Apha二手書店仍在，還是那位高高瘦瘦頭髮蓬鬆的男人在經營。學期剛結束，書堆得像山，我竟找到幾本絕版好書，包括David Lyons, *Forms and Limits of Utilitarianism* (1965)，精裝本，只售7鎊。

這書我多年來一直在尋，但從沒在舊書店見過。是誰放出來的呢？打開內頁，竟然是我的論文指導老師碩維(John Charvet)教授。老師退休時，將部份藏書放出來讓學生任取，當時我在香港，叮囑一位朋友幫我拿了幾本作留念。我昨天在Skoob Books，也見到一本有他簽名的書。看來他的書，已四處流散倫敦二手書市。

中午約了一位中大校友在學校旁邊的Amici午餐。這是一家意大利人開的餐廳，以家庭手作意粉聞名。我以前常在

這裏，和老師邊喝咖啡邊討論哲學，留下許多回憶。

晚上去拜訪John Charvet。老師的家在倫敦北部，我們在他的後花園露天晚飯。園子裏的玫瑰開得燦爛，還有結滿果實的梨子和蘋果。放上菜，擺上酒，黃昏的陽光灑下來，每個人的臉都成了金色。

晚飯後，我們去不遠處的公園散步。公園有小山丘，站在高處可以看得很遠。天色漸暗，涼風起，明月升，我們邊走邊聊，談政治哲學，談香港和中國時局，也談我的志向。臨走，老師一如以往，緊緊握着我的手，然後給我一個有力的擁抱。

2009. 7. 4 (星期六)

今天我、翠琪和波仔(王邦華)一起坐火車北上約克(York)，去大學探我們的老師。波仔是我在中大教過的學生，後來也去了約克大學讀碩士，現正在倫敦政經學院攻讀博士。

我1996年離開約克大學後，一直沒有回去過。和昔日一樣，我們從火車站坐4號公車到大學，然後在Catherine House下車。這是我以前住過的宿舍。重遊舊地，景物依舊，我和翠琪忍不住憶起當年在這裏生活的種種片段。

我們然後去探望我的老師Matt Matravers，他現在已是政治系的系主任。Matt邀請我們到他家作客，在後花園的櫻桃樹下，和他的太太及三個女兒共晉午餐。過了不久，我的另一位老師Susan Mendus也過來和我們相聚。多年不見，Sue雖然老了點，精神仍然旺盛，一見到我就不斷說，見到我真

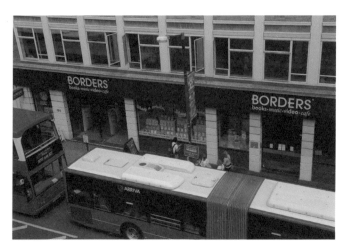

Borders書店。

好。我也滿懷喜悅。在老師面前，感覺自己仍然是個學生。

　　我在約克讀書那年，他們兩位是我的指導老師。Matt那時剛出來工作不久，教我當代自由主義理論，我常去他的辦公室，兩人一邊抽煙一邊聊哲學。Sue是研究寬容問題的權威，她那本《寬容與自由主義的限制》對我有很大影響。[4]未去約克之前，我完全沒有以學術為業的念頭。由於修了他們的課，開始對政治哲學有點認識，並在Matt的推薦下，才有機會去倫敦政經學院跟他的老師John Charvet讀博士。

　　午餐後，Matt送我們到市中心，然後我們重遊約克古城。

　　臨回倫敦前，我提議去找一家書店，但我無法確定它是否仍然存在。印象中，這家書店在河的另一邊，離古城牆不

4　Susan Mendus, *Toleration and the Limits of Liberalism* (London: MacMillan, 1989).

Judd Books二手書店。

遠。我仍然記得，當年即使是冬日，我也會從校園老遠騎車
出來。書店總是安靜，有時就只得店主和我兩人。我沒甚麼
地方可去，遂常在書店靜靜看書，直到打烊。

　　我本來沒抱甚麼期望，料不到跟着記憶慢慢摸索，走不
了多久，竟然在街邊重遇這家書店。書店名字叫Ken Spelman
Booksellers，地址在70 Micklegate。推門入去的一刻，我彷彿
看到昔日的我，靜靜在書店一角等候着今天的我前來相認。

2009. 7. 6 (星期一)

　　今天早上在宿舍寫文章，下午去中國大使館參觀。從晚
清開始，這家大使館便是中國駐英辦事處，歷經清朝、民國
和中華人民共和國。最特別的，是裏面有一小房間，乃當年

孫中山遭清政府囚禁之地，現在叫做孫中山倫敦蒙難室。

其後我帶學生去大英圖書館(British Library)參觀，裏面有個展覽館，擺放了很多珍貴的手稿和圖書，有海頓、貝多芬、莫扎特、舒伯特和披頭四的音樂手稿，也有莎士比亞、哈代、奧斯汀、吳爾芙和王爾德等作家的手稿。最著名的，是十三世紀大憲章(Magna Carta)的原稿也在這裏展出。

看完展覽，我們冒着雨，走路去倫敦大學學院(University College London)。在那裏，有著名效益主義哲學家邊沁(Jeremy Bentham, 1748–1832)的Auto-Icon，置放在圖書館外面一個玻璃櫃。甚麼是Auto-Icon？原來邊沁生前留下遺囑，要將他的遺體通過特殊處理，永久保存下來並供公眾參觀，而且每逢大學有甚麼重要會議，還會將「他」推去出席。

見完邊沁，我們沿着Gower Street往前走一小段路，便到了號稱歐洲最大的學術書店Waterstone's。這家書店古樸典雅，樓高五層，其中二樓的二手書部，書種又多又好，是倫敦淘書人必來之地。我當年曾在這裏做了兩年兼職，終日與書為伴，購書還可享有33%的職員折扣。這一區叫Bloomsbury，董橋先生將之譯為「百花里」，是倫敦的學術、文化和藝術中心，許多博物館、圖書館、大學、書店和劇場都集中在這裏。

2009. 7. 7 (星期二)

今天一早起來，坐巴士重訪牛津大學。窗外英國的鄉

郊，天空蔚藍，放眼是一大片一大片綠草黃花，上面有牛有馬有羊，像一幅畫。

回想當年，我常常大清早爬起來，從家裏趕到維多利亞車站，為的是去牛津All Souls College旁聽G. A. Cohen和Derek Parfit兩位大哲學家的課。上完課，我通常會在牛津大大小小書店淘一下午的書，然後揹着重重一袋回倫敦。

車到牛津，我直奔Blackwell's，再直上四樓二手書部，看看有甚麼好東西。Blackwell's最好玩的，是它的門面又小又窄，只從外面看，會以為就是一家普通得不能再普通的小店，根本難以想像裏面是多棒的書的世界。我相信，對許多讀書人來說，去過Blackwell's之後，再去別的書店，一定有「曾經滄海難為水」的感覺。

逛了一會，我在書店的咖啡室和李肇祐、葉家威及從香港前來探望他的女友會合。他們都是我的學生，現在正在牛津讀博士。師生久別重逢，我們有說不出的歡喜。

我們先去酒吧午餐，一起喝啤酒，吃炸魚薯條。出來，雨下個不停。家威先帶我們參觀New College，然後一起坐車去Wolvercote墓園，再訪伯林。伯林是二十世紀重要政治思想史家，寫過〈兩種自由的概念〉，也寫過《刺蝟與狐狸》，對我有很大影響。三年前，我曾專程來過一次，結果在墓園找了幾小時也找不着，十分遺憾。這次重訪容易多了，因為肇祐之前已來過一次。

伯林的墓，簡潔素雅，白色墓碑上就寫着："Isaiah Berlin, 1909–1997"。

牛津大學Blackwell書店。

　　伯林一生從事觀念史研究。他認為，觀念是改變人類歷史重要的力量。沒有觀念，我們就無從認識自己，也無從理解行動。因此，探究觀念和檢視觀念，堅持好的對的觀念，拒斥壞的錯的觀念，就是讀書人的職志所在。

　　確是如此。

山中一日

昨夜如常工作到深夜，3月21日一覺醒來，已是早上十一點。[1]

我在房裏大叫「可靜」，可靜便從廳中跑進來大叫「爸爸」。我抱起她，說，可靜早晨，可靜便笑了，還要幫我戴眼鏡。這是我們每天初相見的儀式。

我最近常逗可靜說，你就快兩歲，要乖啦。她聽了，眼中總有困惑。她並不知道「歲」是甚麼，而我又沒法向她解釋一歲就是365天，當然更沒法解釋「一天」意味着甚麼。她並不知道，在大人的世界，人是一天一天地活，而每一天，都有許多事情要做。

上午11點40分，我到新亞書院人文館新聞與傳播學院的C–Centre，和博群大講堂的同事開會，商量3月28日露天工地音樂會的安排，出席的有Donna（朱順慈）、Eric（馬傑偉）、鄭小珊、Kitty（鄧潔婷）、Et（曾慶宏）、Amber（急急子）和呂銘謙等。

會議開得很愉快也很有效率，大家很快便商量好整個音樂會的格調，出場次序和每部份的重點。大家也同意，應

---

1 本文乃響應「書寫力量」發起的「二十一世紀中大的一日」活動而寫，活動意念是邀請中大人將2013年3月21日發生的事記下來，然後彙集成書。樊善標、陳燕遐、馬輝洪編，《二十一世紀中大的一日》（香港：中文大學出版社，2015）。

由台灣的張懸來為音樂會壓軸，而最後一首大合唱，則由RubberBand的6號(繆浩昌)帶唱林子祥的《成吉思汗》。我笑說，這首才是中大校歌，因為由我讀書年代開始，所有同學都會在迎新營大唱特唱。不過，最特別的，是將有中大學生會的同學上台合唱學生會會歌，以及中大員工總會的同事合唱《自由花》。他們為了這個演出，已經努力練習好一段日子。

我們最擔心的，是天氣。因為根據天文台預告，下星期四將有驟雨及狂風雷暴。倘若如此，音樂會便不能在火車站對開的工地舉行，而須轉移到室內。我們想過好幾個場地，但發覺都不理想。Eric說，不如試試崇基教堂。我們同聲稱好。Eric二話不說，馬上打電話找伍渭文牧師。

開會期間，Donna告訴我，音樂會最新版本的海報已設計好，我在手機上打開一看，大標題是「博群三月，哈囉未來！露天工地音樂會」，海報中間是這次活動的吉祥物大熊貓，肩上還站了個可愛的小鴨子，算是幽了「中大防止自責委員會」一默。我們為這張海報苦惱了好幾天，試過好幾個版本，這款算是接近我們想要的效果。

❧

開完會，已是一點，我約妻子翠琪到新亞學生飯堂午飯，她在藝術系任教，辦公室就在誠明館。我以前中午喜歡到教師餐廳雲起軒吃牛肉麵，但過去一年樂群館裝修，所以很久沒來。進去，才發覺飯堂改變甚大，地板換了，地方也

變得寬敞，大抵是為配合今年大學學制三改四後，學生大幅增加的緣故。

和翠琪坐下來，我們很自然便談起校政，討論大學應該如何評核老師的教學表現。這是個老問題。我在讀書時代已就此寫過不少文章，現在自己做了老師，體會更深。

問題是，應該如何評核？有人提出，為了公平客觀，評核必須要用劃一的可量化標準，例如學生做的評核問卷。問題馬上來了：既然不同學科有不同性質，老師教學風格也不一樣，同學對老師的要求更有很大差別，怎樣才能找到合理公平的標準？就算找到了，中間會否忽視和遺漏許多有價值的東西，例如師生關係？

我和翠琪說，如果評核的目的，是希望老師更加重視教學，提升教學水平，那麼大學首要考慮的，是創造一個良好環境，讓教師有時間和心力去投入教學，並從中得到認同和滿足。但如何才能創造這個環境？

說到這裏，我們都沉默了。

❧

從餐廳出來，經過新亞草地，我見到路邊放着博群HelloCU熊貓和孔子裝置，上面還寫有「路遙遙無止境」，我看着喜歡，叫翠琪為我和熊貓拍了幾張相片。

明天是登高日，我們會開放新亞和聯合水塔給同學參觀。這是五十年來第一次。在讀書時代，我曾上過新亞水塔一次，自此念念不忘。中大是座山城，如果能有機會站在山城最

高點，看群山，看吐露港，看夕陽西下，同學一定會喜歡。

　　回到聯合書院政政系辦公室，我意外收到一張明信片，是從古巴夏灣拿寄來，寄出日期是2月4日。寄信的，是雷競璇先生。雷先生這次去古巴，是尋根之旅，因為他祖父和父親都在古巴生活過，他很想去為當地剩下為數不多的老華人錄下口述歷史。[2]

　　雷先生在信中說：「來古巴已一個多月，此行頗辛苦（一人獨行，言語不通），但收穫頗豐。老華僑說的經歷多屬辛酸，影響情緒，往往晚上睡不穩。」

　　雷先生七十年代畢業於新亞歷史系，曾任中大學生會會長，後來我還知道他和我讀同一所中學。但我們真的相識，還是數年前他和其他校友組成「中大校友關注組」後的事。關注組關心母校發展，為捍衛中大教育理想做了許多工作，並出版了兩本擲地有聲的著作《令大學頭痛的中文》和《立此存照》。

　　去年秋天，雷先生向我提出在大學籌辦書節的構想，並捐出圖書數千冊，結果我們還真的一起辦成了博群書節，主題是「燃起那一路的燈」，送出一萬多冊校友捐書給同學。我知道雷先生已回港，於是寫電郵多謝他，告訴他料不到要一個多月明信片才寄到。雷先生回覆說，你已很幸運，因為你是目前唯一一位收到的人。

　　下午三點多，我給石元康先生撥了一通電話。石先生是我的政治哲學啟蒙老師，退休好幾年了，一直住在元朗錦繡

2　這個計劃後來出版成兩本書。雷競璇，《遠在古巴》（香港：牛津大學出版社，2015）；《末路遺民》（香港：牛津大學出版社，2016）。

花園，但他最近決定回台灣長住，將於下星期一起行，所以我問他是否需要我開車送他去機場。其實早兩天，我已和石先生在他家見過面，他特別送我一批書，還和我在大家樂快餐店聊了好一會，主要討論政治哲學應該在社會扮演甚麼角色。

打完電話，我將博群露天工地音樂會的海報放上臉書和微博，接着有位一年級同學敲門，找我分享修讀政治哲學的困惑，一談便是大半小時。其間這位同學問我怎看「佔領中環」。我沉默了好一會，説：也許這場運動最重要的，是改變我們，而不是改變對方。

ৡ

七時多，回到家，可靜開門見我，給我大大一個擁抱。

吃完飯，我和翠琪如常帶可靜到樓下散步。可靜喜歡月亮星星，視她們為好朋友。但今夜天陰多雲，我遂告訴她，月亮星星今晚已回家睡覺，明天才會出來。可靜叫我們陪她坐在階梯上，咿咿呀呀，漫無邊際。我握着她的小手，感覺她的掌心傳來的微暖。

十點半，可靜上牀睡覺。我開始一天的閱讀和寫作。

活得好這回事

　　走進生命的學問，是我追求的境界。呈獻在讀者面前這本小書，是我在探索路上留下的足印。[1] 這些足印，或深或淺，承載了我的思想和情感。我珍惜這些文字，因我活在其中。此刻書成，晨曦初露，山海靜穆，才出生幾天的女兒就在身邊恬睡。在這個四月的清晨，我想多說幾句，權作為序。

⚓

　　這本書，有不同主題，但歸根究底，都在關心同一個問題：我怎樣才能活好自己的人生？這個問題看似簡單，實不易答。

　　首先，這個人生不是別人的，而是我的。我不能讓別人代我活，我必須自己活。我是自己的主人，須為自己做決定，同時對自己的決定負責。這是很不容易的事。不少人就因為承受不了自主的重擔，將擔子移給別人，讓別人來主宰自己，他們遂活着別人的人生。

　　人要為自己而活，一定要有獨立意識，並要學會告訴自己：我不是任何人的附庸，我有能力走自己的路。

1　本文是拙著《走進生命的學問》（北京：三聯書店，2012）一書自序，現在略有改動。

在我的成長過程中，我花了很大努力吃了許多苦頭，才漸漸明白這個道理。一旦明白，對生命的感受遂全然不同。我開始意識到，我可以做個自由人——自我探索，自我創造，自我實現。伴隨自由而來的，是責任，非常沉重的責任。畢竟人只能活一次，當下即成過去。我要的不僅是自由，而是自由地活得好，活出自己的價值。

這是我思考的起點。

我不是讀了一堆書，然後才生出這些困惑，而是在真實生活中深受這些問題所困，然後嘗試在學問中解惑。「未經省察的人生，並不值得過。」這是蘇格拉底在雅典公開受審時，對着501人的陪審團說的話。[2] 理性省察的人生，不一定就是快樂的或幸福的人生。但既然活得好和活得正當是人之為人必須重視的問題，那麼認真反思自己的信念，然後努力依信念而活，或許是面對問題恰當的方式。只有這樣的人生，才談得上是我們由衷相信值得過的人生。

本書許多文章，包括我寫給學生的書信、陳特先生臨終前和我的哲學對話、我對大學教育的反思，以及我的個人生命回顧，都和活得好這回事相關。[3] 經過多年思索，我漸漸明白，世間萬事，說到頭，都離不開我們對那真實存在的個體生存處境的關懷。

如果看不到人，看不到人的脆弱和有限，看不到每個個體都有獨一無二且值得尊重的人生，那麼所謂政治所謂集

2   Plato, "Apology," 38a, in *The Collected Dialogues of Plato* ed. Edith Hamilton and Huntington Cairns (Princeton, New Jersey: Princeton University Press, 1961), p.23.

3   陳特先生臨終前和我的對話，亦可看《相遇》（香港：牛津大學出版社，2008）。

體所謂經世大業所謂意識形態，都是浮雲，帶來的往往是宰制、異化和壓迫。我深深覺得，在這個時代，在這個據說價值崩壞是非顛倒虛無盛行的時代，要活出正直美善的人生，真是異常艱難。

我們都知道，人活在世界之中。如果觀念不改，制度不動，文化不遷，我們的世界就難以變好。那麼，應該如何變？

　　　　　　　　　　🐌

我的想法是這樣。

要活得好，我們需要對自我有很好的認識。我們若不了解自己的理想、志趣、個性和能力，就難以知道自己想要甚麼，也不知道該以甚麼方式實現自己的目標。我們若不對人的構成和生存狀態有充份理解，就難以知道「活得像個人」的真確意義。

要活得好，我們需要發展某些能力，包括理性和道德能力、感知世界和與他人溝通相處的能力、懂得愛懂得憐憫懂得公正待人的能力，還要有想像力和實踐能力，因而可以見到生命的可能性並有勇氣去實現這些可能性。

要活得好，我們需要一些條件。例如我們需要好的教育，培養人成為獨立、有判斷力和有責任感的人；我們需要權利和法治，確保人在沒有恐懼下自由追求自己的理想；我們需要社會正義，使得資源公平分配；我們也需要豐厚的文化，容許個體在眾多有價值的生活方式中自由探索；我們更需要政治參與，以便每個公民有機會過上集體自治的生活。

　　以上是我的思考方向。對我來説，人生哲學、倫理學和政治哲學，是三位一體，不可分割。書中文章，雖然不是系統的理論思考，但我希望讀者能夠領略背後的關懷所在。我必須強調，我的想法並非定論。我最希望的，是大家能夠見到問題，感受到問題的重要，並讓這些問題成為你的問題，然後一步步求索，走出自己的路。

⩊

　　每個人都有自己活着的軌跡，我的思想離不開我的歷史，離不開途中遇到的人。

　　1985年6月，黃昏，我這樣一個少年，在故鄉的車站，

坐在長途汽車一角，手裏捧着一包泥土一瓶江水。窗外，是數十位前來送別的同學。

那天，我要移民香港。

車站嘈雜，空氣中全是汽油味，我甚麼也說不出，只是隔着窗流淚。人到深圳，跨過羅湖橋的一刻，我心裏默念，我要回去我要回去。只是沒料到，那一跨，竟標誌着我的無憂少年時代的終結。

自踏足香港第一天始，如何在新環境求生存，如何安頓心靈，如何找到人生方向，成了我最大的人生挑戰。我當初真的沒想過，以香港為家，做個香港人，是那麼艱難的事。[4]

我的移民史，讓我深切體會到，個體實在脆弱。人生而自由，卻無處不被枷鎖。這些枷鎖，來自制度、習俗和各種偏見。要在諸多限制中，走一條不那麼從眾的路，為生命塗上一點異色，極為艱難。正因如此，我更堅信，要使每個人有機會活得好，就一定要改變種種束縛人異化人奴役人的觀念和制度，讓人呼吸到自由的風，意識到自由的可貴，有勇氣做個自由人。

二十六年後，我將這束文章交付出版社，竟有還鄉之感。不是因為衣錦在身，而是因為我的文字即將和無數不相識的讀者相遇。我感覺自己像個遊子，走了好長好長的路，終於攜回一點東西，呈獻給久別的鄉人——無論這點東西是如何微不足道。

穿過記憶，我又彷彿看見當年那個青澀憂鬱的我。我的

4　關於這段經歷，可看拙文〈活在香港：一個人的移民史〉，收在《相遇》（香港：牛津大學出版社，2008），頁219－250。

少年同學啊，但願我沒有辜負你們的水和土，也願你們能在巨變的中國好好走過來。

&

　　1991年深秋，夕陽斜照，在中文大學新亞書院青草地，我和十多位一年級同學席地而坐，在助教楊國榮帶領下，上陳特先生「哲學概論」一科的導修課。那是我第一次在草地上課。討論甚麼我忘了，但我記得我們很快樂。我們認真思考，熱烈爭辯，發覺哲學很美妙。

　　我從此走上哲學之路。

　　我2002年回到中文大學任教。我最喜歡在新亞錢穆圖書館麗典室上課，因為它正對着那片青草地。草地旁邊，是哲學系創辦人唐君毅先生像；再遠再高一點，是萬世師表孔子像。有時天氣好，我會和學生到草地討論。

　　一樣的陽光一樣的氣味，我看着一張張年青的臉，遂明白，甚麼叫相傳。

　　我慶幸遇上哲學，更慶幸成為教師。教育的最高境界，是讓學問走進生命，同時讓生命啟迪學問。這是我的教學理想，多年來為此傾注心力。在課堂、酒吧、咖啡閣、原典夜讀、春日郊遊和網上論壇，我和學生有過無數對話，並建立深厚的師生情誼。

　　我看着學生成長，自己也在成長。

　　對不少人來說，在今天的大學體制下，花時間在學生身上是不智的。我不這樣看。教師的天職，是育人。離開了學生，也就離開了這門事業。而要做個合格的老師，須有庖丁

解牛那樣的專注，也須有愚公移山那樣的恆心。

　　陳特先生2002年離開，楊國榮先生2010年離開。臨別前夕，我們以討論哲學來鄭重道別。他們用他們的生命，活出了哲學人的尊嚴。

❧

　　本書大部份文章的首位讀者，是我相識十八載的好友陳日東。日東是我的文章最初和最後的仲裁者。他認為過得去，我就放心；他認為不好，我就修改。可以說，這些文字背後都有日東的影子。

　　日東是我讀大學時的哲學系同學。過去那麼多年，無論身在何處，我們從沒停止過思想交流。有時是書信，有時是電話，有時是閒聊，有時是激辯。從哲學政治教育時事生死到日常生活的細事瑣事趣事，我們無所不談，無所不辯。日東是我認識的朋友中，活得最蘇格拉底式的哲學人。他是真正以生命來實踐哲學。我們的相交相知，更教我真切明白，友誼是活得好的不可或缺的元素。

　　這本書的後記，我請日東來寫，他慨然應允，並花了極大精力完成。有了這篇文章，全書就完整了。它不僅承載了我的思想情感，同時見證了我們十八年的友誼。

❧

　　2011年4月8日凌晨，香港仁安醫院產房，我陪着內子，看着女兒一步一步降臨世界。切斷臍帶後，我抱起小

可靜，看着她的臉，聽着她的哭聲，內心無盡喜悅。

這是新生命，這個新生命是我的女兒。

我知道，由那一刻開始，女兒將成為我生命中最大的牽掛。我將牽着她的小手，走以後的路。正如龍應台老師對我所說，這是「甜蜜的負擔」。

女兒當然不知道她進入的，是怎樣的世界，但這個世界怎麼樣，卻會影響她的一生。我是如此希望，世界可以慢慢變好，沒有恐懼、虛偽、壓迫，所有小朋友能夠在有自由和有愛的環境，活出正直完整的人生。

女兒啊，願你慢慢長大，熱愛生活，熱愛智慧，熱愛人間美好事物，並和爸爸媽媽一起，努力將世界變好。我們要有這樣的信心。

（2011年4月13日）

IV

政治哲學

當代自由主義與中國

石[石劍鋒]：過去四十年，西方政治哲學無法繞開的人物是
　　羅爾斯？[1]

周[周保松]：可以這樣說。《正義論》在1971年出版後，大
　　家都說它是當代政治哲學的分水嶺。[2]四十年過去，現在
　　回過頭看，確是如此。這從幾方面可以看到。

　　首先是這書復活了規範政治哲學的傳統，不再像之前邏
　　輯實證主義盛行的年代那樣，大家只做一些政治概念
　　的語意分析工作，卻對現實世界出現的種種政治道德議
　　題，不參與不介入不論爭。羅爾斯在《正義論》中清楚
　　表明，他要論證一組自由主義的正義原則，並以此決定
　　社會制度的安排，包括自由權利、機會平等和社會財富
　　分配等。

　　《正義論》出版後，《哲學與公共事務》（*Philosophy and
　　Public Affairs*）這本重要期刊跟着在1972年創刊，然後許
　　多富原創性的文章和著作如雨後春筍般湧現，政治哲學
　　的觸角不斷延伸，開始探討墮胎、安樂死、動物權利、

1　本訪談原以〈周保松談當代自由主義〉為題，發表於2012年5月19日的
　　《上海書評》，記者是石劍鋒先生。現徵得作者同意，我對原文作了相當
　　程度的修訂增補，收錄於此，謹此致謝。

2　John Rawls, *A Theory of Justice* (Cambridge, Mass.: Harvard University Press, 1971;
　　revised edition, 1999).

綠色政治、跨代分配、全球正義和基因工程等新議題。相較於五、六十年代「政治哲學已死」的狀態，《正義論》的確改變了整個局面。[3]

其次是英美政治哲學之後的發展，幾乎都是圍繞羅爾斯的思想展開。讓我舉幾個例子。1974年諾齊克出版的《無政府、國家與烏托邦》，是放任自由主義的扛鼎之作，主要攻擊對象就是羅爾斯；[4] 1982年桑德爾出版《自由主義及正義的侷限》，更是全書集中批評羅爾斯，觸發自由主義和社群主義之間綿延十多年的大辯論；[5] 1993年羅爾斯出版《政治自由主義》後，哈貝馬斯和他在《哲學期刊》（*Journal of Philosophy*）上進行了一場舉世矚目的對話，焦點是公共理性的性質和限度，並引發羅爾斯前後期理論為何轉變以及應否轉變的論爭。[6]

近年，學界又出了幾本重要著作，分別是納斯鮑姆的《正義的前沿》、柯亨的《拯救正義與平等》和阿瑪蒂亞・森的《正義的理念》。[7] 這幾本書，主題都是社會正

3　這句說話是英國政治哲學家Peter Laslett在1956年所說。Peter Laslett ed., *Philosophy, Politics and Society* (Oxford: Basil Blackwell, 1956), p. vii.

4　Robert Nozick, *Anarchy, State, and Utopia* (New York: Basic Books, 1974).

5　Michael Sandel, *Liberalism and the Limits of Justice* (Cambridge: Cambridge University Press, 1982).

6　John Rawls, *Political Liberalism* (New York: Columbia University Press, 1993; expanded edition, 2005). Jürgen Habermas, "Reconciliation through the Public Use of Reason: Remarks on John Rawls's Political Liberalism", *The Journal of Philosophy*, 92, (1995), pp. 109–31.

7　Martha Nussbaum, *Frontiers of Justice* (Cambridge, Mass.: Harvard University Press, 2006); G. A. Cohen, *Rescuing Justice and Equality* (Cambridge, Mass.: Harvard University Press, 2008); Amartya Sen, *The Idea of Justice* (Cambridge, Mass.: Harvard University Press, 2009).

義，重點仍然在回應羅爾斯。當然，這並不表示這些哲學家都同意羅爾斯。恰恰相反，他們都在批評他，並且想超越他，但大家都繞不過他，必須以他的理論作為討論的起點。

石：羅爾斯的自由主義理論，主要在回應甚麼挑戰？

周：羅爾斯聲稱他主要是想回應效益主義的挑戰，並重申個人權利優先。但與此同時，他也是在回應資本主義導致的種種流弊，並提出一套更具平等主義色彩的社會正義理論。以我理解，羅爾斯實際上在做兩件事。

第一，論證自由主義仍然有足夠的理論資源，對社會現狀作出批判，並尋求更公平的社會合作。在許多人眼中，自由主義幾已等同於建制，早就失去應有的道德活力。羅爾斯卻認為，在洛克、盧梭和康德以降的自由主義傳統裏，仍然有豐富的道德資源供我們建構公平的社會合作體系。

第二，積極回應其他政治理論的質疑，包括效益主義、放任自由主義、馬克思主義、社群主義、女性主義和共和主義等。羅爾斯指出它們對自由主義的批評並不充份或並不成立，同時論證其他理論提出的方案，無論在道德可取性或實踐可行性上，都難以取代自由主義。這方面的辯論，構成了當代政治哲學發展的主線。

在上述兩方面，當代自由主義做了大量工作。我們甚至可以說，在理論和現實的雙重壓力下，自由主義經歷了深刻的自我反思。最明顯的例子，是羅爾斯本人。《正義論》出版後，羅爾斯一直在努力回應別人的批評，繼

續完善他的理論。結果在二十多年後，他寫出第二本著作《政治自由主義》，對早期觀點作出重大修正，聲稱要告別康德式(Kantian)和穆勒式(Millian)的整全性自由主義傳統，並主張一種政治自由主義的觀點。這個轉變，可說是當代政治哲學的一個重要事件。

羅爾斯為甚麼要作此轉變及是否有此必要，這裏暫且不論。我是想指出，即使像羅爾斯這樣卓然有成的大家，也仍然在不停反思自由主義該如何回應現代社會的挑戰。這個反思，我相信會持續下去。自由主義是一個遠未完成的政治道德規劃(unfinished project of political morality)。

石：具體一點問，在形形色色的挑戰中，甚麼是西方自由主義面對的最大威脅？

周：我認為是資本主義。或更準確點說，是資本主義市場體系導致的巨大的經濟不平等及伴隨而來的各種社會政治問題。《正義論》出版迄今，分配正義一直是西方政治哲學的核心議題，多少印證這個說法。這並不是說其他議題不重要，而是在自由、人權、民主和法治這些問題上，左中右各派早已形成廣泛共識，並成為大家共同接受的制度底線。

真正引起爭議的，是不同派別對於資本主義的態度。例如哈耶克(F. A. Hayek)、弗里德曼(Milton Friedman)、諾齊克等放任自由主義者認為，競爭性的市場經濟以及低稅收低福利的小政府，是自由主義的應有之義，任何以平等和正義之名要求財富再分配的要求，都會違反個人權

利和基本自由，因此絕不能接受。社會主義者卻批評，放任自由主義實際上是容許資本家以自由和私有財產權之名剝削工人，漠視市場體系導致的巨大不平等和階級壓迫。要解決這個困境，就必須徹底推翻資本主義。

在這些論爭中，人們漸漸形成一種定見：放任自由主義(libertarianism)重視自由，左派社會主義重視平等。而夾在中間的自由主義(liberalism)，由於既支持市場同時又主張相當程度的財富再分配和福利主義政策，實際上是一種不得已的妥協，即為了緩和無產階級的不滿而不得不實行的安撫政策，而不是基於甚麼原則性的道德考慮。

這種妥協，從左派的觀點看，是反動和保守的，因為它不僅沒有真正解決問題，反而為資本主義提供了一種偽正當性，令受壓迫階級以為這樣的制度就是公正的，因而滿足於現狀。而從右派的觀點看，這樣的和稀泥，也就等於放棄了自由主義的基本價值，並有可能走向奴役之路。

以我所知，幾乎所有當代自由主義哲學家，都不接受上述這種標籤和批評。

石：所以在你看來，自由主義並不是在自由和平等間作出無原則的妥協？

周：是的。羅爾斯和其他自由主義者認為，自由主義既重視自由，也重視平等，並視兩者同為自由主義的核心價值，並相信可以從這些價值建構出一套正義的社會秩序。例如羅爾斯便主張，正義的社會，必須是自由公民在平等基礎上尋求公平互惠的一種社會合作。要實現這

種合作，社會基本結構須滿足他的兩條正義原則：（一）每個公民都應平等地享有一系列基本自由，以及（二）社會及經濟的不平等分配，必須滿足公平的平等機會原則及對最弱勢者最為有利。[8]

在這樣的社會，公民不僅享有平等的自由和機會，同時願意彼此關顧，沒有人會因為先天能力和後天環境的偶然因素而受到不公平對待，而且每個合作者都能從社會發展中受惠。這裏的受惠，不是指在公民的基本需要得到保障後，政府就可以容許乃至鼓勵巨大的貧富不均——這正是今天不少民主國家的情形——而是指政府必須通過各種經濟及社會政策，甚至相當根本的制度改革，確保社會中的弱勢社群也能得到合理待遇。

如果沿着羅爾斯的思路，（左翼）自由主義對（右翼）放任自由主義的回應就是：它也重視自由，而且較右翼更重視，但它重視的是每個公民享有一系列實質的基本自由，而不僅僅是法律意義上的形式自由，更加不會因為崇拜市場和私有產權而忽略財富分配不公對公民基本自由帶來的限制和傷害。

自由主義對社會主義的回應則是：它也重視平等，包括平等的基本自由、公平的機會平等、社會關係中的平等尊重，但它不會主張放棄市場和消滅私有財產，更不會在財富分配上主張一刀切的結果平等，因為這樣做不是尊重平等自由人最好的方式。[9]

---

8 Rawls, *A Theory of Justice*, p. 266.
9 我在《政治的道德：從自由主義的觀點看》（香港：中文大學出版社，

石：羅爾斯所代表的自由主義和中國現實的相關性在哪裏？

周：我們經常聽到這樣一種對羅爾斯的批評，即認為他的理論很重要，道理也很對，但由於和中國的現實不相關，因此不值得認真對待。我認為這個批評並不合理。

第一，羅爾斯第一條原則所要求的基本自由，包括言論、思想、出版、信仰、集會結社和參與政治的自由等，是今天中國最為缺乏且最為需要的。沒有這些自由，中國的政治改革將無從開始，我們也失去實現人作為自由人的社會基礎。

第二，今天我們在生活中深切感受到的社會不公，一定包括人與人之間嚴重的機會不平等：性別和階級歧視導致的社會不公平、農村和城市小孩子教育的不公平，做官的和有錢的在社會競爭中享有的各種特權等，都是羅爾斯的機會平等原則希望認真處理的。最後，今天中國日益嚴重的貧富懸殊及社會分化，更應促使我們認真對待羅爾斯的「差異原則」背後體現的公平合作和共同富裕的理念。

在今天及可見的將來，中國社會將面對兩重挑戰，一是政治上專制政府對自由民主的拒斥，二是資本主義市場導致的各種不合理不公平。自由主義在這兩方面，都能提供豐富的道德資源，供我們理解和批判這兩重壓迫，並為政治改革提供方向。我稱這個方向為自由人的平等政治。

2015，增訂版）一書中對此有詳細討論。

石：既然如此相關，那麼自由主義在當代中國面對的思想挑戰有哪些？

周：自由主義在今天的中國，有許多思想上的論敵，包括擁護既有體制的國家主義者、政治儒學、施特勞斯學派、社會主義左派等，而自由主義內部也有各種爭論，這些都很正常。比較可惜的是，在今天的大環境下，這些爭論很難完整充份地展開。我在這裏不擬逐一回應，只從幾個大方面作出幾點觀察評論。

首先，回到最基本的問題：甚麼是自由主義的基本主張？最少包括以下幾項：主權在民、基本權利、憲政民主、文化多元和社會公平。而在這些主張背後，自由主義有一重更深的價值認定：每個個體都有獨立自主的能力，都有平等的道德地位。一個正義的社會，必須通過制度實踐，確保平等公民享有公平機會過上自主的生活。

從這裏我們可以看到，自由主義在評價政治時，有着非常獨特的道德視角：一個社會好不好，關鍵是看它能否公平保障和促進每個個體的根本利益。這是一種以個體利益為本的政治道德觀。它不是從集體的、大我的、民族的、階級的、文化的、德性的視角來要求政治。而對自由主義來說，人之為人最重要的特質，同時也是最重要的利益，就是人是自由人。自由主義捍衛各種基本自由，因為它們是人成為自由人的必要條件。

無論是支持或批評自由主義，都有必要看清楚自由主義的這些特質。一個容許人們享有充份自由的社會，當然有許多好處，同時也會帶來一些問題，許多爭論也由此

而起。不過容我在這裏大膽說一句，在理念上對自由主義構成真正挑戰的，不會是維護既有體制的國家主義者，也不會是文化保守主義者和政治精英主義者，更不見得會是傳統的社會主義者，因為這些理論都和我們的時代精神格格不入。

甚麼是時代精神？是人的主體意識和自由意識的覺醒，是對個人自主的追求和肯定，是對平等尊重和平等承認的渴望。任何和這些精神背道而馳的理論，恐怕都難以得到人們的普遍認同。自由主義能在過去數百年產生那麼大的影響，是因為它在眾多理論中，最能夠回應現代精神的呼喚。就此而言，不是因為有了自由主義，人才有自由意識。而是反過來，因為人的自由意識的覺醒，催生了自由主義。

當然，人們也可以問：為甚麼時代精神就是好的和對的？為甚麼我們不能逆潮流而行？自由主義要為自己的信念辯護，確實需要提出很好的道德理由。例如：在甚麼意義上，人是自由人？道德平等的基礎在哪裏？實踐平等自由的條件是甚麼？這些基礎問題，值得中國自由主義者好好努力回應。

我估計，在未來中國，真正對自由主義理念產生最大威脅的，是全球資本主義。資本主義當然也是我們這個時代的精神，否則它不會在過去三十年如此根本地改變中國。在歷史上，自由主義和資本主義，有着種種剪不斷理還亂的關係。但如果自由和平等是自由主義的核心價值，那麼全球資本主義的發展，將和自由主義產生極大

張力。事實上，這種情況早已是今天民主國家面臨的大難題。

直到今天，許多仍然陶醉於經濟高速增長的人，對於資本主義的巨大破壞力，也許體會不深，又或認為增長本身足以抵消帶來的各種惡果。但我們也許不曾意識到，資本主義雖然為我們帶來經濟發展，但也像一頭猛獸，將全方位改變我們的世界，同時像韋伯筆下的鐵籠，其高度工具理性化、官僚化和商品化的社會結構，將令我們深陷其中，無從擺脫許多桎梏。

中國自由主義的敵人，不僅有極權專制，有陳腐保守的傳統，也有力量巨大無比的全球資本主義。世間沒有烏托邦，也沒有放諸四海而皆準的救世良方，我們只有在歷史的跌跌碰碰中，守着一些基本價值，並在各種矛盾中奮力前行。

石：自由主義者在今天的中國應該做些甚麼？

周：應做及可做的事情太多，我這裏提出幾點供大家參考。第一個是社會轉型問題。羅爾斯和當代西方自由主義者其實有個共同假定，就是他們已活在一個或許仍不完美，但卻已基本實現自由民主的社會。

他們的問題，是如何令民主社會變得更好更公正。我們的問題卻不一樣。我們最大的挑戰，是如何從專制社會轉型到民主社會。

轉型問題，是我們這個時代最大的議題，包括轉型的觀念從哪裏來，轉型的力量從何處生，轉型過程中如何促成和平的制度變革，以及個體在其中的義務和責任等。

這些不僅是觀念問題，也是實踐問題。觀念的普及、價值的傳承、公共文化的建設以至公民社會的發展，需要大家一起努力。轉型何時到來，轉型需要付出多大代價，相當程度上視乎中國的知識群體，為此做了多少準備。

第二個大問題，是我們需要認真反思和總結專制社會導致的種種惡（evils）。專制之惡，不僅僅在於剝奪我們的自由和權利，更在於它的意識形態、教育宣傳、統治語言、社會規訓和各種潛規則，都無孔不入地入侵和支配我們的生活。它破壞人對人的信任，腐蝕人們的情感，閹割我們的公共生活，並將形形色色的恐懼植入人心，使得人們長期活在不安之中。這些都是實實在在的惡。我們要告別專制，不僅要在制度上，也要在文化、語言、行動和心理上，擺脫這些桎梏，成為獨立自主的人。這些都是很重要很迫切的工作，但知識界對於這些問題似乎並不怎麼重視。

第三個問題，是社會正義問題和環境危機。對一般人來說，他們最關心的問題，不是哲學觀念和政治理論，而是每天生活裏具體面對的困難，例如醫療保險、子女教育、失業和退休保障、住房等。這些民生問題，關乎社會資源如何合理分配，正是當代自由主義一直關心的正義問題。與此同時，中國的環境危機，日益加劇，已到刻不容緩和忍無可忍的地步，自由主義同樣不應在這些重大議題的討論中缺席。

第四個問題，是隨着中國崛起，並日益成為主導國際政治的重要力量後，中國在國際關係上扮演甚麼角色和承

擔甚麼責任，便成為日益重要的議題。這個議題，對中國自由主義來說，其實頗為陌生，因為以前並不存在。但去到今天，霸權主義、擴張性民族主義、中國模式和中國道路、大國天下觀等種種論述，都是自由主義必須正視的問題。

第五個問題，是廣義的文化危機問題。很多人已明顯感受到，在經濟崛起的同時，中國人的精神文化生活，不僅沒有愈來愈富足，反而日益貧乏，而唯一可填補空虛的，往往是無止境的物質消費。甚麼原因導致這種貧乏？可以如何走出這種困境？有一種觀點認為，宗教是唯一出路。與此同時，他們認為由於自由主義主張政教分離和信仰自由，因此在生命安頓的問題上只能保持沉默，以至無力應對──而這正是他們抗拒自由主義落地中國的重要原因。

我不認同這種觀點，道理很簡單：自由主義主張信仰自由，正是因為見到信仰對人的重要，因此必須確保每個人都有選擇的權利，而不是由國家或某種教派壟斷信仰。當然，這個回應不可能完全解答人們關於意義問題的困惑。如何在今天的處境下，有力回應美好生活和生命意義的問題，也是中國自由主義的大挑戰。

自由和平等之間

李[李懷宇]：你的碩士論文和博士論文都是研究羅爾斯的
學說，在20世紀而言，羅爾斯是自由主義最重要的思想
家？[1]

周[周保松]：我的碩士論文研究羅爾斯後期的《政治自由主
義》，博士論文則研究他早期的《正義論》。[2]羅爾斯對
當代政治哲學的影響，怎麼形容也不過份。這從以下幾
方面可略窺一二。

第一，在《正義論》1971年出版前，政治哲學的境況相
當慘澹，劍橋甚至有位哲學家在五十年代時說過「政治
哲學已死」的話。[3]但《正義論》出版後，整個局面一下
子被改變過來，許多重要著作相繼出爐，並在學界引發
一波又一波的大辯論，政治哲學變得十分蓬勃。羅爾斯
用他的理論示範給我們看，政治哲學有責任也有能力回
應時代的挑戰，並以嚴謹明晰的方式處理各種政治道德

1   本文是李懷宇先生和我做的專訪，刊於2012年6月7日《時代週報》，原題
     目為〈自由和平等都是自由主義的核心價值〉。現徵得李先生同意，我對
     原文作了修訂增補，收錄於此，謹此致謝。

2   John Rawls, *Political Liberalism* (New York: Columbia University Press, 1993; ex-
     panded edition, 2005); *A Theory of Justice* (Cambridge, Mass.: Harvard University
     Press, 1971; revised edition, 1999).

3   Peter Laslett ed., *Philosophy, Politics and Society* (Oxford: Basil Blackwell, 1956), p. vii.

議題。許多人因此說，羅爾斯是以一人之力，復活了西方政治哲學的傳統。

第二，我們都知道，自由主義是現代民主社會的奠基哲學，數百年來，這個傳統出過許多重要思想家。以我之見，從洛克、盧梭、康德直到今天，《正義論》很可能是最系統和嚴謹地論述自由主義的扛鼎之作。羅爾斯思考問題的方式，論證的風格，以及對自由主義的理解，都有許多原創性洞見。

羅爾斯的同事諾齊克在1974年出版了《無政府、國家與烏托邦》，那是放任自由主義的代表作，主要批評對象就是羅爾斯。儘管如此，諾齊克卻對羅爾斯推崇備至，認為他是穆勒(J. S. Mill)之後最重要的思想家，並聲稱《正義論》出來後，日後所有關於社會正義的討論，要麼接受羅爾斯的理論，要麼必須解釋為甚麼不接受。[4] 也就是說，羅爾斯成了參照系，誰也不能繞過他。

諾齊克這個預言，經過四十年驗證，基本上成立，因為後來各種政治理論的發展，幾乎都在回應羅爾斯，包括社群主義、文化多元主義、共和主義、女性主義、國際正義理論以至馬克思主義等。又例如牛津大學政治理論講座教授柯亨(G. A. Cohen)過世前出版的《拯救正義與平等》以及諾貝爾經濟學獎得主阿瑪蒂亞‧森(Amartya Sen)最近寫的《正義的理念》，都是近年甚為矚目的著作。[5] 我們見到這兩本書仍然以社會正義為主題，也仍

4　　Robert Nozick, *Anarchy, State, and Utopia* (New York: Basic Books, 1974), p. 183.

5　　G. A. Cohen, *Rescuing Justice and Equality* (Cambridge, Mass.: Harvard University

然以羅爾斯為主要回應對象。

第三，羅爾斯的影響力，並不侷限在政治哲學。在道德哲學、法理學、經濟、社會政策、國際關係等領域，他的理論也備受重視。這在今天學科分工日益細緻，隔行如隔山的學術界，並不多見。不過，離開學院，羅爾斯的理論對現實政治有多大影響，暫時沒有定論。事實上，羅爾斯為人很低調，除了在哈佛著書立說，生前幾乎不參與任何公共事務討論。

李：羅爾斯最基本的學術觀點是甚麼？

周：羅爾斯的格局很大。他希望承繼洛克、盧梭和康德的社會契約論傳統，用一種假然契約的方式，論證一套規範社會基本制度的正義原則。具體點說，羅爾斯主張一種自由主義的立場，既堅持自由民主憲政，也重視機會平等及財富的公平分配。不少論者認為，他是在為民主國家的福利主義制度提供道德辯護，不過他後來強調，他的方案較此其實還要激進。[6]

羅爾斯的基本理念是：如果我們視社會為公平的合作體系，同時視所有成員為自由平等的合作者，並且願意尋求一組所有人都能合理接受的公平合作條款，那麼在一個他稱之為「原初狀態」(original position)的公平立約環境下，我們就有理由接受他提出的兩條正義原則。

第一條要求政府保障每個公民享有一系列的基本自由

Press, 2008); Amartya Sen, *The Idea of Justice* (Cambridge, Mass.: Harvard University Press, 2009).

6 *A Theory of Justice*, p. xv.

(basic liberties)，包括思想、言論和信仰自由，集會、結社和參與政治的自由等，這些自由構成公民的基本權利。第二條要求在社會資源分配上，政府必須確保每個公民享有公平的平等機會，不會有人由於社會背景和家庭出身不同而享有特權或遭到歧視。與此同時，財富收入的不平等分配，必須對社會中最弱勢的人最為有利。羅爾斯稱此為「差異原則」(Difference Principle)。[7]

羅爾斯式的自由主義(liberalism)和放任自由主義(libertarianism)都贊成民主憲政和自由權利，故此他們最大的分別，不在對政治制度的觀點，而在如何對待國家和市場的關係。用諾齊克的說法，放任自由主義的理想，是建立一個功能最小的國家(minimal state)──也就是小政府、大市場，國家不能以正義之名進行任何財富再分配，而應由市場這隻看不見的手來決定個人所得。[8]諾齊克認為，只有這樣的國家，才能夠最好地保障人的權利，尤其是人身權和私有財產權。

羅爾斯卻認為，一個完全放任的市場必然會導致巨大的貧富不均，而這樣的結果是不公義的，因為它在相當大程度上是人們先天能力和後天環境的差異導致的結果，而這些差異從道德的觀點看，是任意和不應得的。羅爾斯因此主張國家須承擔起分配社會資源的責任，確保所有公民受到公平對待。

這裏我們須留意，羅爾斯不是說不要市場，也不是說要

7　*A Theory of Justice*, p. 266.

8　*Anarchy, State, and Utopia*, p. ix.

將國家和市場對立起來，而是強調市場是社會基本制度的一部份，必須滿足正義的要求。

李：英國學者伯林對你也很有影響？

周：伯林是二十世紀最有名氣的政治思想史大家。說起來，我跟他算有一點點淵源，因為我的博士論文老師John Charvet以前是他的學生，我在倫敦時也修過Steven Lukes和John Gray兩位教授的課，他們都是研究伯林的專家，和伯林很熟，因此我常有機會聽他們說起伯林的一些逸事。

在政治哲學上，伯林有兩個有名的觀點。一、兩種自由的概念（消極和積極）；二、價值多元論（value pluralism）。不過，伯林對我個人最大的影響，是他對觀念（ideas）的重視。我清楚記得，他在〈兩種自由的概念〉中說過，千萬不要輕視觀念的力量。正是這些觀念，影響我們看世界的方式，決定我們的行動，並深刻地改變世界。他又說，只有觀念才能打敗觀念。如果有些觀念很邪惡，對這個世界有極壞影響，那你不能靠槍炮去改變它，而必須在思想上指出它的錯處，從而解除其威力。[9]

在我最初接觸政治哲學時，這個想法對我影響很大。我現在做的哲學研究，都是在理解觀念的意義，論證觀念的合理性，然後思考如何將這些觀念實踐於社會。人用眼睛看世界，但眼睛看到怎樣的世界，卻由觀念決定。觀念提供我們看世界的框架，並賦予行動意義。舉

9　Isaiah Berlin, *Four Essays on Liberty* (Oxford: Oxford University Press, 1969), p. 119.

例説，我們許多人都嚮往民主和正義，它們都是道德觀念，內裏牽涉許多價值和制度的爭論。我們要推動社會改革，就得先瞭解這些觀念，並知道這些觀念為甚麼值得追求。

李：關於伯林，我印象最深的就是「刺蝟與狐狸」的説法。

周：這是伯林借用古希臘「狐狸知道很多事情，但刺蝟只知道一件大事」的説法來談托爾斯泰，並以此將不同思想家分類。但貫穿伯林一生的主要思想，是他的價值多元論。簡單點説，伯林認為價值的性質，是多元異質的，不同價值不能還原到同一個源頭，也沒有所謂絕對的最高的價值，所以在政治生活中，價值衝突難以避免，取捨和犧牲某些價值也是必然。伯林跟着説，在這種多元處境下，國家在最低程度上容許個體有選擇不同價值的自由，就是合理和必要的。[10]

伯林的觀點，會面對以下兩種質疑。

一、既然免受他人干預的消極自由只是眾多不能化約的價值之一，那麼當自由和其他價值發生衝突時，為甚麼自由可以凌駕其他價值？自由的優先性如何證成？這是價值多元論和自由主義之間一個很大的張力。

二、由於伯林認為積極自由在西方思想史上很易導致極權主義，因此主張嚴格區分消極自由和積極自由，並且強調前者不依賴於後者。但在自由主義傳統裏面，證成消極自由最強的理由，正是認為這些自由是保證個體過上自主生活的必要條件，而個人自主和積極自由在概念

10　*Four Essays on Liberty*, p. 168.

上密切相關。現在伯林將兩種自由切割，將帶來一個理論困境，就是我們難以解釋和證成消極自由的重要性。

以上兩點是伯林的自由理論最大的問題。去年清華大學國學院辦了個以伯林為主題的國際學術會議，請來許多外國專家，我和錢永祥先生都去了。我在會上問了一個問題：伯林的自由思想在中國影響力很大，大家談起自由，必談兩種自由的概念。但伯林對消極自由的重視和對積極自由的批評，如果我們照單全收，那麼如何論證自由的價值及其優先性，也變成我們必須回答的問題。[11]

李：你的學術著作為甚麼取名《自由人的平等政治》？

周：這是我的基本哲學立場。我認為一個公正的社會，應該努力實現自由和平等這兩種價值。自由人最根本的特點，就是作為獨立自主的個體，有能力建構、選擇和追求自己的人生目標。我認為，這是人的根本利益所在。與此同時，作為平等的公民，我們渴望得到政府平等的關懷和尊重。因此，合理的政治，就是政府必須在制度上確保平等的公民，能夠在公正的環境中，好好做個自由人，活出自己想過的人生。

自由人的平等政治，同時重視自由和平等，而不是將它們當作對立和不相容的兩種價值。我覺得這點，在今天中國思想界，尤其有特別的意義。我們都知道，在上世紀九十年代，中國思想界有個大辯論，就是新左派和自由派之爭。

11　我對伯林消極自由的討論，可參考拙著《政治的道德》（香港：中文大學出版社，2015），頁49–57。

在那場爭論及其後，不少人接受這樣一種區分：新左派的核心價值是平等，自由派的核心價值是自由，而正如伯林所說，自由和平等是不相容的，因此只能二擇其一。新左派認為，自由派為了自由，選擇全面擁抱全球資本主義，結果導致貧富不均，為了確保平等，國家權力就有必要限制市場。自由派則反駁說，這樣做會嚴重限制個人自由和私有財產權，是劫富濟貧，因此絕對不能接受。

在這場爭論裏，自由和平等好像成了水火不相容的兩種價值，而自由主義選擇了自由，放棄了平等。我認為這是很大的誤解，而且會將自由主義置於一個很不利的位置。事實上，自由主義有理由既重視自由，也重視平等。

為方便討論，試想像我們活在一個接近完全競爭狀態的市場環境，市場價格由需求和供給的均衡決定，參與者可以自由選擇生產甚麼和消費甚麼，並且享有私有財產權，政府不會對市場交易作出任何干預。不少人相信，在這種競爭狀態，資源會得到最有效運用，人們也會得到各自所應得的，因此是正義的。

不過，我們可以預見，由於每個人的能力、選擇和際遇的不同，經歷一段時間後，市場中一定會有人成為輸家，財富也會慢慢集中在小部份贏家手上，資本開始累積，貧富懸殊和階級分化逐步出現。窮人的下一代，由於欠缺物質條件、教育機會和社會網絡，生活處境很容易變得更壞，跨代貧窮將隨之而來。

這個圖像雖然有點簡化，但貧富兩極化的現象，在大

部份資本主義社會已很普遍，香港就是一個最好的例子。而且我們要知道，現實世界還不算最糟糕，因為大部份民主國家已為公民提供各種基本福利，例如醫療、教育和失業保障，否則許多窮人連基本的生存條件都沒法保障。

市場自由主義者該如何面對這個現實？

他不可能說，由得它吧，這些窮人都是輸家，貧困是他們應得的下場，國家和富人沒有任何義務幫助他們。這種回答預設了一種立場，就是這個制度本身已經十分公平公正，因此輸家沒有任何理由投訴。問題是，這樣的遊戲規則，真的公平公正嗎？那些出身貧困家庭的孩子，是因為懶和笨而落後於別人，還是因為他們從一開始便處於不公平的起跑線？

市場自由主義者也不可能說，放心吧，有錢人基於同情心，自然會自願救濟窮人。一來這不見得是事實，二來我們討論的是正義，不是慈善，因此這個回應其實迴避了問題。

不過，還有另一種相當流行的說法，就是認為即使市場導致貧富兩極化，我們也必須接受，因為這是為了自由而必須付的代價。如果政府干預市場，例如透過稅收和福利來緩和貧富懸殊和階級矛盾，就是限制了富人的自由和產權，而自由和產權極為重要，因此政府不應該有任何作為。對於這種觀點，我們可從幾方面來回應。

第一，經濟自由重要，但它只是眾多社會價值之一，同時也是社會制度的產物，沒有任何自明的優先性。如果經濟自由導致財富和生產工具被資本家壟斷，而這種壟

斷會帶來嚴重的社會問題，並導致許多人活在極度貧困之境，那麼國家就有理由正視這種制度不義，並努力尋求解決之道。

第二，自由主義的理想，是希望通過合理的制度安排，使得每個公民都有條件過上自由自主的生活。但在一個「朱門酒肉臭，路有凍死骨」的社會，窮人最多只有形式的自由，卻欠缺能力和資源去實現自己的人生計劃。換言之，這樣的社會，根本不能實現自由主義的目標。

第三，財富的分配，同時也是自由的分配。在資本主義社會，擁有愈多財富，就意味着享有愈多的行動自由。當大部份財富集中在小部份人手上，窮人其實會失去許多自由，因為在商品社會，金錢往往是人們免受外在限制而自由行動的必要條件。就此而言，財富再分配，其實可以被理解為以一種公平的方式，在公民之間重新分配某些自由的舉措，而不是犧牲自由來成全平等。[12]

現在回到新左派和自由主義的爭論，我想說的是，自由主義根本毋須無條件地和市場資本主義綑綁，然後承受它帶來的各種問題。一旦將這個結解開，自由主義不僅可以追求自由民主，同時也可以站在社會正義的觀點，批判資本主義的分配不公和機會不均，然後和左派辯論甚麼樣的平等（政治、社會和經濟等不同範疇）以及何種程度的平等，才是道德上可接受的。

就此而言，自由主義不僅有它的自由觀，也有它的平等

12　更詳細的討論，可參考《政治的道德》第四部份。

觀。許多人認為今天中國主要的問題，是權貴資本主義。我們現在面對的，確實是政治和經濟交織在一起的雙重壓迫。應對之道，是同時尋求政治和經濟改革，既要民主憲政，也要社會正義。這就是我所說的自由人的平等政治的目標。

李：王鼎鈞先生回憶，在1949年以前中國社會不公平，國民黨沒有辦法改變這個社會，只有在舊的基礎上建立它的政權，結果仍然不公平，所以下層的人民非常盼望公平。那時候的口號：要平等就沒有自由，要自由就沒有平等。

周：我正是希望改變這種非此即彼的思路。大家只要稍為留心，就會發覺自由主義在歷史上，一直致力在許多領域實現平等，例如爭取所有公民享有平等的政治和公民權利、一人一票的民主選舉、教育和工作上的機會平等，以及社會生活中的性別平等、種族平等和宗教平等。可以説，自法國大革命以降，平等從來都是自由主義的核心價值，並成為推動社會變革的重要動力。我可以大膽點説句，不重視平等的自由主義，在中國一定沒有前途。

今天最多人對自由主義的質疑，是它為甚麼可以容忍甚至容許資本主義帶來的經濟不平等。自由主義在許多人眼中成為負面標籤，主要也是因為這一點。是故自由主義的確需要提出強而有力的論證，指出甚麼樣的經濟不平等才是道德上可容許的，甚麼樣的不平等需要作出限制和矯正。自由主義不會贊成簡單的結果平等，也不會主張徹底放棄市場經濟和私產制度，但在結果平等和自

由放任之外，在公有制和私有制之間，還有許多制度上的可能性值得嘗試。

李：南方朔也講，中國人腦筋有點亂，左右都分不清楚，在這篇文章是左派，在那篇文章是右派，不像歐洲人那麼嚴格。

周：所謂左右之分，的確在不同語境下有不同意思。簡單地將人標籤為左派右派，往往會簡化問題，無助有意義的對話交流。所以，討論時最好先不要急於將人分派，而是讓大家將各自的立場和背後的理由好好闡述出來，然後就這些理由展開辯論。

中國正處於大轉型時期，中國應該如何走下去，是既複雜又重要的問題，大家有不同觀點很正常。現在的挑戰，是如何令不同主張的人，有機會坐下來對話。中國思想界不同派別之間成見很深，加上學術和言論自由受到限制，展開有建設性的對話確實愈來愈難。這實在是很不幸很可惜的事。

李：退回到1985年以前的鄉下生活，你有沒有想過，中國在短短的時間裏會有這麼天翻地覆的變化？

周：沒想過，真的沒想過。我們這三十年的轉變，是三千年來未有之大變局，比十九世紀下半葉還要厲害得多。我們開始進入資本主義的市場化、工業化、城市化時期，社會基本結構、生活方式、價值觀等等，都在發生根本變化。這個變化仍然在繼續，無論是好是壞，這個現代化進程，誰也無法阻擋。和西方思想界一樣，在未來很長一段時間，我們主要的任務，也是理解、詮釋和參與

建構中國的現代性，並期望它往好的方向發展。這是很重要很艱難的過程，需要知識界一起努力。

李：以華人社會來講，台灣或者香港的經驗有沒有反過來影響大陸？

周：有的，而且我相信隨着交流日益頻繁，兩岸三地的互動會愈來愈多。香港和台灣的現代化走得前一點，尤其在制度建設方面，這些經驗很值得內地參考。近年隨着中國經濟崛起，對台灣和香港的影響愈來愈大，很多人開始擔心兩地會被大陸吃掉。我理解這種擔憂，不過既然閉關自守不可能，河水和井水也難以分開，我們就要好好想想，台、港兩地可以做些甚麼，去推動中國的社會政治改革。

舉例說吧，香港每年有幾千萬內地自由行旅客，他們除了來購物，會不會也可以帶走別的一些東西？又例如愈來愈多內地學生來香港求學，他們除了專業知識和一紙文憑，會不會也可以學到其他學問？香港的議會選舉、廉政公署、公共醫療體系，公共房屋制度和公共交通設計等，又是否能給大陸參考借鑒？至於台灣的經驗，就更加豐富了。

我這裏並不是說，我們的制度必然是好的，並且要求對方照單全收。事實上，我們一旦開始思考這些問題，就已經在反思自己的制度和歷史，並在兩相對照中互相借鏡。文化交流，總是雙向的，既需要開放和謙遜，也需要自我理解和良性對話。

李：你在學生時代非常積極投入到社會活動中，教書之後，你對學校裏的活動也是充滿熱情？

周：一直都有關心。這其實很自然，不關心才不正常。一個人活在社群當中，總希望它愈變愈好，所以不可能對社群發生的一切不聞不問，又或者逆來順受。但老實說，今天的大學教育，百病叢生，離我心目中的理想大學已愈來愈遠。個人可以做的，往往也就是在自己的工作崗位，善盡老師本份而已。不過，即使這樣卑微的願望，現在也不易做到。在大學裏，真正給我快樂的，還是朝夕相處的學生。新一代年青人，有不少很有理想和抱負，值得我們用心栽培。

李：伯林的回憶錄裏講到年輕的時候，在牛津大學，他們幾個年輕人覺得整個哲學的世界就在他們周圍，常常在一起暢談學問。

周：對，那是在牛津大學的全靈學院（All Souls College），裏面包括邏輯實證主義的重要代表人物艾耶爾（A. J. Ayer）。說起來，我也在那裏上過課。我在倫敦讀書的時候，有一段時間，經常大清早從倫敦坐車去那裏上G. A. Cohen和Derek Parfit兩位哲學家的課。這些課人都不多，就十來人，大家可以很認真同時又很輕鬆地討論，帶給我許多美好回憶。

李：陳之藩先生寫的《劍河倒影》，講到英國的傳統教育，大家聊天，抽煙，喝咖啡，很鬆散，學問就在聊天中聊出來。你讀書的時候，英國還有沒有這種氣氛？

周：有的。我唸的是倫敦政治經濟學院，我的老師每兩個

星期就在他家開討論會，我們叫Home Seminar（家庭研討會）。老師提供餅乾和水果，我們每人帶點酒去，每次有人做報告，然後邊喝酒邊討論。有時聊得不夠盡興，結束後大家還會去酒吧抽一會煙，繼續辯。我記得每次離開酒吧，我總會騎着我的破單車，帶着酒意，在寂靜無人的倫敦街頭往家裏飛奔，很快意。

在學校，每星期都有形形色色的研討會和公開演講，教人應接不暇。我們學系每兩星期也會請一位政治哲學家來做報告，討論往往很熱烈也很激烈。結束後，大家一定會去酒吧喝上兩杯，好好再聊一會。現在想起那些日子，實在懷念，也更加明白那種知識氛圍的可貴。

我覺得，一所大學之所以好，真的不在於你建了多少高樓，申請到甚麼項目，也不在那些層出不窮無日無之的世界排名遊戲，而在於這所大學的師生，會否走在一起就談學問，一談學問就得意忘形和據理力爭。

李：我發覺你除了寫專業的文章，也喜歡寫散文。

周：是的。不過，我大部份時候，都是有話想說才下筆。我喜歡寫作，也一直希望自己可以寫得好一點，不過還是很不容易。我有時告訴朋友，普普通通一篇文章我都要改上三四十回，別人都不相信，但這是實情。對於文字和文章，我有許多執著。文章的格調、質感、節奏、顏色、情感，都是令人着迷和教人在乎的東西。

李：在文體上，你有沒有特別受哪幾家影響？

周：這個很難說。我沒有刻意模仿別人，主要還是自己一邊寫一邊摸索。不過，我受分析哲學影響頗大，因此寫甚

麼文章，都會要求自己盡量將觀點講清楚說明白，不要含混晦澀和模稜兩可。

與此相關的是，如何將西方哲學概念用中文明晰準確地表達出來，如何用學術中文介入在地的公共討論，更加值得我們關注。這不僅是個人能力問題，更是漢語學術社群如何培育自己的學術語言的問題。語言是思想的載體。沒有成熟的學術語言，就很難產生成熟的學術思想。

可惜的是，這些問題在香港完全不受重視，大學體制也從不鼓勵和支持中文學術書寫。我常常覺得，如果像我們這樣的大學教師都不在意學術語言的培育，都不願意從事學術在地化的耕耘，那麼我們對自己的社群就有所虧欠，因為我們沒有做好自己的本份。

價值教育的理念

　　大學教育有兩個基本使命。第一是教導學生學會好好生活，活出豐盛幸福的人生；第二是教導學生學會好好活在一起，共同建設公正社會。這兩個問題均牽涉價值判斷和價值實踐，我稱之為價值教育。可以說，培養學生成為有智慧有德性、具批判力和社會承擔的知識人，是大學教育的目標。

　　很可惜，到今天，價值教育已現危機。很多大學已不再視承傳、捍衛和實踐人類價值為一己使命。用來肯定自己存在價值的，更多是大學排名、研究經費、收生成績、畢業生出路、論文數量等。在大學課程裏，學生亦鮮有機會認真思考道德是非、人生意義及社會公正等問題。

　　這些現象帶出三個值得深思的問題。一、價值教育的重要性在哪裏？二、價值教育為甚麼會被邊緣化？三、如果重提價值教育，方向應該是甚麼？我在下面分享自己一點體會。

一

　　價值問題重要，因為我們的生命離不開價值。人的獨特之處，是能夠作價值判斷，並由價值指導行動。在每天生活中，我們會選擇做對的事，過好的日子，堅持某些信念，努力活出有意義的人生。而要活得好，我們必須對自

己的慾望和信念作出反思評估，並確保自己作出的選擇是對的和好的。

簡單點說，因為人有價值意識，所以意義問題必須由價值來支撐；因為人有反思意識，價值的規範性必須得到理性主體的認同。所以，大學應該提供一個良好的環境，讓學生的價值意識和反思意識得到充份發展。關鍵之處，是容許學生自由探索不同的價值問題，包括閱讀人類文明的種種經典，討論當代社會的政治及倫理議題，以至對一己心靈不懈的內省。沒有這樣的過程，我們往往難以理解自我，也無從肯定生命的價值立於何處。

價值的實踐，必須在社群當中進行，因為人不是孤零零的個體，而是活在種種制度和人際關係之中。因此，人與人之間應該建立怎樣的合作關係，彼此的權利義務和合作所得應該如何分配等，是公共生活的首要問題。

與此同時，人也活在自然之中。但經過數百年資本主義的急劇發展，人類完全站在自然的對立面，並導致巨大的生態環境危機。因此，重新思考人與自然的關係，推動環境保育和可持續發展，是二十一世紀全人類共同面對的迫切議題。

由此可見，從人與自身，到人與社會，再到人與自然的關係，均牽涉價值教育。我們作為價值存有，面對的問題不是要不要價值，而是如何發展人的價值意識，如何論證和肯定合理的價值觀，以及如何實踐有價值的生活。這些都是大學教育的任務。

二

　既然如此，為甚麼價值教育在今天愈來愈不受到重視？
這是很大的題目，這裏我集中談四點。

　第一，大學日趨職業化。大學將自身定位為職業訓練
所，並以培養市場所需人才為最高目標。最明顯的，是不少
大學將大量資源投向熱門的職業導向課程，濫招學生，漠視
質量。而在評核教育成效時，則往往只以學生的市場競爭力
作為衡量標準。

　在這種環境下，價值教育將難以展開，因為職業訓練基
本上是工具理性思維，目標早已由市場定下，餘下的往往
是教導學生怎樣用最有效的手段去達到那個已定的目標。和
這個目標不相干的價值，要麼被忽略，要麼遭壓抑。流風所
及，學生的讀書心態也隨之改變，無論選學系、選科目和選
課外活動，都以實用為尚。

　工具理性的能力固然重要，但如果整所大學均着眼於
此，卻對人類生活目標本身的合理性不作任何反思，也沒有
提供足夠的知性空間，容許學生對市場社會的主流價值作出
批判，那勢將嚴重窒礙學生價值意識的發展。

　第二，實證主義及科學主義主導的現代大學，常常主張
知識生產必須保持價值中立，並擱置所有牽涉價值判斷的問
題。這種觀點認為，所有價值命題都是主觀和相對的，因人
因社會因文化而異，不算真正的知識。許多學科因此從價值
領域撤退，聲稱只是對自然和社會現象作不帶價值判斷的客
觀解釋。因此，商學院的目標，是解釋市場制度的運作；理

學院的宗旨，是解釋經驗世界的內在規律；法學院的使命，是訓練學生成為合格的律師。

問題卻非如此簡單。商學院的學生，難道應該毫無保留地接受資本主義的市場邏輯，而對其導致的社會不公及異化宰制毫無反思？理學院的學生，難道只應埋首實驗，卻漠視基因工程、複製人以至核能發展等引發的倫理問題？而捍衛人權、法治、憲政，難道不應是法學院學生的基本關懷？

廣義地看，所有學科之所以有存在必要，必然是因為我們認定其對人類文明的承傳和發展有所貢獻。一旦承認這些價值，以價值中立之名拒斥價值教育的做法，實際上有違大學教育的理念。

第三，中國的教育體系，從中學到大學，長期以來都將價值教育等同於意識形態教育，並要求所有學生接受同一種思考模式，嚴重傷害他們的創造力和獨立思考能力。但人不是機器，而是活生生的有反思能力和自主能力的個體。無論多好的觀念和理論，一旦強行灌輸，就成了教條，難免窒礙心靈的自由發展。

第四，價值教育在今天舉步維艱，更根本的原因，是社會早已合理化自利主義，並任其滲透到日常生活每個層面，使得人們不自覺地相信個人利益極大化是做所有事情的終極理由。流風所及，自利貪婪不僅不再被視為惡，反而被視為推動經濟發展和社會進步的主要動力，並在制度和文化上獲得大肆宣揚。

如此一來，所謂幸福生活自然被理解為個人慾望的滿足，而道德考量則被視為對個人利益的外在約束。「只要不

被人發現，甚麼都可以做」遂被廣泛接受，倫理規範則逐漸失去內在約束力，價值追求和德性實踐也就變成個人可有可無的選擇。

三

價值教育邊緣化，結果導致大學喪失了批判精神。所謂批判精神，是指學生有勇氣和有能力公開運用自己的理性，對各種價值問題作出反思論證，挑戰既有的觀念、習俗、制度，並在生活中實踐經過合理證成的價值，從而完善生命和推動社會進步。批判精神既失，實利主義、犬儒主義和價值虛無主義遂代之而起，充斥大學校園。

就我所見，今天很多大學生根本未曾經歷過價值啟蒙便已離開大學，並安份地進入既有的社會建制。他們不曾有機會好好認識自己，不曾試過和同學激烈辯論道德與宗教，更不曾在面對社會種種不公時，想過要站出來為正義而爭。

在理應是他們最自由、最富理想的時期，大學沒有提供機會，讓這些優秀的年青人認真面對生命及生命背後承載的價值。恰恰相反，大學往往從學生踏入校門那一天開始，就千方百計引導學生學會如何在既定的遊戲規則中增強競爭力，擊敗別人，並為自己謀取最多利益。

至於這些制度本身是否公正，能否合理地保障和促進個人福祉，以及大學生作為未來社會棟樑應負的責任等，卻甚少觸及。這樣的教育，實在難以培養出有見地、有抱負和價

值承擔的公民。沒有這樣的公民，整個社會將停滯不前，甚至向下沉淪。

要改變這種處境，首要的是大學必須重新認識自己的使命，肯定價值教育的價值。教育最基本也最重要的使命，是育人。人是教育的中心。我們希望透過教育，提升人，轉化人，鼓勵學生培養德性，從而活得自由幸福。我們應先立其大者，並以此為大學目標。有了這目標，才能見到價值教育的重要和迫切，同時看到市場化、職業化、專業化和這個目標之間的張力，以及知道當張力出現時應該如何取捨。

下一步，是重新肯定教學為教師的首要工作。這個說法看似荒謬，難道老師的本份不就是專心教學嗎？實情卻非如此。不知打從甚麼時候開始，大學之內隱隱然已有這樣的共識：要在大學生存，必須不花時間在學生身上，因為學校評核重視的是研究和出版，不是教學。所以，用心教學，等於和自己過不去。這種將老師從學生身邊趕走的制度若不改變，價值教育將無從談起。

道理淺顯不過。既然教育的目的在育人，育人的責任在老師，老師不能盡其責，目的也就無從達到。做過老師的人都知道，理想的教學，是心靈與心靈的相遇。要啟迪學生，老師須言傳身教，傾注大量心力和學生對話交流，更要像園丁那樣關心每個學生的成長。

初入行時，有前輩語重心長對我說，教育是講良心的事業。這些年下來，我稍稍明白箇中深意。良心是向自己交代的，是自我加諸己身的責任，而不是為了甚麼外在好處。但在今天的大學，要保守一個教師的良心，絕不容易。

四

再下一步，即使我們重視價值教育，也要打破將它當作幾門課程，又或專屬某個教學部門的思維。要有效發展學生的價值意識和批判精神，大學要有整體的教育觀，並將價值教育的理念滲透到大學每個環節，包括主修課程、通識教育、宿舍生活和學生社團活動等，讓學生能夠時刻思考價值問題。如果不同環節支離破碎，甚至彼此扞格，那必然會事倍功半，並離全人教育愈來愈遠。

但我們須留意，全人教育不是要人無所不能，又或每樣知識都涉獵一點，而是希望將人發展成完整的人。錢穆先生撰寫的《新亞學規》第十六條對此有所說明：「一個活的完整的人，應該具有多方面的智識，但多方面的智識，不能成為一個活的完整的人。你須在尋求智識中來完成你自己的人格，你莫忘失了自己的人格來專為智識而求智識。」這就是說，要活得完整，必須要有為人的一些好的品格。這些品格是甚麼？這必然又回到我們對人性及價值的瞭解。

最後，大學必須創造一個活潑多元，相容並包的學術氛圍，讓師生在其中自由探索。價值教育不應是獨斷的、教條的、家長式的灌輸，每個學生都應是獨立自主的個體，有自己的判斷能力，同時懂得為自己的選擇負責。大學不應將學生倒模成千篇一律的人，而應鼓勵他們發展潛能，活出個性。因此，千萬不要誤將價值教育等同於政治教育或黨派教育。

有人或會問，既然推崇多元，豈不表示大學應該在所有

價值問題上保持中立,不作任何判斷?這中間確有張力。價值教育一方面肯定人的反思意識和道德意識,另一方面相信善惡好壞對錯有其客觀性,那麼如何既能肯定學生的自由自主,同時又能堅持和發揚某種價值理想?

這個看似不易處理的問題,我們可從以下角度思考。大學理應重視價值,並鼓勵學生熱愛真理、追求公義、平等待人、捍衛自由、關懷弱勢、重視環境,以及積極參與公共事務。就此而言,大學當然有自己的價值取向。從來沒有所謂中立的教育。教育的目的,總是將人由一種狀態帶到另一種更好的狀態。因此,問題不在於要不要價值,而在於這些價值是否合理,是否經得起理性檢視。

所以,大學一方面可以有自己的價值堅持,另一方面也應該提供自由開放的環境,容許師生就這些價值問題各抒己見,進行認真的探究思辨,並容許有修正改變的可能。正如穆勒(J. S. Mill)在《論自由》(*On Liberty*)一書中所說,正因為我們相信有真理,並渴望找到真理,我們才特別需要思想言論自由,因為每個人都有機會錯,沒有人可以說他所相信的,就是永恆而絕對的真理。價值教育亦當作如是觀。

一個社會的未來,和大學培養出甚麼樣的人才密切相關。中國和香港正面對巨大的社會轉型,轉型過程中最尖銳最迫切的問題,是如何建立起公正的制度,使得每個人都有機會過上美好和有尊嚴的生活。這些問題,都是價值問題。如何在大學教育中重建價值教育,是我們必須重視的問題。

行於所當行
——我的哲學之路[1]

　　《自由人的平等政治》是一本關於羅爾斯的政治哲學的專著，裏面盡是理性分析的文字。文字背後，是我走過的哲學之路。在這篇文章，我依然以羅爾斯為主線，但換一種筆觸，回顧我的讀書歷程，記下途中遇到的人和事，以及我對某些問題的思考，既為自己留個記錄，也能幫助讀者更好地瞭解我的哲學觀點。

一

　　我第一次知道羅爾斯，是在廣州北京路新華書店。那是1993年暑假，我和香港中文大學一群朋友到廣州購書。我清楚記得，我的哲學系師兄，也是新亞書院的室友王英瑜將一本書塞給我，說這書值得看。我瞄了一眼，書名是《正義論》，作者是約翰·羅爾斯，譯者是何懷宏、何包鋼和廖申白，中國社會科學出版社1988年出版。書很厚，翻到目錄，全是艱澀陌生的術語，但我還是買了。我當時即將升讀三年級，且已決定從商學院轉到哲學系，覺得要買點哲學原著充實一下書架。

1　本文原收錄於拙著《自由人的平等政治》（香港：中文大學出版社，2015），頁253－294。初稿完成於2009年，並承蒙石元康、錢永祥、曾誠、鄧偉生及陳日東等閱讀指正，謹此致謝。現稿有修訂。

同年九月，我選修了石元康先生的「自由主義與社群主義」。這是我第一次正式接觸政治哲學。上課地點在潤昌堂，全班四十多人。石先生人高大，衣樸素，操國語，有威嚴。第一天上課，石先生攜了幾本書來，第一本介紹的，是《正義論》英文版。[2] 石先生說，羅爾斯是當代最重要的政治哲學家，也是自由主義傳統集大成者。這一門課先介紹羅爾斯，然後再看八十年代興起的社群主義對他的回應，包括桑德爾（Michael Sandel）、麥肯泰爾（Alasdair MacIntyre）和泰勒（Charles Taylor）等。[3] 我後來知道，石先生是華人社會最早研究羅爾斯的人，並出版了一本關於羅爾斯的專著。[4]

這門課很精彩。石先生授課，系統、深入、清晰，打開一扇窗，讓我得見當代政治哲學的迷人風景。我第一次明白為甚麼正義是社會首要德性，第一次知道甚麼是原初狀態和無知之幕，也第一次感受到觀念的力量。

石先生欣賞羅爾斯，但他並不十分同情自由主義，因為他覺得自由主義無法安頓現代人的生命，也難以建立真正的社群生活。石先生認為，人類社會由古代進入現代，經歷了一次範式轉移，由目的論變為機械論，由價值理性轉為工具

2　Rawls, *A Theory of Justice* (Cambridge, Mass: Harvard University Press, 1971; revised edition, 1999). 本文以下引用的為修訂版頁碼。

3　除了《正義論》，當時我們要讀的文章，均收在一本文集之中。Shlomo Avineri & Avner de-Shalit ed. *Communitarianism and Individualism* (New York: Oxford University Press, 1992).

4　石先生在台灣大學哲學系畢業，加拿大渥太華大學哲學博士，師從著名馬克思主義哲學家彌爾遜（Kai Nielsen），博士論文是《契約論的限制：羅爾斯的道德方法學和意識形態框架》（*The Limits of Contractarianism: Rawls's Moral Methodology and Ideological Framework*）。中文專著是《洛爾斯》（台北：東大圖書，1989），其後由廣西師範大學以《羅爾斯》為書名重印（2004）。

理性，而這都和韋伯提及的「世界的解咒」有關，結果是價值多元主義的出現，自由主義則是回應現代處境的一套思想體系。具體點說，自由主義強調個人自主，重視基本權利，究其原因，是因為在「甚麼是美好人生」這一問題上，它承認沒有客觀答案可言，因此只能容許個人選擇。[5] 而當代自由主義強調中立性（neutrality），即政治原則的證成不可以訴諸任何理想人生觀，歸根究底，是接受了價值懷疑主義和價值主觀主義。[6]

　　石先生這種對自由主義的詮釋，對我影響很大，也令我不安。如果自由主義的背後是價值主觀主義，那麼它所堅持的政治原則的客觀普遍性何在？我們又如何能夠聲稱，自由主義是中國政治現代化的出路所在？這個問題從那時候開始，一直困擾着我。我是過了很多年，才從這個理論困境走出來，並找到一種我認為較為合理可取的理解和證成自由主義的進路。[7]

　　初識石先生，我感覺他可敬卻不可近，直到學期結束時才有點改變。那門課除了考試，還有一個口試，每個學生要單獨面見石先生十五分鐘。我是最後一位，後面沒人，因此和石先生聊了很久，主要是談麥肯泰爾對傳統的看法。最後我在這門課拿了個甲等，大大增強了自己讀哲學的信心。打

5　石元康，《當代西方自由主義理論》（上海：三聯書店，2000）。對於現代倫理的困境，亦可參考錢永祥，《縱慾與虛無之上》（北京：三聯書店，2002）。

6　石元康，〈政治自由主義之中立性原則及其證成〉，收在《歷史與社會：對人存在的哲學反思》（上海：上海人民出版社，2017），頁3-26。

7　周保松，《政治的道德》（香港：中文大學出版社，2014；增訂版，2015）。

那以後，無論身在哪裏，我和石先生的哲學對話從沒間斷，包括我在英國讀書時的很多通信。

石先生最喜歡的三位思想家，是黑格爾、馬克思和韋伯，因為他們都對現代性作了深刻反省。石先生是我見過最純粹的知性人，所有時間均專注於哲學思考，一坐下來便可以討論問題。和學生一起，他從不掩飾自己的觀點，同時也鼓勵我們暢所欲言，據理力爭。我後來在英國遇到的幾位老師，也是這樣的風格。這對我影響很大。他們教曉我一樣很基本的東西：學術是求真求對，不是客套、虛應和權威。

我的大學生活，重心在學生運動，大部份時間耽在辦報紙，策劃論壇和示威抗議上。我對亞里士多德所說的玄思式人生並不嚮往，留在哲學系的時間很少。記得1995年新亞書院拍畢業照時，高我一屆的梁文道對我說，你將來一定會去搞政治。這多少是我給當時同學的印象。八九後九七前的香港，異常躁動。我們即將告別殖民統治，卻不知前面是怎樣的時代。港督彭定康的政治改革帶來中英兩國政府無盡爭拗，另起爐灶之聲不絕，香港人身在其中卻無從置喙，感覺無力有資格移民的，忙着執拾包袱；有錢炒股炒樓的，則希望在日落前撈多幾把。

大學後期，我在學校辦了幾次大規模論壇。其中一次，是請來香港三大政黨黨魁(民主黨的李柱銘、自由黨的李鵬飛和民建聯的曾鈺成)和名嘴黃毓民，題目是「政治人物應具的道德操守」。論壇在中大百萬大道烽火台舉行，近千人出席，發言踴躍，由黃昏辯到天黑，以至要點起火水燈，在人影幢幢中交鋒。

現在回想，這樣的論題竟引起那麼激烈的討論，多少說明當時的大學生對現實有許多不滿，卻又無法參與，唯有在道德層面對政治人物月旦一番。我們的校長高錕教授在1993年獲中國政府委任為港事顧問時，也引來學生強烈抗議，並要求他到烽火台公開交代，因為我們擔心這樣的政治委任會影響中大的學術自由。當天的交代會出席者眾，群情激昂，學生提出許多尖銳問題，在社會也引起很大迴響。2009年高校長獲頒諾貝爾物理學獎，很多媒體跑來問我十多年前的舊事，因為我是中大學生報記者，當年和高校長有過較多接觸，也寫過不少批評他的文章。只是沒有了當年那層不確定的時代底色，實在不易解釋當時校園的風起雲湧。

　　香港到底應該如何走下去？我們如何把握自己的未來？當時的我很困惑，但並沒有完整想法。用羅爾斯的說法，我最多只是個道德直覺主義者，有一堆判斷，知道自己擔心甚麼和恐懼甚麼，但理不出一個方向。

　　當時中大的讀書圈子，最潮的可能是福柯（Michel Foucault），海德格（Martin Heidegger）也流行，但對我沒有甚麼影響。我是新亞人，但對新儒家興趣也不大。真正吸引我的，是倫理學和政治哲學，以及和人生哲學相關的學科，例如存在主義和宗教哲學。當時哲學系的讀書風氣不錯，有不同的讀書小組，由研究生帶着讀。通識課方面，較有印象的有許寶強的「二十世紀資本主義」，羅永生的「意識形態」和盧傑雄的「當代西方思潮」。這些都是理論課，修讀的人卻不少。英文系的陳清僑教授開了一門叫「香港製造」的新課，首次讓我認真思考香港人的身份認同問題。

雜誌方面，金觀濤和劉青峰先生已在中大中國文化研究所主編《二十一世紀》，裏面有很多好文章，也經常有一些很刺激很較真的思想辯論。台灣的《當代》主力介紹西方新思潮，我更是期期囫圇吞棗地追讀。文學方面，校園中最流行村上春樹和米蘭‧昆德拉。我們學生報的一群朋友也試過開讀書組，一起讀當代香港和中國文學，包括劉以鬯、西西、黃碧雲、王安憶和莫言等。那時中大流行電影籌款，學生團體輪流在邵逸夫堂播放非主流電影，票價十元，是很好的文化活動，也是「拍拖」好去處。我印象最深的，是基斯洛夫斯基(Krzysztof Kieslowski)的一系列電影，尤其是《兩生花》。

時隔多年，我仍然很懷念當時的大學生活。以我參與的中大學生報為例，編委會有二十多人，每個月出版一期，正常四開報紙大小，每期有四五十頁，分為校園、社會、中國、綠色、文化和論壇等版面，內容很豐富。我們辦報沒有學分，也沒有酬勞，甚至要為此經常蹺課，但卻樂此不疲，日以繼夜地開會辯論採訪寫作校對排版，拚命燃燒青春。

大學四年，我幾乎每晚都是凌晨三點後，才拖着疲憊身軀，在昏黃燈光下從本部行回新亞，一臉歉意喚醒宿舍工友幫我開門。那時也有同學自發出版形形色色的地下小報，就許多議題引發激烈辯論。至於大字報，更經常貼滿范克廉樓學生活動中心的入口，回應者眾，熱鬧非常。

當時的「范記」匯集了學生會、學生報、國是學會、文社、青年文學獎和綠色天地等組織，甚麼人都有，說是臥虎藏龍也不為過。因為我是編輯，常常要找人訪問或約人

寫稿，所以認識了不少思想成熟、有理想有個性的同學。中大建校四十周年時，我寫了一篇文章，認為中大最重要的傳統，是批判精神和社會關懷。[8] 我至今也認為，從上世紀七十年代到今天，范克廉樓是這種精神的搖籃，直接影響了香港學運和社運發展。

讀到四年級時，我累積了很多問題，卻不知如何解決，於是有去外國讀書的念頭。舉幾個問題為例。無論是在新亞書院或在哲學系，師長常勉勵我們要繼承和宏揚中國文化。但在中國努力走向現代化的過程中，我們要繼承傳統文化的甚麼東西？儒家和民主真的沒有矛盾，而且如牟宗三先生所說，可以從前者「開出」後者嗎？

此外，長期生活在學生組織，我多少沾染了一點左翼色彩，不太喜歡資本主義。但積極不干預、小政府大市場以至私有產權至上等，卻被大力渲染為香港的成功基石。社會中如果有人稍稍主張政府應該正視貧富懸殊問題以及增加社會福利，總會被人口誅筆伐。我可以站在甚麼位置回應這些觀點？不過，我最關心的，還是教育問題。我當時寫了不少批評大學教育的文章，愈寫愈看到理想與現實的差距，愈寫愈不知在職業化、商品化的大環境中，大學有甚麼出路。直到今天，我仍然相信，要改變社會，必須從教育開始。

1995年畢業前夕，余英時先生從美國普林斯頓大學回到中大，參加錢穆先生百年誕辰紀念，我負責接待他。那天大清早，我陪余先生從新亞會友樓走去開會的本部祖堯堂。在

---

8 〈中大人的氣象〉，收錄於拙著《相遇》（香港：牛津大學出版社，2008），頁110–115。

新亞路上，他問起我對甚麼哲學家有興趣，我說羅爾斯。他說羅爾斯剛出版了一本新書，對早期觀點作了不少修正，希望我好好讀讀。他說的是《政治自由主義》。[9]我有點訝異，余先生對羅爾斯也感興趣。更沒料到的是，一年後，我在英國約克大學會以這本書作為碩士論文的研究題目。

二

約克(York)有二千年歷史，是個美麗小鎮，鎮上的城牆遺址、古堡和大教堂等，吸引大量遊客。約克大學在約克鎮郊外不遠，1963年建校，是所新興的研究型大學。大學環境優美，綠草如茵。我住的宿舍，推窗外望，總見馬兒在吃草，松鼠在嬉戲。每天一大早，校園湖中的水鴨，會聯群結隊到宿舍窗前討食。政治哲學在政治系是強項，有六位專任老師，還有一個專門研究「寬容」(toleration)的中心。

約克這一年，我算是開始接受較為嚴謹的哲學訓練，既要讀當代政治理論，也要研究政治思想史，還要開始學習怎樣寫學術論文。碩士班的課都是研討會形式，每次有人做報告，接着自由討論，完了大夥兒便去酒吧喝酒。約克的生活簡單平靜，是哲學思考的好地方。

我當時在學術上最關心的，是自由主義的中立性(neutrality)問題。這個問題極具爭議性，很多哲學家捲入論

---

9 John Rawls, *Political Liberalism* (New York: Columbia University Press, 1993; expanded edition, 2005).

戰，羅爾斯的自由主義更是討論焦點。[10] 以下談談我的看法，因為這是我碩士論文的題目。

中立性一般指在某個問題上沒有立場，也不偏袒任何一方。自由主義的中立性原則，主要指政治原則的證成不應訴諸任何整全性的宗教、哲學和道德觀（comprehensive doctrines）。這些觀點包括基督教和伊斯蘭教、亞里士多德和儒家的德性倫理學，以及康德和穆勒（J. S. Mill）的道德哲學。這些學說的共通點，是有一套完整的倫理和意義體系，為個人生活和社會合作提供指引和規範。

不少論者認為，中立性是羅爾斯所代表的當代自由主義的重要特徵。最明顯的證據，是在《正義論》的「原初狀態」（original position）中，立約者被一層厚厚的「無知之幕」（veil of ignorance）遮去所有關於個人的特定資訊，包括他們的天賦能力和家庭出身，也包括他們的人生觀和世界觀。這樣做的目的，是保證最後得出來的正義原則，不會偏好任何特定的人生觀和宗教觀，並在不同信仰之間保持中立。

羅爾斯為甚麼要這樣做？因為他相信人是自由人，可以憑理性能力構建、修改和實現自己的人生計劃。為了體現人的自由自主，所以有這樣的獨特設計。中立性的背後，有着自由主義特定的對人的理解。

10　參與討論的較為重要的哲學家，包括Brian Barry, Ronald Dworkin, Will Kymlicka, Charles Larmore, Alasdair MacIntyre, Thomas Nagel, Joseph Raz, Michael Sandel, George Sher, Charles Taylor, Jeremy Waldron等。讀者宜留意，對於如何界定「中立性」，不同哲學家有不同詮釋，我這裏只討論羅爾斯的觀點。不過，羅爾斯本人其實一直避免用這個詞來描述他的理論。*Political Liberalism*, p. 191.

有人馬上會質疑，這樣的設計表面中立，骨子裏卻預設了康德式的自主倫理觀，因此並非一視同仁對待所有生活方式。例如對某些宗教信徒來說，個人自主根本不重要，最重要是嚴格服從神的教導，並按神的旨意生活。所以，如果可以選擇，他們一開始便不會進入原初狀態。

　　這有甚麼問題？自由主義作為一套政治理論，不可能沒有自己的底線和立場。羅爾斯後來說，問題可大了，因為我們活在一個多元社會，不同人有不同信仰，對於何謂美好人生常常有合理的分歧，如果自由主義原則本身奠基於某種特定的整全性倫理觀，將很難得到具有不同信仰的自由平等的公民的合理認可，因而滿足不了自由主義的正當性要求。因此，自由主義必須將自己的道德基礎變得更加單薄，以期在多元社會形成「交疊共識」(overlapping consensus)。羅爾斯稱他的理論為一種政治自由主義(political liberalism)的立場。

　　政治自由主義有三個特點。一、正義原則的應用對象，是社會基本結構，即規範社會合作的政治、法律及經濟制度。二、正義原則必須將自身表述為一個「自立的」(freestanding)政治觀點，獨立於任何整全性的宗教和道德觀，包括以康德和穆勒為代表的自由主義傳統；三、正義原則的內容，源於隱含在民主社會公共政治文化中的一些政治觀念，其中最重要的，是「社會作為自由平等的公民共同參與的公平合作體系」此一理念。[11] 羅爾斯認為，經過這樣的改造，政治原則將做到真正的中立，從而令公民從各自的人

11　*Political Liberalism*, pp. 11–15.

生觀出發，基於不同理由都能接受政治自由主義作為社會合作的共同基礎，因而達致交疊共識。

我對這個更為單薄的政治自由主義甚有保留。我這裏集中談三點。

第一，政治自由主義並沒改變羅爾斯最初提出來的正義原則，也沒有改變自由人的平等政治這個根本理念，改變的是對這個理念的說明。為了避免爭議，羅爾斯不再嘗試論證一個形而上學的人性觀，而是假定它早已存在於民主社會的政治文化當中，並得到廣泛認同，因而可以作為理論的出發點。

這個假定實在過於樂觀。民主社會既然如此多元，那麼在政治領域，「人作為自由平等的理性存有」這個觀念，必定同樣充滿爭議。退一步，即使這個觀念得到廣泛認同，我們也須知道，為甚麼它是道德上可取的。這是兩個不同的問題。例如我們為甚麼應將發展人的自主的道德能力視為公民的最高序旨趣（highest-order interest）？當這個旨趣和人在非政治領域持有的信念衝突時，為甚麼前者有優先性？羅爾斯當然不能說，因為這是社會共識，所以是對的。他必須提出進一步的理由支持他的立場。我們很難一開始便假定，這些理由會一直停留在政治領域，而不去到甚麼是人性和甚麼是人的根本利益這些層次的討論。

此外，我們應留意，政治自由主義並不適用於非自由民主的社會，因為它們尚未發展出羅爾斯所要求的政治文化。於是我們面對這樣的兩難：最迫切需要自由主義的國家，是那些最欠缺民主文化的國家，但在這些國家，交疊共識卻絕無可能，自由主義於是只能保持沉默。自由主義若要開口，

難免和其他敵對的政治倫理觀針鋒相對，並須全面論證為甚麼它對人和社會的理解，是最合理和最可取的。

形象一點說，在政治意識形態的競技場中，自由主義不是站在各方之外並保持中立的裁判，而是身在場中的參賽者。不少論者以為政治自由主義較為單薄，所以較容易和不同的傳統文化相容，卻沒有留意到，交疊共識必須以深厚的自由民主文化為前提。

第二，政治自由主義和傳統自由主義的最大分別，是前者將自己侷限於政治領域，後者卻不如此自我設限。以穆勒為例，他不僅將發展人的個性（individuality）視為「傷害原則」（harm principle）的道德基礎，同時也當作實現個人幸福不可或缺的條件。對穆勒來說，一個真正的自由主義者，無論在公領域和私領域，均應服膺自由主義的基本信念，培養自由心智，寬容異見，活出自我。

政治自由主義卻認為，正義原則的證成和人們對幸福生活的追求，屬於兩個彼此不相屬的範疇，人們可以一方面在政治領域接受「自由平等的政治人」這個公民身份，另一方面在別的領域接受非自由主義的宗教和倫理觀，並擁有其他身份。既然人們有不同身份，難免有衝突的可能。當衝突出現時，他們為何應該無條件地給予正義原則優先性？

對羅爾斯來說，政治人的身份不是眾多身份之一，而是在所有身份中佔有最高的位置。「正當」（right）優先於「好」（good），是他的理論的內在要求。[12] 要保證這點，政

12　詳細討論可參考拙著〈正義感的優先性與契合論〉，《自由人的平等政治》，頁183–215。

治身份便不能和人們的人生觀恆常處於對立和分裂狀態，因為後者是個人安身立命的基礎，並構成人們行動的理由。因此，要證成政治價值的優先性，實有必要將政治人的觀念置放在一個更寬廣的倫理背景中，使得生命不同部份形成某種統一。很可惜，政治自由主義走的不是這樣一條整合之路。

第三，政治自由主義面對多元世界的方法，是從羅爾斯所稱的公民社會「背景文化」（background culture）中撤退出來，不再就「如何活出美好人生」這類問題為公民提供指引。背景文化指的是人們在非政治領域形成的社會文化，包括人與人在家庭、教會、學校和其他團體中的交往，也包括為人們提供生命意義和行為指導的宗教、哲學和倫理觀。羅爾斯認為，為了尋求共識，政治自由主義不應介入任何背景文化的爭論，也不應對人們的生活選擇下價值判斷，甚至要和自由主義傳統本身保持距離。自由主義作為一種人生哲學，只是眾多生活方式的其中一種，並不享有任何特權。

這樣的文化中立，目的自然是希望包容更多非自由主義教派，並容許它們自由發展。羅爾斯沒有考慮到的是，如果這些教派在社會中影響愈來愈大，甚至控制公共討論的話語權時，會反噬自由主義的基本原則，甚至在很多社會議題上，主張限制部份公民的基本權利。

這絕非危言聳聽。原教旨主義、種族主義和極端民族主義，常會出現這樣的情況。羅爾斯或會回應說，只要這些教派繼續尊重政治自由主義的基本原則，問題便不成問題。問題卻在於，如果這些教派在他們的生活中，早已不認同自由主義是個值得追求的理想，他們便沒有理由要

尊重政治原則的優先性。他們的服從，很可能是權宜之計（modus vivendi）。

有人或會馬上回應說，在民主社會，也有很多教派非常樂意接受自由主義原則的規範。為甚麼會這樣呢？那是因為這些教派早已完成「自由主義化」的過程，將自由主義的基本價值內化成信仰的一部份。這些理念包括道德平等、個人自主、基本權利和寬容等。經過這樣的轉化，他們不再覺得尊重他人的信仰自由，是不得已的政治和道德妥協。相反，這是宗教生活的基本要求。同樣道理，他們也很可能接受幸福人生的必要條件，是個體必須有自由選擇並認同自己的人生計劃。但對政治自由主義來說，這樣的內化工作不應該由國家來做。

我認為，一個真正的自由主義社會，必須培養出相信自由主義的公民。自由主義不應只是一種制度安排，同時也應是一種生活方式。只有這樣，公民才會有充足理由接受正義原則的優先性，才會真心支持自由主義的社會改革，也才能令一個健康穩定的民主社會成為可能。

要實現這些目標，政治自由主義顯然不是好的方案。因此，我不認為用中立性原則來定義自由主義是妥當的做法。自由主義有一套完整的政治道德觀，堅持自由平等，重視社會正義，主張培養公民德性，並希望每個公民成為自主和有正義感的人。它不可能、也不應該在不同價值觀之間保持中立。在不違反正義原則的前提下，自由主義主張包容不同的生活方式，理由是尊重個人自主，而非擔心缺乏共識，又或相信價值主觀主義。

相較羅爾斯將自由主義愈變愈單薄，我倒願意提倡一種「厚實」的自由主義，盡可能將自由主義理解為一套具普遍性和整體性的政治倫理觀，不僅適用於政治領域，同時也在社會、經濟、文化、教育乃至德性培育方面發生作用。這樣的自由主義，一方面可以在制度上有效回應現代社會的挑戰，另一方面能夠吸引更多人在生活中成為自由主義者。如果我們將這些討論放到今天中國的語境，當可更清楚見到政治自由主義的侷限。

三

　　1996年完成論文後，已是初秋，我抱着忐忑的心情，從約克南下，到倫敦政治經濟學院（London School of Economics and Political Science）找我後來的指導老師碩維（John Charvet）教授。英國的博士制度仍然是師徒制，一開始即要選定指導老師，並由老師帶着做研究。所以，在正式申請學校前，最好和老師見見面，討論一下研究計劃，並看看雙方意願。我在約克大學的老師告訴我，碩維在LSE的名氣或許不是最大，卻是最好的師傅，推薦我去跟他。

　　政治系在King's Chamber，一幢古老的三層紅磚建築，樓梯窄得只夠一個人走。我爬上三樓，初會我的老師。碩維教授穿着西服，溫文隨和，說話慢條斯理，典型的英國紳士。我說，我想研究伯林和羅爾斯，主題是多元主義和自由主義。這個題目並不新鮮，因為行內誰都知道多元主義對這兩位哲學家的影響。但我當時已很困惑於這樣的問題：如果價

值有不同來源，公民有多元信仰，如何證成一組合理的政治原則？這組原則為甚麼是自由主義，而不是別的理論？碩維同意我的研究方向，並說伯林是他六十年代在牛津時的指導老師。他又告訴我，當時整個英國幾乎沒人在意政治哲學，牛津甚至沒有政治哲學這一門課。直到《正義論》出版，情況才有所改變。

那天下午，我們談得很愉快。臨走時，碩維說，他樂意指導我。步出老師的辦公室，我鬆了口氣，終於有心情逛逛這所著名學府。我先去哲學系參觀，見到波普爾（Karl Popper, 1902–1994）的銅像放在走廊一角，一臉肅穆。然後去了經濟系，但卻找不到哈耶克（F. A. Hayek, 1899–1992）的影子。我見天色尚早，突然有去探訪馬克思（Karl Marx, 1818–1883）的念頭。

馬克思葬在倫敦北部的高門墓地（Highgate Cemetery），離市中心不太遠，但我卻坐錯了車，待去到墓園，已是黃昏，四周靜寂，只見形態各異的墓碑，在柔弱晚照中默然而立。馬克思在墓園深處，墓碑上立着他的頭像，樣子威嚴，眼神深邃。墓身上方寫着「全世界工人團結起來」，下方寫着「哲學家們只是用不同的方式解釋世界，而問題在於改變世界」——這是《關於費爾巴哈的提綱》的最後一條，寫於1845年。[13]

馬克思的斜對面，低調地躺着另一位曾經叱吒一時的哲學家史賓塞（Hebert Spencer, 1820–1903）。史賓塞的墓很

13　Karl Marx, *Selected Writings*, ed. David McLellan (New York: Oxford University Press, 1977), p. 158. 中文版見《馬克思恩格斯選集》，第一卷（北京：人民出版社，1972），頁19。

馬克思墓。

大英圖書館閱讀室。馬克思在這裏寫他的《資本論》。

小，如果不留心，很難發現。史賓塞是社會進化論者，當年讀完達爾文的《物種起源》後，第一個提出「適者生存」（survival of the fittest）的概念，對留學英國的嚴復影響甚深。[14] 嚴復後來將赫胥黎（Thomas Huxley）的《天演論》和史賓塞的《群學肄言》譯成中文，並主張「物競天擇，適者生存」，影響無數中國知識分子。[15] 百年後，浪花淘盡英雄，我這樣一個中國青年，孑然一身立於兩位哲人中間，回首來時那條叢林掩映的曲徑，真有「逝者如斯夫，不捨晝夜」之嘆。

馬克思是我第一位認識的哲學家。早在八十年代中移民香港前，已在國內初中政治課聽過他的名字。我甚至記得，當年曾認真地問過老師，共產主義真的會來嗎？老師說，一定的，這是歷史發展的必然規律。我不知所以然，但老師既說得那麼肯定，我遂深信不疑，開始數算2000年實現四個現代化後，離共產社會還有多遠。當天站在馬克思墓前，少年夢想早已遠去，真正震撼我的，是看到墓碑上那句對哲學家的嘲諷。難道不是嗎？如果哲學家只懂得在書齋裏空談理論，對改變世界毫無影響，那麼我決心以政治哲學為志業，所為何事？這對躊躇滿志的我，有如棒喝。

馬克思的觀點，表面看似乎是這樣：哲學家只懂得提出抽象的理論解釋世界，卻對改變世界毫無幫助。真正重要的是推翻資本主義，消滅階級對立，解放全人類。改變的力

14　對於這一點，可參考Benjamin Schwartz, *In Search of Power and Wealth: Yen Fu and the West* (Cambridge, Mass.: Harvard University Press, 1964).

15　「適者生存」首次出現在史賓塞的著作《生物學原理》（*Principles of Biology*）（1864）中。《群學肄言》（*The Study of Sociology*）中譯本在1903年由商務印書館出版，《天演論》（*Evolution and Ethics*）則在1905年出版。

量，來自全世界的工人無產階級。如果這是個全稱命題，包括馬克思在內，似乎沒甚麼道理，因為馬克思一生大部份時間都在從事理論工作。如果理論沒用，那我們不用讀他的《資本論》了。馬克思也沒理由說自己不是哲學家，他的博士論文寫的是希臘哲學，而他的歷史唯物主義更在解釋人類發展的內在規律。

回到這句話的語境，馬克思的觀點應是：費爾巴哈（Ludwig Andreas Feuerbach, 1804–1872）和其他哲學家對哲學的理解出了問題。

問題出在哪裏？這要回到費爾巴哈的哲學觀。

費爾巴哈在《基督教的本質》中提出一個革命性的觀點：人不是按神的形象而被創造，而是反過來，上帝是按人的形象而被創造，然後將其安放於外在超越的位置加以膜拜。上帝不是客觀真實的存有，而是有限的個體將人性中最理想和最純粹的特質（知識、能力和善心等），投射為完美上帝的理念，但自己卻沒有意識到這一事實。宗教異化由此而生，因為個體將本來屬於人作為類存在（species-being）的本質誤當為上帝的本質，並受其支配。哲學的任務是透過概念分析，揭示這種虛假狀態，恢復人類本真的自我意識，成為自由自主的人。

費爾巴哈明白表示：「我們的任務，便正在於證明，屬神的東西跟屬人的東西的對立，是一種虛幻的對立，它不過是人的本質跟人的個體之間的對立。」[16] 由於宗教是

16　Ludwig Feuerbach, *The Essence of Christianity*, trans. George Eliot (New York: Harper & Brothers, 1957), pp. 13–14. 中譯本：《基督教的本質》，榮震華譯（北京：

所有虛假的源頭，因此哲學對宗教的顛覆，是人類解放的必要條件。

馬克思認同費爾巴哈的目標，卻認為單憑哲學解釋，根本不可建立一個自由平等的社群，因為導致異化的真正源頭，並非人類缺乏哲學的明晰和清楚的自我意識，而是由資本主義的經濟和社會結構造成。[17] 要克服異化，就必須改變產生虛假意識的社會制度。再者，費爾巴哈或許以為單憑純粹的哲學思辨，能為社會批判找到獨立基礎，但下層建築決定上層建築，如果不先改變經濟結構，人們的宗教觀和哲學觀根本難以超越時代的限制。

單憑哲學不足以改變世界，這點我沒有異議。但改變世界不需要哲學嗎？我想，馬克思本人也不會接受這點。

改變世界之前，我們需要先回答兩個問題。一、必須清楚當下的世界為何不義，否則不知道為何要革命。二、必須明白革命後的世界為何理想，否則不知道革命是否值得。這兩個都是規範性問題，需要政治哲學來回答。

對於第一個問題，我相信馬克思會說，資本主義之所以不義，是因為階級對立導致嚴重剝削、私產制和過度分工導致工人異化、意識形態導致人們活得不真實、自利主義導致社群生活無從建立等。[18] 對於第二個問題，馬克思會說，共

　　商務印書館，1984），頁44。

17　以下討論主要得益於 G. A. Cohen, *If You're an Egalitarian, How Come You're So Rich?* (Cambridge, Mass.: Harvard University Press, 2000), pp. 93–100.

18　馬克思對資本主義的批判，以及對自由主義和社會分配的看法，可參考 "On the Jewish Questions", "Economic and Philosophical Manuscripts", "Critique of the Gotha Programme" 等文章。這些文章均收在 Karl Marx, *Selected Writings* 一書之中。

產主義社會是個沒有階級、沒有剝削、沒有異化，人人能夠實現類存在的理想世界。由此可見，改變世界之前，馬克思同樣需要一套政治道德理論，並以此解釋和批判世界。

馬克思(以及馬克思主義者)如果不同意這個說法，可以有兩種回應。

第一種回應認為，科學社會主義不須談道德，因為根據辯證法和歷史唯物論，隨着人類生產力提高，既有的資本主義生產關係必然阻礙生產力進一步發展，並使得資產階級和無產階級矛盾加劇，最後導致革命，將人類帶進社會主義的歷史新階段。[19] 既然歷史有客觀的發展規律，不以個人意志為轉移，那麼根本沒必要糾纏於沒完沒了的道德爭論。哲學家要做的，是幫助無產階級客觀認識這個規律，激起他們的階級意識，加速完成革命。

一個世紀過去，社會主義的實驗翻天覆地，到了今天恐怕再沒有人如此樂觀地相信歷史決定論。資本主義經歷了不少危機，但離末路尚遠，而且也沒有人肯定末路最後的目的地，必然就是社會主義。即使是社會主義，也不見得那便是理想的歷史終結。

再者，二次大戰後，民主社會福利國家的發展，大大緩和階級矛盾，並導致中產階級的興起，而工人階級也沒有明確的共同利益促使他們聯合起來，顛覆既有制度。

最後，社會主義作為一種理想社會的政治想像，無論在西方還是中國，吸引力已大減。在這種革命目標受到質疑，

19　關於馬克思的唯物史觀，可看Karl Marx, "Preface to *A Critique of Political Economy*" in *Selected Writings*, pp. 388–391.

革命動力難以凝聚的處境中，馬克思主義或者廣義的左翼傳統，如果要繼續對資本主義的批判，並希望通過批判吸引更多同路人，那麼批判的基礎應該是道德和政治哲學，而非歷史唯物論。

第二種回應認為，即使我們想談道德，也不可能擺脫資本主義意識形態的控制來談。馬克思認為，不是主觀意識決定人的存在，而是社會存在決定人的意識。社會存在的基礎，有賴總體生產關係決定的經濟結構，這個基礎決定了法律、政治、宗教和道德這些上層建築，並限定了人們看世界的方式。[20] 因此，資本主義社會中控制了生產工具的資本家，為了一己利益，總會千方百計將他們的價值觀灌輸給被統治者，並讓他們相信資產階級的利益就是他們的利益。在這種情況下，如果不先改變經濟制度，任何真正的道德批判都不可能。

我不接受這種經濟決定論。[21] 無可否認，人的思考必然受限於他所處的社會和歷史條件，但人的反省意識和價值意識，卻使人有能力對這些條件本身作出後設批判。面對當下的制度和觀念，我們總可以問：「這樣的制度真的合理嗎？我們非得用這些觀念來理解自身和世界嗎？我們有理由接受這樣的社會分配嗎？」

原則上，理性反思沒有疆界。這是人之所以為自由存有的基本意涵。如果否定這一點，我們就無法解釋，為甚麼青

20　Marx, "Preface to *A Critique of Political Economy*," p. 389.

21　我相信馬克思也不太可能接受這種決定論，否則他難以解釋他本人如何能夠超越身處的時代，對資本主義作出批判。

年馬克思能夠寫出〈論猶太人問題〉和《經濟及哲學手稿》這些批判資本主義的經典之作。我們也不能說，只有像馬克思這樣的先知，恰巧站在歷史那一點，才能夠超越虛假意識，洞察真相。如果真是那樣，在全球資本主義興旺發展的今天，左翼豈非更難找到社會批判的立足點？!

所以，回到馬克思那句說話，我會建議改為：哲學家們以不同的方式解釋世界，問題是哪種解釋才是合理的。這裏的「解釋」，涵蓋了理解(understanding)、證成(justification)和批判(critique)。這是政治哲學責無旁貸的工作。政治哲學既要對現實世界和人類生存處境有正確認識，同時要證成合理的社會政治原則，並以此作為社會改革的方向。就此而言，理論和實踐並非二分，更非對立，而是彼此互動。理論思考的過程，即在打破主流意識形態對人的支配，擴充我們對道德和政治生活的想像，並為社會批判提供基礎。

一旦將馬克思視為政治哲學家，我們遂可以將他的觀點和其他理論互作對照。讓我們以社會財富分配為例，看看代表左翼的馬克思和代表自由主義的羅爾斯的觀點有何不同。

在〈哥達綱領批判〉(1875)這篇經典文章中，馬克思罕有地談及日後共產社會的分配問題。[22] 在共產主義初級階段，由於尚未完全擺脫資本主義的烙印，分配原則是按勞分配，即根據生產過程中付出的勞動力多寡決定個人所得，勞動成果應該全部歸於勞動者。這體現了某種平等權

22　Marx, "Critique of the Gotha Programme" in *Selected Writings*, pp. 564–570.

利，因為它用了一個相同標準去衡量和分配所得。

馬克思卻認為，這正是按勞分配的缺陷，因為它忽略了其他方面的道德考量。例如人在體力和智力上的差異，必然導致勞動力不平等。生產力高的人，收入一定遠較老弱傷殘者高。此外，這個原則也沒有考慮到每個人社會背景的差異。對結了婚或家有孩子的工人來說，即使付出和別人相同的勞力，拿到一樣的工資，實際上並不平等，因為他的家庭負擔重得多。所以，按勞分配並不是最合理的社會分配原則。

馬克思聲稱，「為避免所有這些缺點，本來平等的權利必須改為不平等。」[23] 那麼該如何改呢？我們期待他提出更合理的建議。誰知去到這裏，馬克思筆鋒一轉，聲稱這些缺點在共產主義社會初級階段是不可避免的，因為分配原則永遠不能超越社會的經濟結構和文化發展。只有去到共產主義社會更高階段，生產力的高度發展徹底解決資源匱乏問題，勞動不再只是維生的手段，而是生命的主要慾望後，我們才能夠完全克服「誰有權應得多少」這類資本主義社會殘存的問題，並最終實現「各盡所能，各取所需」(from each according to his ability, to each according to his needs)。[24]

對於馬克思的答案，我們可以提出兩點質疑。

第一，馬克思並沒有告訴我們，在共產主義尚未實現之前，怎樣的財富分配是合理公正的。他只以一個歷史發展的許諾安慰活在當下的人，但這個許諾實在太遙遠了。我們都知道，社會資源的分配，直接影響每個人的生命。我們能否

23　同上，p. 569.
24　同上。

實現自己的人生理想，能否享有幸福的家庭生活，能否得到別人的肯定和尊重，通通和我們在制度中可以分得多少資源息息相關。

因此，作為平等公民，我們每個人都有正當的權利，要求國家重視分配正義，使得每個人都能得到公平的待遇。馬克思或會說，非不欲也，實不能也，因為歷史條件限制了所有可能性。為甚麼不能呢？今天很多資本主義福利社會，早已為公民提供各種社會保障，包括醫療、教育、房屋、失業和退休保障，以及對老弱病殘者提供的特殊照料。當然，這些措施或許仍然不足，但不是遠較只靠按勞分配來得合理嗎？

第二，馬克思所許諾的共產主義社會，其實並沒有處理到分配問題，而是將分配問題出現的環境消解了。分配問題之所以會出現，主要是由於社會資源中度匱乏，以及參與生產合作的人對自己應得多少份額有不同訴求。但去到共產社會，生產力的進步令物質豐盛到能夠使每個人得到全面發展，而生產者又不再視勞動本身為不得已的負擔，因此分配問題根本不再存在。錢永祥先生因此認為：「在這個意義上，『各取所需』不再是分配原則，因為無限的資源加上『應得』概念的失去意義，已經沒有『分配』這件事可言了。」[25]

歷史發展到今天，即使是最樂觀的馬克思主義者，恐怕也得承認地球資源有限，如果人類再以目前的模式消費下

---

25 錢永祥，〈社會主義如何參考自由主義：讀曹天予〉，《思想》，第10期，（2008），頁262。我也在此多謝錢先生就此問題的交流。

去，很快就得面對嚴重的環境和能源危機。既然資源無限的假設不切實際，我們便須立足當下，認真思考社會資源的合理分配問題，而不能靠一個遠離現實的烏托邦來迴避問題。

有意思的是，羅爾斯和馬克斯其實有類似的問題意識，雖然答案很不一樣。羅爾斯的問題是：在資源中度匱乏的情況下，如果自由平等的公民要進行公平的社會合作，應該根據甚麼原則來合理分配所得？羅爾斯的答案，是他有名的差異原則（Difference Principle），即經濟的不平等分配，必須對社會中的最弱勢者最為有利。這些最弱勢者，指經濟競爭力較低的人，包括老弱傷殘及低收入者。[26]

羅爾斯認為，經濟不平等的根源，很大程度源於人的先天能力和後天環境的差異。如果我們接受道德平等，便不應該任由這些差異影響每個公民的正當所得。這於是有了他那著名的「無知之幕」的設計，將這些任意的不平等因素遮去，確保每個合作者在對等位置上商討出大家都能接受的原則，而差異原則正是他們的理性選擇。

羅爾斯心目中的公正社會，是一個人人平等且共同富裕的社會：公民享有基本的公民和政治權利，擁有公平的機會平等，而在實行市場經濟的同時，政府須透過累進稅、遺產稅及其他措施，提供各種社會保障，並盡量避免生產工具和社會財富過度集中在少數人手中。羅爾斯稱這個社會為財產擁有民主制（property-owning democracy）或自由主義式的社會主義政體（liberal socialist regime）。[27]

26　Rawls, *A Theory of Justice*, p. 266.

27　Rawls, *A Theory of Justice*, p. xv.

馬克思說，我們應該改變世界，令世界變得更美好、更公正。沒有人會反對這點。但正義的標準是甚麼？社會資源應該如何分配，人與人之間應該存在怎樣的道德關係，才滿足正義的要求？這是所有政治社群必須認真對待的問題。如果正義是社會的首要德性，政治哲學則是政治社群的首要學問。

以上討論旨在指出，一旦歷史沒有必然，而我們恆久處在資源有限而訴求不斷的環境，同時我們又希望好好活在一起，那麼我們必須善用人類累積的道德資源，共同追求和構建一個自由平等的公正社會。這既是國家對公民的責任，亦是政治正當性的基礎。

羅爾斯的正義理論回應了馬克思提出，但其本人沒有好好回答的問題。如果其他理論家不滿意羅爾斯的答案，他們就必須提出實質的道德論證，為他們心目中的正義社會作出辯護。事實上，這正是當代政治哲學過去幾十年最重要的論爭所在，其中包括許多馬克思主義傳統的哲學家。

四

1997年，我從英國回到香港。

這一年，香港從英國的殖民地，變成中國的一個特別行政區。6月30日那夜，我作為《蘋果日報》的記者，穿梭在灣仔會議展覽中心和中環立法會大樓之間，在人山人海中感受歷史的巨變。那一夜，有人狂歡，有人憤怒，有人惶惑，有人傷感。而我，一個八十年代從大陸移居香港的新移民，

HARVARD UNIVERSITY
DEPARTMENT OF PHILOSOPHY

EMERSON HALL
CAMBRIDGE, MASSACHUSETTS 02138
(617) 495-

May 9, 1995

Dear Brian:

I write to thank you for sending me a copy of your much awaited *Justice as Impartiality*, which I have just seen. I am most appreciative & grateful to you for sending it to me; & I am eager to study it carefully.

On reading pp x–xii as you suggest, let me say that I understand your attitude toward *A Theory of Justice* as opposed to my later work entirely & think it makes perfectly good sense. You are certainly right that an author can be mistaken & even wildly wrong as to what is his best work. Why not? The work is there, to be judged; one can certainly be wrong about it. And indeed I have often wondered myself. Perhaps the whole idea of political liberalism is a dreadful dead-end. It sometimes seems so & many besides yourself would agree.

I know you were unhappy with the idea of my Amnesty Lecture at Oxford in Feb 1993; & I also thought the lecture had been great gaps & lots to be explained & left unclear. And I have been uncertain whether it could be fixed up. The reason you have not heard thoughts from me before is that I spent April at Princeton where I have been trying to improve the ideas of the lecture — for the second time now — and I do think it is better & more defensible. It gets larger & more complicated, but better? — I don't know really.

Your book *Theories of Justice* is a wonderful book. I am fortunate also to have another such: your *Justice as Impartiality*.

With thanks & appreciation,

yours

Jack

羅爾斯在1995年寫給當代另一位著名哲學家Brian Barry的信。

一個經歷過1989的青年，一個決心以香港為家的公民，心情更是混雜。[28]

那一夜，我在報館工作到深夜，然後在滂沱大雨的7月1日清早，在電視上看着解放軍的軍車，一架接着一架，緩緩從北面開入城中。那一刻，我清楚意識到，香港變天了，香港即將進入新時代。眨眼間，回歸已十多年，香港這個屬於我們的城市，應該如何走下去？作為香港人，我們希望它變成怎樣的社會？我們身在其中，又可以做些甚麼令它變得更好？這是我長期思考的問題。以下我將以一個香港人的身份，從政治哲學的觀點，談談我的想法。[29]

在香港，最主流最強勢的論述，是視香港為純粹的經濟城市，一個要媲美紐約和倫敦的國際金融中心，又或與新加坡及上海競爭的亞太區商業樞紐。對大部份香港人來説，香港的過去和未來，都和經濟分不開。香港自1842年割讓給英國起，已被定位為一個商港。經過一百七十多年的滄桑變化，香港的經濟發展取得驚人成就，重商主義早已成為港人基因。

去到今天，如何在全球資本主義體系中，維持和鞏固香港的競爭力，更是整個社會的首要目標。目標既然已定，剩下的便是用甚麼方法達到這個目標。所有和這個目標不兼容的理念、制度和生活實踐，都會被邊緣化或被消滅。這種城

28　我曾寫過一篇文章，談及這方面的經歷。〈活在香港：一個人的移民史〉，《思想》，第6期，(2007)，頁211–232。其後收在拙著《相遇》（香港：牛津大學出版社，2008），頁219–250。

29　我特別強調自己香港人的身份，因為我想表明，以下所有對香港的批評，同時也是自我批評；所有對香港未來的期許，同時也是自我期許。

市想像的潛台詞，是香港不是和不應該是一個政治城市，因為過於政治化不利香港的繁榮安定。因此，民主普選應該緩行，社會公義最好少談，既有的遊戲規則盡量不變。

作為發達的資本主義城市，香港社會每個環節都服膺市場競爭邏輯，並將經濟效率和工具理性發揮得淋漓盡致，成為徹底的商品化社會。對許多人來說，香港本身是一個大市場，裏面的人是純粹的經濟人。政府的角色，主要是維持市場的有效運作，其他甚麼都不要管。

市場的邏輯，是優勝劣敗，適者生存。經濟人的目的，是利益極大化。在市場中，自利主義是美德，人與人之間只存在着工具性的利益關係。在這樣的環境，每個人從出生開始，便被訓練得務實精明，學會增值競爭，更視財富累積為幸福人生的必要甚至充份條件。不少人認為，這是香港成功的秘訣，並主張變本加厲，將下一代打造成更有競爭力的經濟人，並將市場邏輯擴展到非經濟的教育文化環境保育等領域。據說只有這樣，才有可能在全球資本主義的遊戲中領先別人。

問題卻在於，香港人甘心將香港這片土地只當成赤裸裸的市場，並視自身為純粹的經濟人嗎？近年愈來愈多人開始質疑這個模式，愈來愈多人渴望擺脫這種對人的理解，因為這樣的生活一點也不好。劇烈的競爭和異化的工作，貧富懸殊和機會不均，疏離的人際關係和貧乏的精神生活，還有過度的物慾主義和消費主義，都令我們活得苦不堪言。

我想我們都會同意，經濟發展的最終目標，是改善所有人的生活，使每個人安居樂業，活得自由自主，有能力有機

會實現自己的人生目標，並在社會關係中得到別人的尊重和認可。如果目前的制度不僅做不到這些，反而令我們活得愈來愈差，那麼我們沒理由不努力求變。與此同時，香港近年社會運動不斷，公民意識逐步成熟，呼喚政治改革的聲音更是日益壯大。

香港人一旦脫離殖民地統治，意識到自己是這個城市的主人，他們自然不可能再接受政治權力操控在少數權貴手上，不可能容忍這個整體十分富裕的城市卻有上百萬人活在貧窮線之下，更不可能忍受文化和精神生活長期受壓於單向度的經濟思維。

香港需要新的定位，並對這個城市有新的期許。

我們正站在這樣的歷史門檻。問題不在於要不要跨過去，而在於如何跨過去，跨過去後往哪個方向走。要回答這個問題，關鍵在香港人如何建構對這個城市的想像。[30]

我認為，香港人應視香港為自由平等的公民走在一起進行公平合作的政治社群。這個社群，根據《基本法》規定，是中國的一部份，但享有高度的自治權力，包括行政、立法和獨立的司法權。我們稱它為特別行政區。特區是個政治概念，而不是個行政概念。「高度自治」意味着香港人理應有相當大的政治自主空間，構想、規劃和打造這個屬於自己的城市的未來。

既然我們每個人都是自由平等的公民，並願意在公平的條件下進行合作，我們便不應將特區當作市場，並用市場邏

30　關於「社會想像」（social imaginary）這個概念，可參考Charles Taylor, *Modern Social Imaginaries* (Durham and London: Duke University Press, 2004), pp. 23–30.

輯決定政治權力和社會文化資源的分配。例如我們不能説，誰的錢多誰便有權擁有多一些政治權力，因為這違反政治平等；我們也不能説，誰是市場的勝出者便應佔有一切，因為公平合作要求資源分配必須滿足正義的要求。

就此而言，特區政府有她獨特的政治角色和道德使命。特區擁有制訂法律、設立制度，掌控資源和要求公民絕對服從的權力，因此它必須重視政治的正當性問題（legitimacy）。政府有責任告訴每個公民，基於甚麼道德理由，它可以擁有管治香港的正當權力。如果我們相信主權在民，那麼政治權力的正當運用，必須滿足兩個條件。一、政府必須得到自由平等公民的充份認可。一人一票的民主選舉，是體現這種認可的有效機制。二、政府必須重視社會正義，確保社會資源得到合理分配，並充份保障公民的基本自由和權利。這是現代政治最基本的要求。

一個不以實現正義為目標的政府，難以建立政治正當性。因此，不僅羅爾斯視正義為社會的首要德性，中國前任總理溫家寶也為政府施政定下這樣的使命：「尊重每一個人，維護每一個人的合法權益，在自由平等的條件下，為每一個人創造全面發展的機會。如果説發展經濟、改善民生是政府的天職，那麼推動社會公平正義就是政府的良心。」以我的理解，這裏的良心，是指政府的道德責任。

諷刺的是，特區政府常常強調它的管治理念是「小政府大市場」。就字面解，這是指政府盡可能縮小自己的功能，並將大部份社會及經濟問題交由市場解決，政府有意識地「積極不干預」。這個説法，既不正確亦不可取。首先，

香港早已不是放任自由主義哲學家諾齊克筆下的「小政府」（minimal state）。例如香港有十二年的義務教育，近乎免費的公立醫療服務，相當比例的人口住在政府興建的公共房屋，還有政府提供的各種社會保障。這些福利是否足夠，可以再論，但這絕對談不上是甚麼也不管的「小政府」。

更大的問題，是這種抑政府揚市場的思路，會嚴重窒礙香港的政治發展。我們知道，市場和政府根本不應處於對等位置。市場只是政治社群的一個環節，政府才是特區的最高管治者，負有不可推卸的追求公義和促進公民福祉的責任。在制度上，政府必定優先於市場。政府是市場規則的制訂者和監管者，並透過徵稅和其他措施，決定個人在市場的合理所得。市場從來不是一個自足和獨立的領域，並凌駕政府之上。

無可否認，市場有極為重要的功能和價值，但市場導致的結果，往往並不公正，而市場的參與者也不覺得自己有道德責任去糾正這種不公正。試想像，如果一個放任的競爭性市場導致貧富懸殊，老弱無依，機會不平等，甚至金權和財閥政治，那麼一個負責任的政府，自有必要對市場作出監管。我這裏並非主張政府要凡事干預，而是指出在概念上，必須將政府和市場的角色和功能作出區分。如果政府自甘作小，放棄很多理應由她承擔的政治責任，那是不必要的自我設限和自我矮化。

既然政治優先於市場，那麼在公共生活中，政治人的身份自然優先於經濟人。政治人的身份，我們稱為公民。這個身份，賦予每個人平等的政治權利，並承擔相應的政治義務。

在日常生活中，我們會由於自願或非自願的原因，和他

人建立不同關係，因而擁有不同身份，這些身份衍生出相應的權利和義務。例如我是某人的兒子、某所學校的畢業生、某家公司的僱員等。但作為政治社群的一員，不管所有別的差異，我們都是平等的公民，並應得到政府的平等對待。當公民身份和其他身份發生衝突時，前者有優先性。例如我們不容許宗教團體限制人們信教和脫教的自由，因為信仰自由是公民的基本權利；我們不容許公司為了成本和經濟效益，剝奪公民理應享有的勞工福利；我們甚至不容許政府本身損害憲法賦予公民的基本權利。

有人或會問：人世間充滿種種不平等，為甚麼我們要如此在乎公民平等？

這是重要問題。顯然，這是政治意志的結果，而非自然而然之事。在奴隸和封建社會，一國之內人民便分為不同等級，並受到差等對待。因此，這必然是因為公民之間具有某種道德關係。試想像，如果我們都是純粹的經濟人，而社會則是一個非道德化的競爭平台的話，我們很難接受對弱勢者有甚麼道德義務，更不會要求政府為他們做些甚麼。

公民身份體現了這樣的道德關懷：作為政治共同體的成員，我們願意平等相待，並分擔彼此的命運。公民權的實質內容，需要政治社群中的公民，透過公開討論和正當程序，才能確定下來。我這裏強調的，是政治社群的道德意涵。我們甚至可以說，任何政治社群都是道德社群，都預設了人與人之間某種非工具性的道德關係。

如果香港人不曾自覺到香港是（或可以是）這樣一個社群，繼續視這個城市為殖民地的延續，又或一群經濟人偶然

湊合在一起的利益競逐之地，那是我們的悲哀。我們有幸活在一起，理應善待自己，善待彼此。

香港要完成這種自我定位的轉變，必要條件是香港人培養出積極的公民意識，而這和教育密不可分。教育的場所，不必限於書本和學校，而可以擴展到社會運動和各種形式的公共討論。教育的目的，是培養公民的價值意識和批判意識，增強他們對政治社群的歸屬感，並承擔起應有的公民責任。但在目前日趨職業化、技術化和市場化的教育環境中，要實踐這種理念，實在舉步維艱。這和前述的城市想像相關。

教育有兩個基本目的：一、為社會培養人才；二、促進個人福祉。問題的關鍵是：我們想要怎樣的社會？甚麼構成人的幸福生活？

如果香港只是一個單向度的經濟社會，那麼所期待的人才，自然也是單向度的經濟人：務實、講求效率、重視工具理性、政治冷感，以及維護社會建制等。在這種教育思維中，批判意識和價值意識根本沒有位置。同樣道理，一旦如此理解人，很容易便將幸福生活和經濟地位的高低掛鈎，卻與公民身份的實踐變得毫無關係。

回歸十多年，香港嘗盡非政治化的苦果。殖民主走了，工具理性再不夠用，因為管治者必須要為香港定下新的政治目標，並有責任為這些目標的正當性作公開辯護。可惜的是，今天的管治階層，太習慣使用單一的經濟思維去理解香港，並有意識地壓抑香港人政治意識的發展。

問題是去到今天，香港人，尤其是年青一代香港人，愈來愈對保守、封閉、不公平的制度不滿，並渴望改變。這不

是世代之爭，不是利益之爭，而是價值之爭。

在種種爭論之中，我們開始體會到，整個社會的政治想像其實相當貧乏，甚至沒有足夠的政治概念和知識結構去理解當下的處境，遑論建構理想的政治圖像。就此而言，香港並非如很多人所說的過度政治化，而是政治上尚未成熟。我們早已完成經濟現代化，政治現代化卻才剛剛起步。也許這種危機同時也是契機，促使我們從觀念、制度和個人生活層面，好好反思所謂的「香港經驗」，開拓新的政治想像。

出路在哪裏？既得利益者會說，繼續走非政治化的路吧。只要給香港人麵包，維持香港的繁榮安定，人民自然會默默忍受。但我們可以走另一條路，將香港變成民主、公正、自由、開放的城市，讓每個人活得自主而有尊嚴，讓生命不同領域各安其位，讓下一代不再只做經濟人，同時也做政治人、文化人，更做對這片土地有歸屬感且活得豐盛的平等公民。

五

1998年，我離港赴英，去到LSE繼續我的學術之路。倫敦四年，對我的思想發展有極大影響。在這一節，我先描述一下倫敦的學術環境，以及英美分析政治哲學的一些特點；然後在下一節，我才談談我的博士論文研究。

倫敦政經學院在倫敦市中心，國會、首相府、最高法院、英國廣播公司、大英博物館等徒步可達。它是一所以社

會科學為主的研究型學府，研究生佔整體學生逾半，全校更有六成學生來自其他國家。

初抵學院，我便被它的學術氛圍吸引。學校每天都有很多公開講座，講者大多是學術界和政經界翹楚，吸引很多老師學生前去捧場。當時的校長紀登斯(Anthony Giddens)是著名社會學家，每學期都會就某一學術主題作系列演講，包括探討第三條路(the Third Way)、現代性和全球化等。紀登斯不僅學問了得，口才亦佳，每次站在台上，不用講稿，便能生動活潑地將很多艱深的學術問題清楚闡述。

哲學方面的講座，更是多得聽不完，因為倫敦是英國哲學界大本營。除了政經學院，還有倫敦大學學院(University College London)、英皇學院(King's College London)、貝畢學院(Birbeck College)、皇家哲學學會、亞里士多德學會、倫敦大學高等哲學研究所等。林林總總的演講、研討會、學術會議、讀書會和新書發佈會等，可說應有盡有。由於研究生課不多，除了讀書和寫文章，我大部份時間都在聽講座。

支撐倫敦學術氛圍的另一隻腳，是書店。凡是喜歡書而又到過倫敦的人，都會同意這裏是愛書人的天堂。除了Foyles、Waterstone's、Blackwell's、Borders這些大型書店，還有數以十計的二手學術書店，散佈在查令十字街以及大英博物館和倫敦大學附近的大街小巷。這些書店各有特色，有的以文學為主，有的專賣左翼或女性主義書籍，有的則是出版社倉底貨(remainders)的集散地。

我生活中最大的樂趣，是每星期騎着單車，逐家逐家書

店閒逛，徜徉於書海，流連而忘返。後來我乾脆「下海」，跑去倫敦大學總部那家號稱歐洲最大學術書店的Waterstone's做兼職，圖的不是每小時六英鎊的工資，而是那張員工七折購書卡。這家書店樓高五層，建築古雅，有書十五萬冊，儼然是圖書館的規模。更難得是店內設二手書部，書種多流通快，常有意外收穫。我每星期工作兩天，工資一到手，眨眼又已全數奉獻給書店。我認識幾位堪稱書痴的哲學同學，包括目前在台灣國立政治大學任教的葉浩，大家一見面，例必交流最新的讀書購書心得，其樂無窮。

現在回想，那幾年瘋狂淘書的日子，最大的收穫，倒不是書架上添了多少藏書，而是擴闊了知識面，加深了對書的觸覺，並培養出自己的閱讀品味。我現在回到倫敦，一腳踏入這些書店，人自自然然安靜下來，哪裏也不想再去。[31]

倫敦政經學院的政治哲學，一向集中在政治系，而非哲學系。哲學系由波普爾創立，以科學哲學、邏輯及方法學為中心。我在讀的時候，政治系有七位政治哲學老師，政哲博士生有二十多人。[32] 我們每學期有兩個研討會，一個由同學輪流報告論文，另一個則請外面的哲學家前來演講，老師一起參與。[33] 討論完後，大夥兒會去酒吧喝酒，改為談論輕鬆一點的題目，例如時政和哲學家的趣聞逸事等。酒吧燈光昏暗，人聲嘈雜，大家擠在一起，三兩杯下肚，很快便熟絡。

31　寫到這部份時，筆者正身在倫敦。

32　這些老師包括John Charvet, Janet Coleman, Cecile Fabre, John Gray, David Held, Paul Kelly, Anne Philips。

33　記憶中，這些哲學家包括Brian Barry, G. A. Cohen, Steven Lukes, Susan Mendus, David Miller, Martha Nussbaum, Quentin Skinner, Iris Mary Young等。

我們一班同學的友誼，都是在酒吧薰出來的。

除此之外，我的老師碩維還專門在他家舉辦讀書會，我們稱之為Home Seminar，每兩星期一次，每次三小時。我們通常帶幾瓶酒去，老師則提供芝士和餅乾。酒酣耳熱之際，也是辯論激烈興起之時。討論範圍很廣泛，從盧梭、康德、馬克思到羅爾斯都有，因為每個人的研究題目不同。有時意猶未盡，我們幾位同學還會到酒吧抽幾根煙，邊喝邊聊。我的住所離老師家不遠，每次完後，我總是帶着醉意，伴着一堆問題，搖搖晃晃騎車回家。

碩維教授早年以研究盧梭聞名，後來興趣轉向當代政治哲學，並在九十年代出版了《倫理社群的理念》一書，嘗試進一步修正和完善羅爾斯的契約論，並證成自由主義的平等原則。[34] 我的哲學問題意識，受他影響甚大。碩維對我關懷備至，只要我寫了甚麼東西，總會在兩星期內改完，然後約我在學院旁邊的Amici咖啡店討論。

老師有自己的哲學立場，但總是鼓勵我發展自己的想法。就像在石元康先生面前一樣，在碩維教授面前，我總是暢所欲言，據理力爭。我一直以為這是學術圈的常態，後來見識多了，才知道這是我的幸運。老師幾年前退休，學系為他辦了個惜別聚會。那時我已回到香港，據同學轉述，他在致辭中提及，最遺憾的是我不能在場。

還有兩位哲學家對我影響甚深。第一位是德沃金（Ronald Dworkin, 1931–2013）。德沃金當時剛從牛津法學講座教授退

34　John Charvet, *The Idea of an Ethical Community* (Ithaca: Cornell University Press, 1995).

下來，分別在紐約大學和倫敦大學主持兩個法律和政治哲學研討會。研討會的形式很特別，學校會將要討論的文章在兩星期前寄給我們先讀，而受邀的哲學家不用做報告，而是由另一位主持華夫(Jonathan Wolff)教授先將文章作一撮要，接着交由德沃金評論，然後才輪到作者回應，最後聽眾加入討論。研討會長達三小時，吸引很多哲學家和研究生前來，每次都將會室擠得滿滿，遲到的只能席地而坐。

研討會有種很特別的氣氛，不易形容，勉強要說，是人一到現場，便感受到一種嚴陣以待的學術張力。德沃金思想之銳利、口才之便捷，在行內早已聞名，而他的評論甚少客套，總是單刀直入，對文章抽絲剝繭，提出極為到位的批評。被批評的人自然得打起十二分精神，寸步不讓，謹慎應對。至於台下聽眾很多來者不善，恨不得在這樣高手雲集的場合，露一露臉，發表一些語驚四座之論。所以一到討論環節，舉手發言的人總是應接不暇。在記憶中，受邀出席的哲學家包括拉茲(Joseph Raz)、史簡倫(T. M. Scanlon)、謝佛勒(Samuel Scheffler)和威廉斯(Bernard Williams)等當世一流哲學家。

第二位是牛津大學的社會政治理論講座教授柯亨(G. A. Cohen, 1941–2009)。他那時在牛津開了一門課，專門討論羅爾斯，用的材料是後來出版的《拯救正義與平等》的手稿。[35] 我每星期一大早從倫敦維多利亞站坐兩小時汽車到牛津旁聽。課在全靈學院(All Souls College)舊圖書館上，學生不多，二十人左右。

35　G. A. Cohen, *Rescuing Justice and Equality* (Cambridge, Mass.: Harvard University Press, 2008).

G. A. Cohen 教授（右）。

牛津大學All Souls College.

第一天上課，我坐在柯亨教授旁邊，見到他的桌上放了一本《正義論》，是初版牛津本，書面殘破不堪。[36] 他小心翼翼將書打開，我赫然見到六百頁的書全散了，書不成書，每一頁都密密麻麻寫滿筆記。那一刻，我簡直有點呆了，從此知道書要這樣讀。我當時心裏想，連柯亨這位當代分析馬克思主義學派的哲學大家，也要以這樣的態度研讀《正義論》，我如何可以不用功?! 柯亨的學問和為人，對我影響甚深。他當時在手稿中，完全否定穩定性問題在羅爾斯理論中的重要性，而這卻是我的論文的核心論證，因此我必須回應他的觀點。這是一場極難也極難忘的知性搏鬥，而我在過程中學到很多。[37]

最後，我想談談我所感受到的英美政治哲學的治學風格。不過，讀者宜留意，這既然是我的感受，自然受限於我的經驗，難免有所偏頗。當代英美政治哲學的主流，基本上屬於分析政治哲學(analytical political philosophy)。這並不是指這個傳統中的哲學家均接受相同的政治立場，而是指他們對於政治哲學的目的和方法，有一些頗為接近的看法。[38] 我在這裏集中談五點。

36　《正義論》分別由哈佛和牛津大學出版社在美國和英國出版，書的體積不同，頁碼卻一樣。後來再有初版和修訂版兩個版本。

37　對於這個問題的討論，可參考《自由人的平等政治》中的〈穩定性與正當性〉及〈正義感的優先性與契合論〉兩章。

38　我這裏的討論受益於米勒和德格的分析。David Miller & Richard Dagger, "Utilitarianism and beyond: Contemporary Analytic Political Theory," in *Twentieth Century Political Thought*, ed. Terence Ball & Richard Bellamy (Cambridge: Cambridge University Press, 2003), pp. 446–449. 亦可參考 Philip Pettit, "Analytical Philosophy" in *A Companion to Contemporary Political Philosophy* ed. Robert E. Goodin & Philip Pettit (Oxford: Blackwell, 1993), pp. 7–38.

一、分析政治哲學十分重視概念的明晰和論證的嚴謹。它認為哲學的基本工作，是用清楚明白的語言，準確區分和界定政治生活中不同的政治概念，然後在此基礎上提出理由證成政治原則，而證成過程必須盡可能以嚴謹的邏輯推理方式進行，並讓讀者看到背後的論證結構。換言之，分析政治哲學反對故弄玄虛，反對含混晦澀，反對不必要地使用難解的術語，以及反對在未有充份論證下視某些經典和思想為絕對權威。

二、既然道德證成是分析政治哲學的基本任務，那麼其性質必然是規範性的。它既不自限於哲學概念的語意分析，亦不像社會科學般只關心實證問題，也不將焦點放在思想史中對不同經典的詮釋，而是探究政治生活的應然問題，追問甚麼是政治權力的正當性基礎、社會資源應該如何分配、個人應該享有甚麼權利和承擔甚麼義務等。

政治哲學關心的，是「我們應該如何活在一起」這個根本的政治問題。[39] 這個問題本身意味着，我們相信人類可以憑着自己的理性和道德能力，對各種政治道德問題作出合理回答。分析政治哲學不會接受「強權即正當」的政治現實主義，也不會接受那種認定政治根本無是非對錯的價值虛無主義。

三、道德證成（moral justification）是個提出理由的過程。無論我們贊成或反對某種政治原則，均須有充份的理由支

39　對於倫理和政治的規範性質，以及與其他實證科學的分別，西季維克作過很好的討論。Henry Sidgwick, *The Methods of Ethics* (Indianapolis: Hackett, 1981), 7th edition, pp. 1–2.

持。分析政治哲學普遍認為，這些理由的性質必須是俗世的，和具體實在的個體的利益相關，而不應訴諸宗教或某種超越的神秘權威。這些理由可以是人的基本需要、慾望的滿足、個人自主和尊嚴、人的理性和道德能力的實現，以至社群生活的價值等。這些理由的共通點，是原則上能夠被生活在經驗世界中的理性主體感知、理解和接受。

這不表示理性主體不可以有宗教信仰，更不表示這些信仰不應成為個人行動的基礎，而是分析哲學有個很深的理論假定：規範人類倫理和政治生活的基本原則，若要得到充份證成，那麼訴諸的理由，必須要在最低程度上滿足交互主體性的（inter-subjectivity）的論證要求。宗教理由很難做到這點，因為它的理論效力總是內在於該宗教的意義體系，但現代社會不同人有不同信仰，宗教理由很難可以成為理性主體普遍接受的公共理由。

就此而言，政教分離不僅是制度上的安排，也是道德證成上的要求：政治原則的基礎，不能訴諸任何宗教，也不能訴諸某種神秘超越的自然秩序，而是必須回到人間，回到人自身，回到我們共同生活的歷史文化傳統。

四、至於政治哲學的方法學，分析哲學家在他們的著作中一般不多作討論，甚至完全不觸及。[40] 但在相當寬泛的意義上，他們基本上接受了羅爾斯提出的「反思均衡法」（reflective equilibrium）。[41] 這個方法的特點，是先假定人們在

---

40 這是相當有趣的現象，值得進一步探究。最近有一本書，對此作了專題探討。David Leopold & Marc Stears, *Political Theory: Methods and Approaches* (Oxford: Oxford University Press, 2008).

41 Rawls, *A Theory of Justice*, p. 17–19. 我說「寬泛」，是因為羅爾斯的反思均衡

日常生活中，會形成一些根深柢固的道德信念。這些信念經得起我們理性檢視，且有廣泛深厚的社會基礎，從而構成道德證成中「暫時的定點」（provisional fixed points），例如我們普遍認為宗教不寬容、奴隸制和種族歧視是不公正的。但對於這些道德判斷背後的理據，以及當不同判斷之間出現衝突時如何取捨，卻非我們的道德直覺足以應付，因此我們有必要提出不同的道德和政治理論，並和這些暫時的定點進行來回反思對照。一套理論愈能夠有效解釋我們的道德信念，愈能夠在眾多判斷之間排出合理次序，從而在信念和原則之間達成某種均衡，那麼它的證成效力便愈大。

反思均衡法作為一種方法，有不少操作上的困難，例如如何找出這些定點，不同人對定點有不同判斷時如何取捨，定點和原則之間出現不一致時應該修改那一方等，都不是容易解決的問題。但反思的均衡不僅是一種方法，更反映了某種獨特的哲學觀。它最大的特點，是認為政治哲學思考應始於生活，卻不應終於生活。

所謂始於生活，是指所有政治理論證成工作，均須從我們當下的道德經驗和人類真實的生存境況出發，道德真理不存在於某個獨立於經驗的理型界或本體界。政治哲學的任務，不是要抽離經驗世界，找到一個超越而絕對的立足點，然後在人間建立一個美麗新世界。[42] 我們打從出生起，已經活在社群之中，過着某種倫理生活，並對世界應該如何有着

法和他的契約論是分不開的，其他哲學家卻往往只接受前者，卻不一定同時接受後者。例如Will Kymlicka, *Contemporary Political Philosophy* (New York: Oxford University Press, 2002), second edition, p. 6.

42　不少人以為羅爾斯的契約論採納了這種觀點，其實是一種誤解。

種種判斷。這些「直覺式」的道德信念，實實在在指引着我們的生活，並影響我們看自我和看世界的方式。羅爾斯稱這些信念為暫時的定點，意味着它們在道德證成中，絕非可有可無，而是不可或缺的參照系。

但理論思考卻不應終於生活，因為這些定點只是「暫時」的，並非不可修正的絕對真理。人的理性能力和道德意識，使得我們成為自主的反思者，能對生活中既有的信念和慾望，進行後設反省。經不起實踐理性檢視的信念會被修正，甚至被揚棄。這個反思過程原則上沒有止境，因為人類的生存境況會隨着歷史發展而出現新的問題，這些問題會挑戰既有的道德信念，從而促使我們繼續思考和探索政治生活的其他可能性。就此而言，哲學沒有終結。

五、最後，分析政治哲學具有某種公共哲學（public philosophy）的特點。所謂公共哲學有幾個面向。首先，它思考的對象，是和公共事務相關的議題；其次，它是在公共領域向所有公民發言，提出的是公共理由，而不是特別為統治者或某個階層服務。原則上，每個公民均可自由接觸這些觀點，並就它們的合理性提出意見。再其次，書寫哲學的人，並不自視為高高在上的精英，而是政治社群的一員，並以平等身份向其他公民發言。他們相信，透過明晰的思考和小心的論證，以及在公共空間的理性對話，可以減少分歧，增進共識，共同改善政治生活的質素。最後，哲學家理解自身具有某種不可推卸的公共責任，這些責任包括以真誠態度書寫，對公共事務有基本關懷，對人類苦難有切實感受，以及

對不義之事有基本立場。政治哲學是一門實踐性的學問，這份責任內在於學問的追求之中。[43]

我認為，以上五點，是當代分析政治哲學的一些顯著特點。當然，作為概括性的描述，這些特點不是嚴謹的定義，也不一定為分析哲學所獨有。但將這五點放在一起，再和其他哲學傳統對照，我們還是可以看到它的獨特性。

《正義論》出版後，不少論者形容其為當代政治哲學的分水嶺，因為它打破了此前英美「政治哲學已死」的局面，並復興了規範政治哲學的傳統。這樣的評價大抵持平，因為上述討論的五方面，都在《正義論》中得到充份體現。其後從事政治哲學的人，雖然很多都不同意羅爾斯的哲學立場，基本上還是在他設下的範式（paradigm）中進行理論思考。這個傳統發展到今天仍然充滿活力，探索領域也早已從傳統的政治哲學議題，延伸到全球正義、跨代正義、動物權益、少數民族文化權利、綠色政治和基因改造等。這個傳統能否在中國生根，並產生一定影響力，同樣值得我們關注。[44]

---

43 有人或會說，這些責任不僅適用於政治哲學家，也適用於所有知識分子。我對此並無異議，儘管我認為道德和政治哲學因其規範性質，更容易和這些責任聯繫起來。

44 讀者須留意，這個傳統有它的優點，也有它的侷限。例如它過於重視概念分析，卻對政治生活中的歷史和社會面向不夠重視，在科際整合方面（尤其和社會科學）也有很大的發展空間。我這裏無意說因為分析政治哲學是主流，所以是最好的。事實上，一個健康而有活力的學術社群，應該存在不同的哲學傳統，也應有良性的對話交流。

六

　　在這部份，我想談談羅爾斯理論中的穩定性問題，因為
書中有兩篇文章與此相關，而這也是我的博士論文題目。但
我這裏只能將問題意識勾勒出來，方便讀者有個基本把握。

　　穩定性不是一個新問題。在《正義論》第三部份，羅爾
斯已花了全書三分之一篇幅，論證他的正義原則能夠滿足穩
定性的要求。教人詫異的，是在過去四十年汗牛充棟的羅爾
斯研究中，這個問題完全被人忽略，對它的討論寥寥可數。
這個現象連羅爾斯也感意外，因為他認為在全書三部份中，
這部份最具原創性。

　　在《政治自由主義》的〈導論〉中，羅爾斯自稱他的哲
學轉向純是因為原來的穩定性論證失敗了，而穩定性在政治
哲學中極為重要，因此必須大幅修正最初的觀點。[45] 哲學界
普遍不接受這個解釋，或認為穩定性問題根本沒有道德證成
的重要性，或認為他的轉變只是為了回應社群主義的批評。要
判斷哪個說法合理，我們必須回到《正義論》第三部份。

　　羅爾斯所說的穩定性，很易令人以為談的是社會穩定，
即如何減少社會動蕩，並使政體能長期和平維持下去。如果
這真是羅爾斯的意思，那麼穩定性最多是個應用層面上的實
務問題。當社會出現不穩定時，國家大可因應具體情況，採
取不同措施（包括武力）處理。但羅爾斯卻明白地說，穩定性
是道德證成的必要條件。

45　Rawls, *Political Liberalism*, pp. xvii–xix.

問題於是出現：我們可否想像一個正義但不穩定的社會？當然可以。因為決定一個社會是否正義，和這個社會能否長期穩定，是兩個不同的問題。但根據羅爾斯的說法，社會穩定性卻是正義原則得到充份證成的必要條件。換言之，一個公正的社會，必然是個穩定的社會。柯亨說，這種說法荒謬，因為羅爾斯將兩個屬於不同範疇的概念混在一起，犯了範疇謬誤。[46] 這個批評很致命。如果成立，等於說羅爾斯後期的政治自由主義轉向根本沒有必要。

　　要回應柯亨的批評，唯一的做法是重新理解穩定性在羅爾斯理論中的意義，並將它和道德證成聯繫起來。我認為穩定性問題真正關心的，其實是正義感的優先性問題。一套正義原則是穩定的，當且僅當它能夠提供充份的理由，使得公民自願給予正義感優先性。

　　優先於甚麼呢？優先於公民的理性人生計劃中的其他慾望和利益。一旦如此理解穩定性，問題馬上變得清晰：這是一個內在於道德證成的實踐理性問題。用羅爾斯的術語，穩定性問題要處理的，是提出理由說服持有不同整全性人生觀的公民，給予「正當」(right)優先於「好」(good)是理性之舉。如果沒有這樣的理由，又或理由很弱，人們將沒有足夠動機服從正義的要求。對羅爾斯來說，正義感的優先性是道德證成的內在要求。

　　優先性成為問題，是因為正義的要求和個體對美好人生的追求，有可能出現衝突。羅爾斯的理論有個基本假定，

46　G.A. Cohen, *Rescuing Justice and Equality*, pp. 327–330.

即每個人都有根本的慾望去追求一己的幸福生活。當一個人能很好地實現自己的人生計劃時，他是幸福的。對幸福的追求，構成人的「好」。人們願意走在一起合作，是因為這樣做能改善自己的處境。如果這是人行動的唯一動機，道德規範自然難以建立，幸好人同時有正義感(the sense of justice)。正義感令人能從道德觀點去考慮問題，並願意服從政治原則的要求。這些原則，界定了「正當」的內容。

在羅爾斯的理論中，「好」與「正當」是兩個獨立的觀點，同時指導和規範我們的行動。羅爾斯在《正義論》中的解決辦法，是嘗試提出一套說法，主張在一個公正社會中，正義感其實並非外在於人們福祉的某種動機，而是構成人的福祉的內在的最高價值。「正當」與「好」的契合，是解決優先性問題的出路。

我認為，只有從這角度，我們才能理解穩定性在羅爾斯的前後期理論中的重要性。如果將問題放得闊一點，我們更會發覺，正義感的優先性問題，其實早自柏拉圖開始，已是政治哲學的核心問題。在《理想國》第二章，柏拉圖借格勞孔(Glaucon)的口質問蘇格拉底，到底正義有甚麼內在價值，促使人們心甘情願選擇做個正義的人。如果有人擁有一個能讓自己隱形的戒指，因而可以為所欲為，得到世間人人想要的名利權位，他還有甚麼理由堅持正義？如果正義不僅不能帶給人好處，還令人吃盡苦頭，甚至犧牲生命，正義仍然值得追求嗎？[47]

47　Plato, *The Republic*, trans. Allen Bloom (Basic Books, 1968), pp. 35–40.

當活得正當和活得幸福不相容時，應該如何取捨？

柏拉圖認為，只要我們對人性有真正理解，將發現正當和幸福並非截然對立。相反，一個幸福的人生，必然是道德的人生。活得正直正當，是活得美好的必要條件。就此而言，一個正義的人，總是較不正義的人活得好，無論後者在其他方面得到多少好處。[48]

羅爾斯在《正義論》中提出的「正當」與「好」的契合，走的也是這個方向，但他不再那麼樂觀，認為兩者在邏輯上必然彼此涵蘊，而是嘗試論證只有生活在他所設想的公平正義的社會，同時只有那些具有強烈正義感的人，德福合一才有可能。

由上可見，契合論成功的前提，是我們已活在正義之邦，並且人人有強烈的道德感。但這是一個理想狀態。我們時代的最大挑戰，是如何從一個不公正的社會，過渡到較為公正的社會。在這轉變過程中，我們一方面要知道改革的方向，瞭解正義的要求，另一方面也要公民具有正義感，支持改革，甚至願意放棄在現有制度下所享的利益。兩者缺一不可。

試想像，如果人人皆是自利者，所有行動均是為了一己之利，那麼任何社會改革都將舉步維艱，因為改革必將牽涉不同階層的利益再分配，並要求政府對社會中的弱勢階層給予關懷照顧。如果社會沒有足夠的改革力量，便很可能長期

---

48 芮格爾對此問題有精要的討論。Thomas Nagel, *The View from Nowhere* (New York: Oxford University Press, 1986), pp. 195–200.

停留在弱肉強食，又或所謂正義即不同利益團體按權力大小分得相應份額資源的格局。

改變的力量從哪裏來？

我們不應將所有希望寄託於一小撮政治和知識精英，而應期望政治社群中的公民，能夠培養出良好的公民德性，形成對正義的廣泛渴求，積極參與公共事務，並一起逐步建設出一個公正社會。這條路很難行，卻是我們應走的方向。

七

很多年前，在我剛剛進入政治哲學的世界時，我讀到伯林的〈兩種自由的概念〉，印象深刻。

在文章開首，伯林告訴我們，千萬不要輕視觀念的力量。回首現代歷史，意識形態改變和摧毀了無數人的生命。我們活在觀念之中，並受觀念支配。這個世界，有好的觀念，也有瘋狂邪惡的觀念。觀念的力量，來自觀念本身，因此觀念只能被觀念擊倒，而不能被武力擊倒。哲學家的任務，是要善用一己所學，嚴格檢視觀念的合理性，努力捍衛人的自由和尊嚴。[49] 伯林這番說話，對我影響甚深，並在無數黯淡的日子，支撐我對哲學的追求。

這篇文章寫到一半時，我重返歐洲，在巴黎的咖啡館，在火車，在倫敦的旅舍，斷斷續續在回憶和哲學之間糾纏徘徊，一字一句記下所思所感。期間，我重訪約克大學和倫敦

49　Berlin, *Four Essays on Liberty* (Oxford: Oxford University Press, 1969), p. 118–119.

פ"נ

ישעיה בן מנחם מנדל

ISAIAH BERLIN
1909 - 1997

伯林之墓，牛津。

政經學院，拜會老師，多謝他們昔日的教導。我也再一次徜徉倫敦的書店，在書堆中尋尋覓覓，緬懷舊時身影。

某個下雨天，我和我兩個正在牛津唸書的學生，去了 Wolvercote 墓園。伯林長眠於此。伯林的墓素樸簡潔，碑上刻着 "ISAIAH BERLIN, 1909–1997"。

墓園靜寂，天空澄澈。我在墓前佇立良久，回首來時路，不禁想起蘇軾的「常行於所當行，常止於所不可不止」句。

行於所當行，是我當下的心境。

是為後記。

（2009年7月）

對本土論的一點反思

不少人以為，「本土利益優先」是個不證自明的命題。[1] 實際並非如此。試想像，如果有一種所謂「本土」政策是以歧視和不公正地傷害「外人」為代價或為目的，為甚麼我們需要支持這種「本土優先」？對於所有公共政策，我們都可以基於正義的理由而提出質疑，而不能說「本土」as such就具有正當性和優先性。

這是本土論、族群論、某些文化多元主義和社群主義的常見問題，就是它們假定了有某種集體身份不需接受理性檢驗而具有天然的道德正當性。實際上沒有這回事。在接受「本土利益優先」之前，我們必須問：甚麼利益？誰的利益？誰去生產這些利益？誰為這些利益付出代價？這些利益為甚麼具有優先性？

這些問題都需要實質的道德論證支持，並接受我們的理性檢視。舉個簡單例子：香港大地產商的利益，是本土利益嗎？若是，為甚麼這些利益就值得我們捍衛？如果香港中產階層的利益和外地女傭的利益有衝突，為甚麼前者一定優先

---

1 2015年4月9日，我在臉書張貼了這篇短文，結果一石激起千層浪，短短兩星期內，引發一場關於本土論、社會主義左翼、自由主義左翼以及自由主義右翼的網上大辯論，前後有近二十篇文章，合計近七萬字，參與者包括李達寧、區龍宇、宋治德、毛翔宇、Issac、李敏剛等。區龍宇先生後來和我說，這是香港過去二三十年最大規模的一場關於左右翼意識形態的思想交鋒。現將文章收錄於此，為歷史留個記錄。

於後者？僅僅因為我們是香港人，所以就必須支持前者？我們會見到，答案不是那麼簡單直接。

再者，這些實質理由是否成立是一回事，但這些理由就其形式來說，必然具有普遍性，例如這樣形式的表述：「在其他條件相同下，給予自己所屬社群成員某種優先對待是合理的。」不少人以為本土主義不需要談道德，一談道德就是左翼，這其實是莫大誤會，因為「本土優先」本身就是一個有待論證的道德命題。

順便一提，不少人也許不知道，左翼的老祖宗馬克思本人，是極不願意談道德的。今天香港的左翼，其實大部份是自由主義左翼。這點朱凱迪之前點出過，我同意這個觀察。將馬克思主義傳統的左翼和自由主義左翼混為一談，是目前論爭的一個概念大混亂。而將liberalism（自由左翼）和libertarianism（放任自由主義或自由右翼）混為一談，並使得許多人不願意承認自己是liberal，則又是更大的混亂。

所以，今天關於本土主義的爭論，重點不在於要不要道德，而在於哪種道德觀建構出來的社會才是公平公正，並能給予每個人合理對待。一旦進入討論，我們很快會發覺，將所有爭論標籤為「本土vs. 左翼」，往往過度簡化問題，無助於我們展開有意義的思想對話，也無助於公民社會道德資源的累積。

以上所說，只是就當前香港一些爭論的性質，做一點概念澄清。至於某種特定的本土論是否成立，必須進入具體論證才能判斷。有心的朋友不妨放下意氣之爭，安下心來做出紮實的本土政治道德論述，學會容忍甚至欣賞不同的觀點。

甚麼是自由主義左翼

在網上讀到稻草君寫的〈關於民粹與左翼的幾點觀察〉，很有啟發。[1] 這是相當到位的一篇評論，值得有興趣的朋友認真閱讀。甚麼是自由左翼，我過去幾年，寫了差不多二十多篇文章來探討，主要發表在《南風窗》，在大陸引起一些討論。這些文章都已收在拙作《政治的道德——從自由主義的觀點看》，有興趣的朋友可參考。

以下我承接稻草君的討論，略談我對自由主義左翼的一些看法，順便對李達寧君的〈論自由主義者之虛妄，兼論左翼道德〉一文稍作回應。[2]

一

香港的政黨和政團中，除了街工、職工盟和社民連，公民黨和工黨在理念上也頗接近自由左翼。[3] 大約兩三年前，工黨的朋友請我去做一次內部分享，我拿着工黨的政策總綱

1　原文在此：http://www.inmediahk.net/node/1033386。本文初版於2015年4月發表在我的臉書，主要是回應網友對自由左翼的一些質疑，現在的版本經過相當程度修改。

2　李達寧的文章在此：http://www.inmediahk.net/node/1033301。

3　「街工」全稱是「街坊工友服務處」；「職工盟」全稱是「香港職工會聯盟」，而「社民連」全稱是「社會民主連線」。我在這裏說「頗接近」，但並不表示它們在許多具體政策以至基本理念上不會有分歧。

逐點和他們分析背後的政治理念，他們才意識到工黨許多政治主張背後，其實預設了一種自由左翼的政治想像。[4]

這多少說明，香港的政黨普遍缺乏對政治意識形態和政治道德作認真探究的興趣，因而對於政治觀念的確切涵義，以及應用這些觀念建構起來的社會想像不是太自覺，也未必覺得有必要為自己的政治立場做公共證成（public justification）。參與政黨和社運的朋友，當然會對許多社會議題有自己的價值判斷，卻不一定對支持這些判斷的理由有充份認識，或者有意識地將這些判斷放在政治道德的框架去分析。

這種現象，多少和政治哲學在香港公共討論中長期缺席有關。主導香港公共討論的，多是自由右翼經濟學者及實證導向的社會科學學者，公共問題的規範面向常常被忽略，又或在強勢的市場邏輯下被視為根本不需要討論的價值預設。面對這種情況，我們從事政治哲學的人確有不容推卸的責任。

我在〈對本土論的一點反思〉一文中希望本土論者好好發展出屬於它的政治道德，同時希望馬克思主義左翼也能好好論述出它的政治道德。因為只有通過這些努力，我們才有足夠的道德資源去理解自我、介入公共證成，以及尋找另類的社會想像。

這些不同理論的觀點是否成立，當然可以爭論。但要有爭論，我們首先要將這些觀點好好放上桌面。香港年青一代

4　香港工黨的四大主張是：民主、公義、永續和團結。其政策總綱可見：http://labour.org.hk/policy-zh/foreword-zh/

有想法的朋友，值得在這方面努力，而不宜長期停留在非友即敵的狀態。

二

　　說回理論和現實的互動，我可以用我手上的兩本書作為例子。英國工黨在1988年成立了「公共政策研究所」（The Institute for Public Policy Research），專門從事公共政策研究。隸屬於智庫的「社會正義委員會」（the Commission on Social Justice），於1994年出版了一份報告《社會正義：國家重生之策》（Social Justice: Strategies for national renewal），在英國引起很大迴響。[5] 到了2005年，他們再出版第二份報告《社會正義：建設一個更加公平的英國》（Social Justice: Building a Fairer Britain），繼續將正義視為英國社會改革的首要目標。兩份報告都已結集成書，大家有興趣可以找來讀讀。

　　這兩份報告裏面有許多關於社會正義的思考，既有規範性的政治理論，也有將理論應用到不同公共政策的反思和建議。這種視野和定位，值得我們借鏡。評價一個社會，不能只問它經濟是否繁榮，樓市股市升得多高，更須問它是否公平公正，能否令每個公民活得好和活得有尊嚴。我認為，這是廣義的左翼傳統的基本關懷。

　　正如稻草君指出，「左翼」和「左派」一詞在香港通常指涉親共的政黨和工會，而在長期恐共防共的社會氛圍下，

5　　研究所網址：http://www.ippr.org/。

「左」是政治毒藥，沒有甚麼泛民政治團體願意和「左」沾邊。再加上香港長期受芝加哥自由右翼經濟學派主導，在政府、媒體和教育的多重配合下，小政府大市場、積極不干預、低稅制低福利，幾乎成為香港不同政黨不言自明的共識，而這個共識又在社會取得極大支持。

於是，香港的政治光譜基本上只是由政治立場上是否親共和是否支持民主來定義，而在影響社會民生的議題上，大部份政黨的立場皆相當模糊和缺乏原則。所謂的分別，往往不是基於清晰的社會正義理念，而是基於民情反應和選舉策略。

問題於是出現：香港的政黨如何面對一百多萬人活在貧窮線之下以及堅尼系數已上升到0.539這個無法迴避的現實？[6] 如何面對香港這個機會極度不均、社會流動緩慢、跨代貧窮嚴重的社會？難道我們還會相信，只要香港繼續擁抱市場至上、低稅率低福利的自由放任政策，問題自然就會解決？當然不可能。香港社會近年對於地產霸權、官商勾結以及領匯私有化的深惡痛絕，多少反映市民對於現狀的不滿已到了忍無可忍的地步。

那麼出路在哪裏？如果無形之手束手無策，自然需要政府介入。只有政府採取更積極的公共政策和制度改革，才有可能改變目前許多人眼中極不正義的現況。（為甚麼不公義？這需要論證。我們不能簡單地說，貧富差距本身就必然不公義，例如如果有人基於個人努力而賺取較多的財富，不

6　這是香港政府統計處公佈的2016年的數據。

少人會認為這是公平的。換言之，平等或接近平等並不必然等於正義。）

政府應該如何介入？一種頗為傳統的馬克思主義左翼觀點認為，問題的根源出在資本主義的生產方式和財產制度。只有徹底消滅市場經濟並改行計劃經濟，徹底消滅私有財產制並改行財產公有制，才有可能從根本處整體地解決問題。只有這樣，人民才會有真自由、真平等、真解放。而要實現這個理想，就要無產階級團結起來，進行階級鬥爭，推翻資本主義制度。階級問題，才是問題的核心。因此，所有資本主義制度下的社會改良，都是虛偽和虛假的。

今天還有多少人相信這個馬克思主義的左翼立場？

在香港，我估計很少。社會主義的大實驗，經歷蘇聯和東歐社會主義陣營解體及轉向資本主義，同時經歷中國過去三十多年的市場經濟改革後，基本上已難以為繼。大部份相信社會主義的理論家都不得不面對一個現實：計劃經濟和公有制，在歷史實踐中已被證明為不可行、不可欲，而市場在經濟生產中確有它的作用和位置。（有人可能會說，過去所有所謂的社會主義實踐都不是真正的社會主義。這種辯護看似可令自己立於不敗之地，但卻沒有甚麼說服力。）

1989年後，有許多關於市場社會主義（market socialism）的討論。但歷史發展到今天，全球資本主義經濟體系幾乎已成為牢不可破的霸權，而且仍然享有相當高的正當性。這從2008年金融海嘯後，這個體系雖然受到極大衝擊，但在制度上卻沒有受到任何根本挑戰可見一斑。

我們今天面臨的挑戰是：如果我們既不想要社會主義

的公有制和計劃經濟，又不想要放任自由主義（又或新自由主義和自由右翼）鼓吹的市場資本主義，那麼有沒有別的出路？

三

對於上述問題，自由主義左翼提供了一種可能。這種可能，卑之無甚高論，其實就是今天被大部份自由民主國家接受的福利國家模式(liberal democratic welfare state)，在歐洲則常被稱為社會民主主義模式(social democracy)。[7]

自由左翼的意思，是自由主義框架中的左翼，因此它首先接受自由主義的基本制度，然後再在這個基本制度下和自由主義右翼分家。這個基本制度是甚麼？就是個人權利和民主憲政。這是自由主義的制度核心。所謂左翼何所指？就是在認同權利和民主的前提下，主張政府有責任去追求和實現社會正義，確保每個平等公民有條件和機會過上自主而有尊嚴的生活。為了這個目標，政府有責任限制和約束市場，避免生產工具和社會資源受到過度壟斷，同時有責任通過有效的社會及經濟政策，確保公民基本需要得到充份保障以及社會財富得到公平分配。

以上所說是大方向，下面我逐點做些解釋。

第一，自由主義認為，每個公民享有一系列平等的個人

7　讀者須留意，從思想史的發展來說，自由主義和社會民主主義有不同的思想源流，在不同國家不同時期也有不同的思想論述和制度主張。我這裏將它們放在一起並論，主要是就它們都重視自由權利、民主憲政和社會正義這三點而言。當然，即使這三點，不同思想傳統也會有不同的道德論證。

權利。國家最重要的責任，是充份保障公民能夠行使和實現這些權利。這些權利包括第一代的公民權利和政治權利，例如言論、思想和信仰的權利，組黨、集會、結社和參選的權利等，也包括第二代的經濟、社會及文化權利。（有人稱第一代為消極權利，第二代為積極權利。詳細內容可參考聯合國的《公民權利和國際權利公約》、《經濟、社會、文化權利國際公約》）。如果熟悉羅爾斯理論的朋友，應該記得他的正義原則的第一條，就是要保障公民享有一系列平等的基本自由（basic liberties），這些基本自由構成人的基本權利。

我們可以說，這是自洛克、康德以降，到當代自由主義共享的基本立場。大家有興趣，可以去讀讀美國的《獨立宣言》（1776）及法國大革命的《人權和公民權宣言》（1789），裏面即承載了自由主義這個理想：每個公民享有一系列不可讓渡的基本權利，這些權利保障了人的自由和尊嚴。如果國家不尊重這些基本權利，人民便有公民抗命甚至革命的權利。

我認為，自由主義作為一種個體主義（individualism）式的理論，最重要的特點就是對個人權利的重視。我之前說，香港許多左翼其實屬自由左翼，最重要的一點，就是他們都同意個人權利是社會制度的基礎，同時許多社會運動也是以捍衛權利之名進行。

可是自馬克思以降，社會主義左翼對自由主義的權利原則，往往不屑一顧，認為它徒具形式，甚至是自利主義的體現。這種批評，馬克思早期的〈論猶太人問題〉一文最有代表性。簡單來說，馬克思認為，市民社會中的自由權，其實

倫敦大英圖書館閱讀室。

質是保障個體在一個由法律界定的私領域中可免受他人干預而為所欲為。但這種為所欲為，等於承認和鼓勵人成為原子式的自利主義者，因此人也就離他作為社群式的類存在本性愈來愈遠。[8]

我不同意這種對權利的批評。理由如下。

一、基本人權最重要的作用，是通過憲法保障個體的基本自由和根本利益不會受到侵犯。它絕對不是徒具形式，因為這些權利寫在憲法裏，國家必須尊重，公民也可以通過法治和司法覆核等制度來保障他們的權利。權利確實是人為地劃出一個領域，容許個體在不傷害他人相同權利的前提下在裏面自由行動。不要以為這是小事，因為沒有這些基本權利，人就很難過上自主的生活。

8   Karl Marx, "On the Jewish Question" in Karl Marx, *Selected Writings* ed. David McLellan (New York: Oxford University Press, 1977), pp. 52–54.

二、這些權利是所有公民平等享有，而非某些人的特權。以政治權利為例，民主國家便在制度上確保所有合資格的公民都有平等參與政治的自由。民主的實踐，預設了一人一票的政治參與權。這些投票的自由，都是形式的和虛假的？當然不是。窮人手中的一票，正正是捍衛自己正當權益最有力的武器。

三、有效實踐這些權利，確實需要經濟和社會條件的配合和支持，否則很容易就會淪為形式。道理很簡單，雖然所有人在法律上享有一人一票，但窮人和富人手中的一票，意義和影響力卻可以有極大差異。羅爾斯主張社會財富再分配的一個主要理由，正是希望藉此確保政治自由的公平價值（fair value of political liberties）能夠盡量實現。

在這個問題上，我們不僅看到自由左翼和社會主義左翼的分別，同時看到自由左翼和自由右翼的分野。社會主義左翼認為，自由主義根本不可能實現平等的政治自由的公平價值，自由右翼卻認為，這個問題根本不是問題，完全不值得重視。自由左翼則聲稱，這個問題不僅重要，而且可以通過制度改革來盡量實現。[9]

四，這些權利不只體現在法律層面，而且具體實踐於公民生活。想想雨傘運動爭取的真普選，難道不是在爭取所有香港公民都可享有平等參與政治的權利嗎？香港的義務教育，不是在確保所有孩子都能夠享有受教育的權利嗎？過去數十年世界各地的種族平權運動和兩性平權運動等，不是在

9　John Rawls, *A Theory of Justice* (Cambridge, Mass.: Harvard University Press, 1999, revised edition), pp.197–198.

實實在在改變許多受壓迫受歧視者的處境嗎？

有的左翼朋友或會馬上說，自由主義談的是假自由假平等，馬克思主義追求的才是真平等真自由。那麼我們必須追問：甚麼是真自由？如何實現這些真自由？這些真自由在甚麼意義上，較自由主義保障的基本權利更為可取和可行？

社會主義左翼有必要重視這些問題，提出實質道德論證支持自己的觀點，同時要有足夠的知性誠實，面對社會主義國家那些慘痛的歷史(當然，自由主義需要同樣的知性誠實，面對資本主義國家在歷史上以至在今天對自由和人權的壓制和剝奪)。事實上，自十九世紀末以降，西方社會主義左翼政黨已十分重視自由主義主張的基本人權，努力為工人和窮人爭取這些權利，並希望在自由民主的制度框架中，通過選舉和平取得執政權，逐步實踐其政治理念。許多民主國家今天的左翼政黨，在這個意義上都是自由左翼。

四

以上所談，是自由左翼的權利觀。這個問題十分重要，因為重視個人權利是自由主義和其他政治理論最大的分野。馬克思主義、儒家、效益主義、社群主義和民族主義等，都不會將個人權利放在理論的中心位置，甚至完全忽視權利這個概念。

與此同時，如果我們回顧一下香港多年來的社會運動和政治抗爭，我們會發覺，對權利的捍衛和追求，其實是運動中的核心價值。2003年反對《基本法》23條立法五十萬人

大遊行，2014年的雨傘運動，以至形形色色的公民平權運動（性別平等、種族平等、性傾向平等、工作權、居住權），都離不開基於權利（及其保障的自由）而提出的政治訴求。

換言之，許多人聞自由主義而不爽，但一旦徹底拒斥自由主義，他們自己堅持的許多政治價值，便會有無根之虞。我們可以做個簡單的思想實驗：先問一下自己對香港最大的不滿和憂慮是甚麼（例如沒有民主普選、貧富懸殊、自由和法治岌岌可危等），然後問一下自己基於甚麼價值而有這些不滿和憂慮，最後問一下這些價值的思想來源是甚麼，我們便會清楚自己到底較為接近哪種主義。這和時下網上流行的通過回答一系列社會、政治、文化問題來理解自己在意識形態光譜中的位置是一樣道理。當然，知道自己站在哪裏和這個位置本身是否合理，是兩個問題。

除了權利，自由左翼還有甚麼其他政治主張？讓我多談幾點。

自由左翼主張主權在民，並要求政府權力的正當性必須來自所有成年公民的認可。因此，自由左翼主張一人一票的民主政制，或者我們經常說的真普選。民主的基礎是甚麼？是個人自主和政治平等。一方面，自由主義肯定人是獨立自主的自由人，因此有最大的意願在政治領域實踐自己的自由（投票是行使自由的體現），另一方面自由主義肯定每個自由人都有平等的政治地位，因此享有平等的權利去共同決定政治社群的命運。用我的說法，民主是在實踐一種自由人的平等政治。

為了實現這兩個理想，自由左翼不會說，只在法律上保

證公民平等的選舉權和投票權即可，而應致力通過各種制度實踐，盡可能使得所有公民享有公平的機會去參與民主政治，例如防止黑金政治和財閥政治、充份保障資訊自由和新聞自由、財政上補貼小政黨、監管及限制鉅額政治捐款、推廣公民教育、建設良好的公共商議平台，以及維持合理的財富分配等，都是民主實踐的應有之義。與此同時，民主自治更不應侷限於特首和立法會選舉，也應體現在社區、學校、工會，甚至經濟領域。

此外，自由左翼考慮到政治自由的公平實踐、教育和社會競爭上的機會平等、人與人合理的社會生活關係、弱勢者及不幸者的基本生活需要等因素，會倡議國家有責任為公民提供廣泛及完善的社會福利（教育、醫療、房屋、失業及退休保障等），從而使得所有公民都能有合理的機會和條件過上自主的生活。對自由左翼來說，福利不是救濟，不是施捨，不是劫富濟貧，而是公民應享的權利和政府應負的責任。

為了實現這些目標，國家有權約束市場，有權通過稅收去限制財富的過度累積（例如累進稅和遺產稅），也有權在不同領域採用混合式的產權制度（例如在關乎基本民生的水電、能源、交通和房屋方面，由國家擁有、生產和分配這些資源），而不會盲目地主張市場和私產至上。同樣道理，自由左翼不會輕易否決市場的重要性，無論是工具性價值（效率、生產力、創造力、有效調配資源），還是內在價值（市場本身包括了就業、消費、生產和選擇的自由，這些自由對人同樣重要）。

當然，如何落實這些理念，必須因應不同社會的政經發

展及資源的充足程度，來進行各種嘗試。事實上，許多民主福利國家在這些方面已經累積了極為豐富和寶貴的經驗，值得我們參考借鏡。香港今天最大的挑戰，不是社會整體財富不夠多，而是要走出過去幾十年奉行的市場自由主義範式，真正做到以人為本，承認每個港人都是平等公民，配享政府平等的關懷和尊重。

最後，由於自由左翼重視人的自主，因此主張政教分離，尊重文化多元，反對形形色色的家長制。自由左翼認為，既然個人自主是我們值得珍惜的價值，我們因此應該尊重人的主體性和獨立性，確保公民享有充份的自由和相應的社會、經濟和文化條件，發展個性，實現潛能，過自己想過的生活。

不過，自由左翼意識到，一如經濟市場，完全無約束的文化市場，同樣可能導致單一和壟斷，傷害文化生活的多元性，而文化多元性是自主生活的重要條件。在這種情況下，自由左翼會認真探究，推行甚麼樣的文化政策，營造甚麼樣的文化環境，才能既鼓勵和促進文化多元發展，又能使得接受不同文化的人可以做到彼此寬容和互相尊重。

五

我在上面大略勾勒出我理解的自由左翼的政治藍圖：重視個人權利、爭取民主普選、支持社會正義、鼓勵文化多元。而在這個藍圖背後，有着自由主義最基本的信念：理想的社會，是能夠讓平等自由人走在一起過上自主生活的公平

的社會。自由、自主、平等和公平，是自由主義的核心價值。從這些核心價值出發，我們可以建構出我們想要的理想政治。

通過以上說明，我希望大家見到，自由左翼和社會主義左翼，自由左翼和自由右翼，確實有許多理念上的差異。如果一旦說起左，就以為只有社會主義式的左，一旦說起右，就以為只有無條件擁抱市場資本主義的放任自由主義式的右，那恐怕是個不太美麗的誤會，並會導致許多思想混亂。

去到最後，我們回到稻草君文中觸及的一個問題：如果我們好好將問題弄清楚，那麼在政治光譜中，香港有多少人會願意承認自己是自由左翼？這個問題很有趣，值得大家想想。

V

我城香港

站直

　　那一年，我移民香港第二年，讀中學二年級，學校新來了一位女老師，教英文，還做了我們的班主任。這位老師，姑隱其名，稱為L吧。L從開學第一天起，就不喜歡我們，我們也不喜歡她，結果最後導致我們的「站直」行動。

　　我讀的那所中學，也許是當時全香港最不像學校的學校，因為根本沒有獨立校舍，只有幾間簡陋課室，兩張乒乓球桌，在大角咀某幢大廈二樓，樓下是各式五金店鋪。學校只提供中一至中三課程，中三之後學生便要自謀出路。

　　我讀這所學校，是因為初到香港，找不到別的學校，而它又無法吸引本地學生，遂成新移民學生集中地。我們來自五湖四海，各帶鄉音，純樸粗野，放學後一起去桌球室玩樂，去足球場「鬥波」，甚至去附近的製衣廠做童工，時薪十元，賺點零用錢。

　　L不喜歡我們，我想她一來覺得這家學校條件太差，配不上她，二來覺得我們實在太土，從心裏瞧不起我們，故常在課堂上對我們冷嘲熱諷。我們的自尊心受挫，心裏自然不好受，她也愈來愈肆意懲罰不服從的同學。我當時在班上成績最好，同學也信賴我，故我有時會代同學出頭，對L的一些做法公開表示異議。

　　大約去到學期中，L在課上發還我們的測驗卷，我得了

當年一起站直的同班好友。攝於1986年。

九十五分。我正拿着卷子看，L突然對着全班大聲宣佈，坐在周保松後面的楊同學這次有八十多分，以他的能力，絕對做不到，因此一定是周「出貓」給楊，所以要在他們的分數各扣十分。

我一聽，簡直傻了眼。我發夢也沒想到，自己的老師可以在沒有任何證據下這樣冤枉學生。我氣得發抖，站起來，奮力辯白。L不僅不聽，還即時將我趕出課室罰站。

那天放學，我面如死灰，委屈到極點。第二天回校，我向訓導主任投訴。主任說，他信任我，但無能為力。我不服氣，直接去敲校長室的門，校長說會了解一下。過了幾天，我再去找校長討說法。校長說，他相信我沒有做過，但卻必

須尊重L的決定。我徹底絕望。我為了一件沒有做過的事，人格無端受辱，而我的師長沒有一人願意為我伸張。

因為我的抗議，L對我的態度更差，常常為了一些小事要我放學後去教員室罰站，且往往一站便一小時。那是我從未受過的羞辱。我當時發奮上進，是其他老師眼中的好學生，現卻被迫站在所有師長面前，承受他們或詫異或惋惜的目光。他們好像在說，這個本來品學兼優的學生，怎麼變得那麼壞了。每次被罰，我都只能低着頭，羞恥地縮於一角，卻沒法告訴我尊敬的老師，我不是壞學生。每次獲准離開，我都有如特赦，卻也自憐到極點，覺得自己一無是處。

去到第二學期，我和一些同學終於忍無可忍，開始生出反抗的念頭。在某天早上，L進入課室，班長喊起立後，我們所有人如常站起來叫"good morning, Miss"，L如常說"sit down"。這一次，我們卻沒有像平時般坐下來。我們全班大部份同學，一動不動，繼續站着。L很快意識到，我們是在集體向她作出嚴正抗議。她惱羞成怒。我們不為所動，繼續站直。L見到這個情勢，開始失措，最後只好悻悻然離開。

那一堂課，我們沒有上。

時隔多年，許多細節早已淡忘。例如我已不大記得，為甚麼我們會選擇以這種方式抗議。我們應該有想過用匿名大字報的，因為這樣或可免遭處分。我們甚至想過其他更荒唐的方法。現在回想，我慶幸我們沒有那樣做，而是選擇挺直身軀共同面對。

我們的抗議，當天已全校皆知。教我們意外的，是沒有預期的秋後算帳，也沒有被召去質問誰在幕後策劃。L第二

天如常上課，好像甚麼也沒發生。但我們都知道，無論於她還是於我們，一切已不一樣。

當天過後，我心裏明白，我只有離開一途。於是，在父母不知情的情況下，我四處打聽哪些學校會招收插班生，然後自行報名應考，最後幸好轉到另一家不錯的學校。

我聽說，在接着下來的一年，L和同學之間的矛盾，一直沒有緩和，紛爭不斷，直到所有同學畢業離開。我是過了好長一段時間，才從這段歷史走出來。因為要寫這篇小文，我特別和幾位舊同學聊了一下，發覺他們仍然依稀記得當年默站一幕。

我後來的人生，經歷過大大小小的抗爭。當天的站直，對我後來的路有多大影響，我說不清楚。但有一點，當時的我已很明白：擁有權力的人，切切不可隨意踐踏別人的自尊。這是對人極大的傷害，最終必會帶來反抗。

（2014年11月12日）

我們不是沒有選擇

　　2014年7月1日，我拖着三歲女兒可靜，參加民間人權陣線舉辦的爭普選大遊行。說起來，那是很平常的一天，因為我在這條路上已不知走過多少回。如有甚麼不一樣，那是因為這次有可靜相伴。可靜並不知道甚麼是遊行，我也無意給她甚麼政治啟蒙。我只是想和她一起走一次這段路。

　　考慮到可靜年紀小，我決定不去起步點銅鑼灣維多利亞公園，改從中間的灣仔出發。從地鐵站一出來，我就見到大家稱為「佔中三子」的朱耀明、戴耀廷和陳健民。他們站在軒尼詩道臨時搭起的一個台上，一字排開，拿着麥克風，汗流浹背，大聲呼籲大家捐款支持「讓愛與和平佔領中環」。

　　我上前和陳健民握手問好。可靜在耳邊問我，這叔叔是誰啊，我說是爸爸的朋友。可靜又問，他們為甚麼在唱歌？她聽到有人在唱《問誰未發聲》。我一時不知如何回答，遂問，你喜歡嗎？她點頭。我說，喜歡便好。我們於是在歌聲中起行。

　　我們行得很慢。大街上滿是人，平靜而有秩序，向着同一方向，默默前進，連口號也不多見。我們都知道為甚麼而來，清楚普選這事重要，也明白前路艱難，但卻非站出來不可，因為事關我城未來。空氣中，陽光裏，有一份坦然的堅毅。

我拖着可靜，看着她細碎的腳步，感受她的小手傳來的溫度，不知何故，我驀然意識到，從1989年5月第一次上街遊行到現在，我的人生，已經走過好長好長一段路。

　　那時候，我一定沒想過，我的少年時代，會在短短兩星期後因為六四事件而戛然而止；也一定沒想過，我的命運和香港的命運，會從那刻開始改寫；當然更沒想過，在接下來的二十五年，我和無數香港人一起，一次又一次走過銅鑼灣到中環這條路，留下無數汗水和淚水。

　　四分一世紀，我們一直在堅持做同一件事。

　　說到底，一切簡單又純粹，我們就是希望世界變得好一點。沿途挫折不斷，有人退出，也有人加入。我們沒有退縮屈從，也沒有成為識時務者。

　　我們做了自己的選擇。我們的選擇，經歲月堆疊，構成我們的身份，定義我們的時代。沒有這條遊行之路，我們就不是我們，香港也非今日的香港。是故我們沒有理由懷憂喪志。

　　「爸爸，我要上廁所。」可靜打斷我的思緒。

　　這可不是小事。我趕忙抱起她，離開隊伍，急步四處尋找，最後去了莊士敦道的天地圖書。從書店出來，我才留意到整條大街被警察封了，空無一人，和一街之隔人山人海的軒尼詩道形成強烈對照。

　　可靜好興奮，站在沒有電車的路中央手舞足蹈，放聲歌唱。我站在她後面，用手機偷偷為她拍了一張黑白照，放上

微博，配圖文字是「人都去了哪裏？」。這是我當天發的許多遊行相片中，唯一一張沒有被微博小秘書屏蔽的。

然後，雨，傾盆的大雨，突然而至。我和可靜躲在7-11，一邊吃雪條，一邊等待雨停。我問，可靜，還想走下去嗎？可靜說，想。我問，為甚麼？可靜答，我喜歡。於是，我們隨着人流，繼續前行，直到中環。

⁂

回到中文大學的家，已是晚上八時。我陪可靜吃好飯洗好澡，再哄她入睡，已是晚上十一時。何芝君老師在臉書問我，會否出來聲援學聯的預演佔領中環行動。我說會。我當時並沒多想，我只是想去看看我的學生。

當我再次回到中環，已近凌晨一時。那是和白天完全不同的世界。數以百計的學生和市民坐在遮打道上，警察在外面重重包圍，許多媒體在做直播。

現場很平靜，感覺不到甚麼慌亂。許多熟悉的朋友和學生都在，也有好幾位立法會議員，但來的老師不多，只有何芝君、陳允中、司徒薇和我。我有一點詫異。然後學聯同學邀請我們上台。說實話，這是我不曾意料也不太習慣的。在那樣的場合，我覺得老師的身份沒有甚麼特別，更何況對着一群早已下定決心公民抗命的人，我這個站在外面尚未準備好的，似乎說甚麼都顯得有點多餘。

我終究和其他老師一起上了台，並在強烈燈光照射下，對着黑壓壓的人群，很快說了幾句。我依稀記得，我在最後

說，香港已去到這樣一個關鍵時刻，實在沒辦法，我們只能承擔起我們的責任。

說到該處，我不自禁抬頭看看四周的高樓以及旁邊嚴陣以待的警察，心頭掠過難以言說的傷痛。爭取民主，為甚麼只是我們的責任，而不也是那些擁有權力的人的責任？為甚麼一定是這些年輕人，而不是中環那些治港精英坐在這裏？短暫佔領中環而不改變中環，這個世界恐怕不會有太多轉變。

　　　　　　　　　　　　🐳

我從台上下來後，特意從前面慢慢走到後面。我想好好看看坐在地上的每一位抗命者，記着他們的模樣，並在眼神對望中給他們一點那算極其微弱的支持。

路燈昏黃，我一張臉一張臉望過去，然後發覺，人群如此豐富。例如我看到一位年逾八十的老伯，手裏拿着拐杖，安詳平和地坐在人群中間。坐在他旁邊的，是一位六十多歲的女士，戴眼鏡穿長衣，神情蕭穆。我又看到我教過的一位學生，臉一如平時般總是微微笑着，而她剛剛在早前反對東北發展計劃的示威中被警方起訴。我還見到好些認識多年的老朋友。當然，更多的，是我不認識的年青人。

警察的廣播一直沒有停過，警告示威者這是非法集會，隨時會被拘捕，必須馬上離開。大家很鎮定，各自做着自己的事。有人在上網，有人在打電話，有人在看書，有人在交談。不過大家心裏都明白，這是暴風雨前的平靜。大拘捕的一刻，很快會到。

這些到底是甚麼人？為甚麼他們會選擇來這裏？

概念上，我對公民抗命一點也不陌生。但當我見到數以百計公民抗命者真實而具體地坐在我面前時，我不僅震撼，而且困惑。要知道，這些人絕大部份不是社運組織者。他們的人生，本來有許多正常的事情要做，例如上班、上學、拍拖、睇戲、賺錢等等。而現在，在數十萬人散去後，他們選擇了留下來。做甚麼呢？等待被警察拘捕，並承受一切法律後果。

他們應該清楚意識到，他們這樣做，之後整個人生很可能就不再一樣。

到底是甚麼信念和甚麼情感，促使他們做出這樣的選擇？那一刻，我真的很想走上前去，問一問他們為甚麼。也許，他們的答案，會為我們揭示這個城市最大的秘密。

可惜我沒有這樣的機會，因為清場已經開始。和平的示威者，被警察一批一批抬走。沒有叫罵，沒有悲鳴，沒有恐懼。他們手緊牽着手，然後被強行分開，然後身體被抬離地面，然後失去自由。我由於沒有按警方指示離開現場，結果也被警方的人鏈和鐵馬團團圍着，被迫默站於重重警察中間，近距離目睹暴力如何具體強加到每個公民身上。

我後來知道，當晚拘捕了511人。

這是香港歷史上第一次如此大規模的公民抗命行動。

❦

我大約早上七時離開。走的時候，清場仍未結束，維港

朝霞滿天。我在寂靜的中環街頭行走，感覺異常陌生。到家已是八時，可靜熟睡正酣。我坐在牀邊，緊緊握着她的小手，久久不能言語。

中午起來，在我的同事馬嶽和蔡子強提議下，我們聯合起草了一份「我們支持學生」的聲明，其中說到：「我們希望中央和特區政府明白，學生在要承擔法律後果這樣巨大的壓力下，仍然願意挺身而出，正因為香港已經到了一個關鍵時刻。港人對真普選能否落實，甚至一國兩制會否被信守，極為憂慮，所以才有最近的八十萬人參與民間公投，五十萬人參與七一大遊行。學生作為社會良心，實在是希望透過自己的行動，讓中央和特區政府正視港人的訴求。」

短短兩天，香港有超過五百位大學老師參與聯署。

我們不是沒有選擇。

（2014年9月13日）

陽光曾經如此燦爛

2014年9月22日清晨六時，我一夜沒睡，穿着拖鞋從中大宿舍來到中文大學本部的百萬大道。一來我想去探望一下我的學生，二來我知道今天在這裏發生的一切，日後一定會寫在歷史上，我想去看看一切尚未發生的烽火台是何模樣。

那天天氣很好，大道寧靜，天空澄澈，我遠遠便見到烽火台「仲門」雕塑上掛着「罷課抗爭」四個大字。而在烽火台兩邊燈柱，有六七位學生會同學正忙着掛起兩條直幅，上書「抗殖反篩選，自主港人路」。同學通宵未眠，但情緒高昂，偶爾傳來的笑聲，清脆爽朗，在安靜無人的校園迴盪。

兩年前，同樣是九月，八千多學生聚集在這裏舉行全港高等院校大罷課，反對香港政府推行的國民教育課程。想不到的是，兩年後，這裏即將會有另一場規模更大的大罷課，並且成為日後震驚世界的雨傘運動的序曲。

下午二時，我再次回到百萬大道，那裏已是人山人海，坐滿來自香港不同院校的同學。他們清一色穿白衣，繫黃絲帶。正午陽光猛烈，人人流着汗，有傘的同學打開傘和其他同學共用，遂形成一片傘海。

不同團體的代表輪流上台發言，慷慨激昂，在在強調香港已到關鍵時刻，港人絕不可能接受中國人大常委會就2017年特首選舉安排而頒佈的「8.31框架」，因為這個框架將甚

麼人可以有資格參選牢牢操控在中方手上，也就等於扼殺了香港有真正普及而平等的選舉的可能。

我坐了好一會後，想找個高一點的角度拍攝一些全景照片，於是決定去大學圖書館的天台。上到去，才發覺那裏早已擠滿中外記者和擺滿各種攝錄機，少說也有上百人，真是連找個位置站立也不容易。我幾經艱難，擠到天台邊往下一看，馬上意識到這是歷史性時刻，也會迅即成為世界新聞焦點。

為甚麼呢？平時安靜空曠的百萬大道，此刻竟是萬人齊集，那個場面，等於向中國也向全世界宣告，香港年輕一代爭取民主的決心。我們心裏都明白，在當權者眼中，我們甚麼也不是，即使喊得聲嘶力竭也可能改變不了現實分毫，但沒有人甘心認命，沒有人願意放棄發聲。

❧

下午五時半，集會結束，我匆匆回家換了件衣服，然後直奔新亞書院圓形廣場。我前一晚才收到中大學生會邀請，要我在集會結束後，為同學做場公開講座。我一口答應，並且沒有多想就將題目定為「民主實踐與人的尊嚴」。

我對圓形廣場很熟悉，因為過去幾年我在這裏辦過好幾場哲學講座，請來錢永祥、賀衛方和關子尹先生主講。我曾經和同事笑說，要在圓形廣場做講座，最少得五百人才有氣場，我真希望將來有機會也能在這裏講一次。想不到這個願望提早實現。

去到現場，我發覺，整個廣場早已坐滿身穿白衣的年青

人，少說也有二千多人。那是我從來未見過的景象。當其時，夕陽西下，水塔巍巍，我看着一張張年青的臉在陽光下閃耀，有着難以言說的感動和驕傲。我何其有幸，能夠和他們一起，共同追求和守護一些價值。

那天我說，民主作為一種政治理念，承載了自由、平等和博愛的理想。我們以平等公民的身份去實踐政治自由，共同參與政治社群的公共事務，並建立起平等尊重和休戚與共的公民友誼。只有香港轉型為民主社會，我們才有歸屬感，才能活出人的尊嚴。正因為此，我們參與政治的權利一旦被長期奪走，我們便會在自己的家園成為異鄉人，並承受無家可歸的傷痛。

我也告訴大家，爭取民主是條漫長路，中間難免有許多挫折，但我們的努力不會白費，因為我們活在世界之中，而不是世界之外。我們改變，世界就會跟着改變。我們一點一滴的努力，既在改變自己，也在改變世界。

我後來知道，那一天，我的中學老師來了，我的大學同學來了，我的中大學生來了，當然還有許多我不認識的同學和市民也來了。我們坐在一起，從陽光遍地談到暮色四合再談到廣場燈亮，直到八時始散。

⚓

9月23日下午四時，我專程去到金鐘政府總部前面的添馬公園，為學聯第一天的「罷課不罷學」活動主講「論自由」。

這個活動的目的，是讓各大學的學生在罷課期間，仍然可以繼續學習，而且是更有意思地學習。學聯於是邀請了一百多位老師，在添馬公園三個地方，從早到晚舉辦不同講座，題目從政治到歷史到哲學到社會學到文學到電影到文化研究，應有盡有，開放給所有人參與。

　　這樣規模的公共教育，在香港是第一次。

　　我當天去到現場，見到公園地方很大，而且陽光猛烈，大講台距離聽眾又很遠，於是逕直走到同學聚集的樹蔭下，再叫人找來一張小方凳，直接站上去講。演講開始後，本來頗為疏落的大草坪，很快聚滿上千人。

　　那天我從伯林的〈兩種自由的概念〉談起，提及伯林認為民主是一回事，自由又是另一回事，不能在概念上將兩者混淆。我指出這種說法頗為誤導，因為會很容易令人忽略「我要真普選」本身包含的自由精神。民主最基本的意思，是人民有選擇的自由，通過一人一票表達自己的政治意願。

　　就此而言，實踐民主的過程，是在實踐人的政治自由。而香港最大的政治危機，是當權者長期剝奪公民的選擇自由，因而無從通過民主選舉來建立權力的正當性。道理很簡單，如果我們承認人生而自由平等，那麼在沒有得到人民授權前，沒有人有資格統治我們。

　　回歸以來，隨著香港人的自由意識、平等意識和主體意識日趨成熟，對民主的嚮往遂不可擋。我們是如此渴望，我們的命運能由自己來作主。這種渴望，是香港民主運動最強的力量。當權者愈懼怕這種力量，愈要壓制人民的自由，招來的反抗就會愈大。

2014年9月22日，在新亞書院圓形廣場主講「民主實踐與人的尊嚴」。

我講完後，輪到聽眾發問，我看到數不清的手舉起，有大學生也有市民。提問的人會站起來，拿着麥克風，對着成千聽眾，說出自己的觀點和問題；我做完回應，另一位提問者會跟着站起來；我再做回應，然後輪到下一位。我們就這樣，來來回回，在陽光下，在政府總部前，自由地討論「自由」，平等地思考「民主」。

講座結束，還有二十多位同學和市民不願散去，我們遂在靠近海邊的地方坐下來，圍成一圈，繼續交流。同學們告訴我，他們之前沒有接觸過政治哲學，這是第一次。

❧

9月24日，星期三，我再次回到添馬公園，但這次不是做講座，而是去上課。按照課程表，當天我要在中大教一門高年級的政治哲學原典課。我和同學們說，既然正在罷課，不如我們一起去金鐘讀書吧。大家說好。

當天下午四時半，我們一行二十多人齊集政府總部對出的草地，席地而坐，一起研讀羅爾斯的英文原著《正義論》。我這門課的教法，不是一般講授，而是帶着學生逐行逐句細讀，然後詳細解釋背後的微言大義。我一般讀得很慢，解得很深，藉此培養學生閱讀經典的興趣和能力。

我沒有料到的是，當我開始解說十來分鐘後，散落在公園四周的人們便一點一點聚攏過來。最初是幾十人，然後是上百人，最後是二三百人，裏面有學生，有上了年紀的老伯，有家庭主婦，還有穿着西裝的白領。他們或站或坐，專

心聆聽。不僅聽，還會提出各種問題。我記得，我們當天就花了不少時間，討論人是否有必然的理由做個正義的人。

這堂課，我們由天亮上到天灰再上到天黑，前後歷三小時。七時多結束時，我才驚覺維港兩岸早已華燈璀璨，一片繁華昇平。許多聽眾前來向我道謝，並閒聊幾句。我特別記得有位在英國讀經濟學的同學告訴我，這是他三年來上過最快樂最有意思的課；還有一位上了年紀的女士和我說，她聽了兩小時，聽得津津有味，沒想過有機會和大學生一起上課。

❧

2014年的9月22、23和24日三天，我連續做了三場政治哲學公共講座，和無數不認識的香港人討論民主、自由和正義。在我的教學生涯中，這是從未有過的經歷。

那三天，我很累，但我很快樂。我也實實在在感受到，那些和我在一起的年輕人，臉上同樣洋溢着難以言說的快樂。那個時候，還沒有胡椒噴霧、催淚彈、警棍，也沒有恐懼、怨恨、分裂，更沒有無盡的傷痛和絕望。

我們在陽光下，追求知識，彼此扶持，共懷信念，並肩作戰。

這一年來，我時時惦記那三天遇到的年青人。我常常忍不住想，他們後來怎麼樣了？他們受傷了和被捕了嗎？他們如何走過這艱難的一年？他們仍然記得一年前的自己嗎？我老實承認，我放下不他們。

陽光曾經如此燦爛。

2014年9月24日，在添馬公園和學生上課。

　　各位朋友啊，即使現在天怎麼黑，只要我們心裏好好保存那些陽光，希望就會一直在。我相信，總會有一天，我們會再次相聚，在廣場在公園，一起討論那些我們仍然在乎的價值和信念。

（2015年9月26日）

當第一枚催淚彈擲下來

剛回到家，又餓又倦。但我怕一覺醒來，記憶會模糊，所以我想將昨天的親身經歷如實說出來，為歷史留個記錄。我好希望其他香港人以及我們的子孫，能夠知道這些和平勇敢的香港人，為我們這個城市的自由民主，為我們這片土地的尊嚴，付出過多大代價。

昨天我是下午三點多，抵達灣仔地鐵站，然後經演藝學院走去政府總部。沿途很順利，去到干諾道中和添美道交界，警察已在那裏架起鐵馬，將我們和留守在政府總部的人隔離。

當時氣氛尚算平和。但從灣仔湧過來的人潮愈來愈多，在無路可走的情況下，市民很快走出馬路，自自然然便「佔領」干諾道中，然後進一步「佔領」行車天橋。我從我所站的添美道往兩邊看，發覺整條大馬路都是人海，根本看不到盡頭。

當時正是黃昏，陽光灑下來，整個城市染了一層黃，異常美麗，然後數萬人站在沒有車的城市大道，齊聲高喊「釋放黃之鋒」和「我要真普選」，有着說不出的悲壯。

我和其他市民一道，在離警方鐵馬不遠的前幾排坐下來。我看着前面的防暴警察，忍不住大聲對他們說，你們也是香港人，我們現在爭民主，將來你們也可以享有投票權，

你們為甚麼要這樣對待我們？好幾位警察面有難色，將臉別過去。

　　　　　　　　　　　　　✿

　　人群佔領大街後，衝突很快出現，因為添美道出口是外面數以萬計的人和困在政總裏面的人唯一能夠會合的要道，所以大家都很想衝破警察防線，進入政府總部。

　　有了前兩天的經驗，大家都知道只要一推鐵馬，馬上會被胡椒噴霧招呼。所以站在最前一排的市民，都已戴好眼罩口罩，穿好雨衣，打開雨傘才開始行動。儘管如此，市民手無寸鐵，捱不了幾分鐘，前面一排便已紛紛受傷後退。

　　我站在後面，加入急救隊，幫助受傷的朋友用紙巾擦眼，再用水清洗，同時接收從外面傳遞過來的清水、雨傘及其他物資。傷者表情痛苦，坐在地下睜不開眼，但沒有甚麼人大聲呻吟，也沒有人叫罵警察。

　　大約過了十分鐘，另一批市民開始第二輪推進，警察嚴陣以待，很快又有一批傷者退下來。如果你站在二三十米外，根本不會知道前面發生甚麼事，因為你只會見到五顏六色的雨傘在陽光下晃動，卻不知道傘下面的人其實在拚命想打開一道缺口，也看不到他們被警察用胡椒噴霧近距離直射的情景。

　　去到第三輪，我覺得這不是辦法，因為實力懸殊，我們根本移動不了鐵馬，徒令許多市民受傷受苦。我於是跑去和不遠處負責主持秩序的李永達説，最好請他用「大聲公」叫大家不要再有行動，就在原地坐下來。只要坐下來，人愈聚

愈多，警方就不可能清場。可惜這些說話在當時根本起不了作用。

☙

我相信許多人和我一樣，一生中第一次如此近距離直接面對警察暴力。但很奇怪，現場沒有慌張也沒有恐懼，大家都是彼此信任，互相幫忙。有人照顧傷者，有人維持秩序，有人補充物資，有人在為下一輪推鐵馬做準備。那種冷靜和團結，真是教人覺得有點不可思議。

更加不可思議的，是大家對和平非暴力的堅持。印象最深的，是一位五十開外的男人，被胡椒噴霧攻擊後很憤怒，於是拿起水樽扔向警察。身邊的人馬上制止，並將他勸離現場。我並不認識身邊這些市民，只是命運將我們放在一起，然後做着一件明知受苦卻又不得不做的事。

這些市民的勇氣到底從何而來？我真的不知道。我此刻想起他們每個人的面容，內心仍然隱隱作痛。他們受的折磨，不會有人知道，甚至可能不會得到身邊最親近的人的理解，但我是真的親眼見到，他們是這樣不惜付出代價，用自己的身體去為這個城市受苦。

他們是抗爭者，不是暴民。

☙

大約去到六點，李柱銘和黎智英來到人群中間。李柱銘正想開口說話，另一輪推撞已經開始。我拿好水，正準備迎

接傷者。誰不知就在這個時候，我的右上方有個物體大聲響了一下，然後冒着煙向我們襲來。我還未反應過來，已聽到有人大叫催淚彈。過不了幾秒，第二枚第三枚相繼擲下，並在人群中爆炸。

我很快便聞到催淚彈那教人難以呼吸的氣味，然後眼睛開始劇痛，只好一邊向後退一邊往眼和口倒水。教我想不到的，是即使在那樣的處境，身邊許多市民仍然處變不驚。有人痛苦倒地，馬上有人幫忙扶起；有人高呼要水，馬上有人將自己的遞過去。

我後來知道，這是當晚警察發射的87枚催淚彈的第一枚。

市民後退數百米後，見警方沒有進一步行動，很快又集結起來，於是有第二波的催淚彈襲擊，整個金鐘上空都是

它的氣味。第二輪過後，我一邊往後退，一邊開始害怕。我無法估計警方還會使用多少暴力，甚至開始擔心他們會否開槍，上演一場香港六四。

我決定往中環方向走，因為在金鐘根本無法上網。我一口氣跑到遮打花園，並在臉書上發了一條訊息：「各位同學朋友，我剛才在最前線，親眼看着一批批朋友捱催淚彈。來日方長，我們實在沒有必要在此刻承受那麼大的犧牲。我在這裏以個人名義，懇請大家，離開吧。帶着你的同伴離開。拜求大家。」

發完訊息，我開始往回走，見到一些中學生還在往金鐘去，於是勸他們趕快離開。回到金鐘街頭，真是人山人海。我知道我沒有能力叫大家撤退，甚至也找不到好的理由，遂只好來回在人群中大叫有沒有中大同學。有些同學應聲而出，我低聲和他們說，估計鎮壓很快會來，懇請他們考慮清楚是否值得冒險。就算留下來，也要千萬小心。

我見到阿牛（曾健成）手上有大聲公，於是請他讓我用來向附近的示威者呼籲了一次，請他們審慎考慮去留。有位媽媽走過來和我說，你講得很好，但後面有許多人聽不到，你可否去和他們講多一次。我舉頭望向遠處那黑壓壓的人群，實在感到無能為力。

我當時想，如果讓在場的人的朋友和他們說，也許能起到一點作用。於是，我又一次拔腿往中環跑。未到遮打花園，已見到許多人邊跑邊叫，「警察放催淚彈了」。到了長江中心附近，我見到大批警察已在佈防。再走到遮打花園，另一批警察已封鎖前往舊立法會大樓的路。然後走到遮打

道，更是密麻麻一大片全副武裝的防暴警，十分嚇人。

我隱約覺得，警方鎮壓可能馬上開始，而且很大機會是從中環和灣仔兩邊向金鐘迫進。這樣的話，金鐘街頭那成千上萬的人，可說無路可走。我於是在臉書發了一條訊息：「各位，中區已嚴密佈防，密密麻麻都是警察，鎮壓在即。年青的朋友，再次懇切呼籲大家，不要抱任何僥倖心理。來日方長。如果你未準備好的，請離開。這絕對不是懦弱。」

❧

這個時候，經過一夜奔跑，我實在已沒力氣也沒勇氣再一次回去金鐘。我呆呆地坐在遮打花園邊上，看着街上有十多個年青人，手牽着手，並排直面全副武裝的警察，決心以血肉之軀阻擋警察前進。

那一刻，我的眼淚終於忍不住。

我是多麼不願意他們受這樣的苦，多麼想走上前去拖他們離開。我好想告訴他們，實在不值得作這樣的犧牲。但不知為甚麼，我做不到。

這是他們的選擇。

他們當然害怕。他們當然知道，催淚彈打過來，身體會承受極大折磨。他們當然也清楚，他們根本無法阻擋警察前進。但他們仍然選擇站在那裏。我在他們身上，彷彿看到另一個香港。

過了今夜，香港將永遠不再一樣。

（2014年9月29日清晨6時）

守護記憶，就是守護我們自己

　　六四燭光集會將近，又引來應否繼續悼念的爭論。理由五花八門，目的不外一個，就是希望我們放下歷史包袱，六四夜不要再去維園。沉默不是辦法，我說幾點看法。

　　一、一九八九年的中國民主運動，改變了我們那一代人，或至少那一代的許多人。沒有八九，我們後來的人生路，大概不會那樣行。那種烙印，在許多同代人身上，即使到了今天，仍然清晰可見。這是歷史加在我們每個人身上的命運，很難擺脫，也不必擺脫，很難否認，也不必否認。

　　我們是八九一代。到了今天，我仍然會這樣說。沒錯，許多人一早已經放下，也有許多人一直勸我們放下，學會向前看和向錢看。我的想法是，那是他們的事。那麼容易就放下或否認自己過去的人，不值得我們尊重。

　　二、一九八九的民主運動，不只六四那一天，不只北京，不只最後血腥鎮壓那一幕。它是一場浩浩蕩蕩席捲中國的民主運動，包括中國大大小小的城市，當然也包括香港。甚至放得寬一點，它是當年反抗極權專制的全球民主運動的一部份。

　　所有經歷過八九年上街遊行，以及其後香港一波又一波民主運動的人都知道，八九年的民主運動也是香港的民主運動。香港人不只站在外面聲援，同時也在抗爭，也在

經歷民主啟蒙和政治覺醒，也在為自己的命運吶喊。

拿走八九那一段，我們根本難以理解香港後來所有的政治和社會發展史，包括二〇一四年的雨傘運動。這是我們必須承認的事實。否定自己的歷史，不會令我們自己以及香港的民主運動，走得更遠更好。

三、維園燭光集會不只是悼念，同時也是抗爭。當燭光亮起，數萬人甚至上十萬人一起喊出「結束一黨專政，建設民主中國」，當然不只是甚麼「行禮如儀」，也不只是悼念逝者，同時也是向全世界清楚表達我們的抗議：我們不認同這樣的政府，不接受這樣的制度。

中國政府害怕這樣的聲音嗎？當然害怕，否則「六月四日」這一天就不會在中國的公共日曆中消失，微博和微信就不會有最嚴厲和最大規模的刪貼封號行動。

我們在堅持價值，同時也在要求改變：要求中國改變，也要求香港改變。因為價值是普遍的，我們因此也在要求世界所有極權國家改變。我們追求的，是民主、自由、平等、人權和公義。一九八九年的民主運動贏得全世界人民的同情和尊敬，二〇一四年的雨傘運動贏得全世界人民的關注和支持，道理其實一樣：我們堅持的，是普世價值。

當然，沒有人會天真地以為，僅僅因為這樣一場公共悼念，中國就會因此而改變；也不會有人天真地相信，只要每年六四去維園坐坐，然後甚麼也不用做，我們就已善盡自己的責任。關心六四，關心中國，關心香港以及關心世界，不是非此即彼的事。

四、不知從哪一年開始，參加六四維園燭光晚會的人，八九後出生的人數就已經超過八九前。換言之，參加者裏面，許多沒有親歷八九。也不知從甚麼時候開始，愈來愈多的內地同胞，會專程來維園參加集會，並將消息以不同方式傳播出去。我在過去幾年，也試過和內地同學同去，並鼓勵他們出發前先看《天安門》紀錄片，集會結束後，大家再坐下來分享感受。

　　我想說的是，燭光晚會不只是悼念，也不只是抗爭，更是重要的民主教育和公民教育。千萬不要輕視這種教育的力量。對許多年青人來說，維園是他們的政治啟蒙之地；對許多成年人來說，維園承載的價值，是他們以香港人為傲的重要理由。

　　五、去年九月下旬，我在台灣訪學，特別趕回來參加雨傘運動一周年紀念。在金鐘現場，人影寥寥，而且就我目及所見，相當部份是中年人和上了年紀的人。說實在話，我心裏有許多感慨。

　　我在二〇一四年九月二十八日當晚，親眼目睹第一枚催淚彈落在我腳邊，然後和許多香港人一道，親歷佔領運動種種。我一直認為，二〇一四於這一代年輕人，一如一九八九於我們那一代，是我們人生的分水嶺。如果真的如此，那麼如何理解雨傘運動，如何理解這場運動對我們自身和對香港的影響，就是繼續走下去的重要前提。

　　但要談理解，我們就不能隨意擺脫和否定歷史。對於那些發生在我們身上且深刻界定我們身份的歷史，我們可以批

判，可以反思，但不可以輕言放下，輕言忘記。因為放下和忘記，是對我們共同經歷的歷史的背叛，也是對我們自己的背叛。

六、我自小接受的教育告訴我，一個人一直堅持做對的事，是一種美德。二十八年來有那麼一大群香港人，風雨不改地堅持做同一件有關信念而無關個人利益的事，其中不少甚至已從昔日的滿頭黑髮去到今天的白髮滿頭，我想無論放在哪個國家和哪段歷史，都很不容易，都值得我們敬重。

那些動輒嘲笑別人仍然在堅持的人，不妨捫心自問：你的人生在堅持甚麼？你的堅持能持續多久？到有一天你堅持的信念和價值，被別人以同樣的態度嘲笑和否定時，但願你會有「己所不欲，勿施於人」的領悟。這不是甚麼偉大的主義，而是做人的基本道理。我相信，一個人以至一個城市的decency，是靠這些道理來支撐。

七、在我們絕大部份人的人生中，很少會五年十年十五年二十年二十五年地堅持做同一件事。原因很簡單，這是很容易就很重覆很沉悶很徒勞的事。我年輕的時候，真的沒想過，會從中學到大學到研究院到出來工作到結婚到生了孩子然後到今天帶着孩子一起來，迄今整整二十八載。

真的要多謝，這麼多年來，那麼多不認識卻一直同行的人。我們雖不相識，卻好像認識了很久很久。我們每一年，憑着手上的燭光，在香港這個人潮如海來去匆匆的城市相認。二十八年一起走過，那是我們人生可一不可再的共同記憶。沒有這樣的記憶，我們不會是今天的我們。

維園中的每一點燭光，看起來都很渺小，但我們知道，

沒有萬萬千千的人每一年的堅持，我們就不可能在六月四日這一天，讓全世界看到香港有這樣美麗可敬的一面。我們走在一起，悼念逝者，抗議極權，爭取民主。這裏面的每一點燭光，都美麗而可敬。

八、二十八年來，我幾乎沒寫過任何關於六四的文字。一來我覺得我說的都是常識，不見得說得比別人好；二來因為那段記憶於我實在過於沉重，我仍然不懂得如何通過書寫去面對。

去維園還是不去維園，點起燭光還是無燭在心，守護記憶還是遺忘歷史，都是個人決定。做，是自己的選擇；不做，也是自己的選擇。不過，選擇，有輕重對錯可言，而非無可無不可或只是個人主觀喜好。

我們生而為人，總希望做到擇善固執。擇善已經不易，擇善而固執之，便更加難。我的體會是，能固執善的人，必然是因為那些善對他極為重要，重要到已走進他的生命並成為定義和支持他的生命最深層的價值。

就此而言，守護記憶，就是守護我們自己。

(初稿：2016年5月28日；定稿：2017年6月4日)

鍾耀華與我在現場。（攝影：廖偉棠）

抗命者言

上：被捕之前

我是2014年12月11日下午五時零一分，在金鐘夏慤道被香港警察正式拘捕，罪名是「非法集結」和「阻礙警務人員執行職務」，於我則是選擇公民抗命，並承受刑責。在我的人生規劃中，從來沒想過會走到這一步。而跨出這一步後，前面的人生路途將會有何影響，此刻也難以預計。但趁記憶和感受仍在，我希望將這段經歷和反思記下來，為個人做個記錄，為歷史留點見證。

我決定響應學聯號召，在警方清場時和平靜坐直至被捕，是12月10日晚上的事。當天黃昏六時，我一個人去到金鐘，在整個佔領區好好地轉了一圈。然後八時許，我在干諾道中高架橋的石壆上，靜靜躺了大半小時，覺得已想清楚，心裏踏實，竟然沉睡了一會。

醒來，見到有個女孩蹲在馬路上，一筆一筆畫着一個叫「天下太平」的大圖案，裏面有一把一把的黃雨傘。我一時有感，也在地上拾起兩枝粉筆，走到無人之處，寫下「我們沒理由悲觀，我們非如此不可」兩行字。

站在天橋，看着下方燈火依然通明的自修室，以及四處留影的人群，我知道，這是最後一夜。那一夜，我沒特別做

甚麼，就一個人一個帳篷一個帳篷去看，嘗試記下一張一張面容。

回到家，已是深夜，我告訴妻子我的決定。經過好幾回討論，我最後說，我沒法不這樣做。妻知我心意已決，不得已地說，但願你明早起不了牀，而到你醒來時，一切已經過去。

早上八時半，我起來，三歲女兒正要出門上學。我抱着她，說爸爸今晚不能回家吃飯，很對不起。我特別叮囑妻子，不要告訴女兒我的事，免得她留下陰影。最近這個月，她在電視上一見到警察，就會忍不住大叫「警察拉人」，聲音中帶着恐懼。

☙

回到金鐘，已近十時。

步出地鐵站，陽光普照，世界卻已不再一樣。夏慤村一片狼藉，人影寥落，連儂牆上萬千的心願已經不見，只剩下 "We are Dreamers" 三個字，孤零零掛在牆上。至於本來寫着「就算失望，不能絕望」的外牆，現在則只餘「初衷是愛」四個大字。字是白色的，紙是黑色的，牆是灰色的。

9月28日，我就在這道牆數步之外，與無數市民一起，親嘗第一枚催淚彈的滋味。當時，我沒有意識到，那是香港歷史轉捩的一刻。我更不可能料到，七十五天後，我會再次和無數市民一起，擠着地鐵回到金鐘──他們去上班，我去等被捕。

我在牆前默站良久，在陽光中，見到Johnson（楊政賢）和Eason（鍾耀華）聯袂從遠處走來。他們兩人都是政政系學

生、中大學生會前會長。Johnson是民間人權陣線前召集人，Eason是學聯常務秘書，與政府談判的五名學生代表之一。在接着下來的清場當中，Eason是第一批被捕，Johnson是最後一批。

我們沒有多說甚麼，只在一張 "We will be back" 的條幅前留下一張合照，然後一起向着夏愨道和添美道方向走去。在那裏，一眾抗命者早已坐在地上，等待最後時刻。

⁂

去到現場，我才發覺人數較我想像的少得多，坐着的也就二百來人，遠較圍在外面的記者和旁觀者少。我更料不到的，是民主派十多位立法會議員也來了，李柱銘、黎智英、余若薇、楊森、李永達等也在。這和我原來的想像很不一樣。我本來以為，會有許多年輕人留下來。但我對此並不失望，甚至隱隱覺得慶幸。年輕人付出的已經夠多，實在不必再有更多的犧牲。但真要深究原因，這次和7月2日的預演佔中有那麼大的不同，我估計是因為經歷過雨傘運動，年輕一代對於公民抗命的理解，已經有了根本轉變。

如果將盧梭在《社會契約論》中的話倒過來說，就是香港政府經歷了一場深刻的從「權威」(authority)墮落到「權力」(power)的過程。[1] 沒有正當性的權力，最多只會使人恐懼屈從，但卻無法產生政治義務。而當公民不再覺得有服從

1　Jean-Jacques Rousseau, *The Social Contract and the Discourses*, trans. G. D. H. Cole (London: Everyman's Library, 1973), p.184.

被捕的一刻。

的義務，公民抗命中最核心的「忠於法律」的道德約束力便會大大減弱。

香港之前的危機，源於權力沒有得到人民的投票授權，但人們仍然願意有條件地接受，因為它多少仍然謹守法律程序和專業倫理。現在的危機，是當局以不受約束的姿態恣意濫用公權力，導致權力正當性的進一步喪失，結果引發更為廣泛的政治不服從。

我最初坐在後面，但後來覺得既然要陪伴學生，和他們在一起會好些，遂移到第二行最右邊。坐在我旁邊的，是一名叫Mena的年輕女孩。我以為她是學生，問起才知道已在職，從10月起便在學聯幫忙，是眾多義工中唯一選擇坐下的一位。我問她，為甚麼要做這樣的決定。她說因為這樣做是對的。我再問，你父母知道嗎？她笑了笑，說早上用了一個小時說服媽媽。

和我同排的，還有周博賢、何芝君、何韻詩、羅冠聰等，再遠一點有我以前的學生黃永志，以及當年中大讀書時的同學蒙兆達和譚駿賢；而坐在我後面的，有韓連山、毛孟靜、李柱銘、李永達等。我發覺，今天坐下來的，不少都有政黨和NGO背景，像我這樣的「獨立人士」似乎不多。

　　　　　　　　　　　　✿

由於警方清理障礙物進度緩慢，所以中間有好幾小時，我們是坐在原地等待，聽着警方重複地警告留守者必須盡快離開，並逐步將佔領區的出入口封鎖。現場氣氛並

不特別緊張，大家間或會喊幾句口號，情緒卻說不上激昂。

我雖然內心平靜，但在某些時刻，當我坐得累了，站起來看着密密麻麻的記者，看着不遠處嚴陣以待的警察，看着天橋上站着的旁觀者，再低頭看看身邊一臉疲憊的學生時，總難免浮起幾分迷惘傷痛：為甚麼我們在這裏？為甚麼其他人不在這裏？為甚麼我們的「非如此不可」，在別人眼中卻是毫無份量？香港這個城市，真的值得我們為她這樣付出嗎？

我必須老實承認，在警方開始拘捕行動時，我腦裏真的想過，只要我站起來、走出去，我就不再是「他們」，我就可以坐地鐵回到校園，重過我的安穩生活。眼前需要承受的一切，本來並不屬於我的世界，我也沒有對任何人做過任何非坐下來不可的承諾，為甚麼我要做這樣的選擇？我問自己。

這其實是我這兩個月來一直在思考的問題。我想了解，到底是甚麼原因，促使那麼多年輕人站出來，走上抗爭之路，甚至願意為此付出極大的個人代價。那當然不是受人唆擺，或為了得到甚麼個人好處。

根據鄭煒和袁瑋熙早前做的一個頗有代表性的佔領者調查，參與運動且堅持留守中佔最大比例的，是教育水平高且收入不錯的年輕白領和專業人士（超過55%）。按道理，他們已是既有遊戲規則的得益者，如果只為個人着想，他們實在沒有理由這麼做。他們站出來的主要原因，是「要求真普選」（87%），即自由平等的公民能夠行使他們應有的政治權利。[2]

2　鄭煒、袁瑋熙，〈後雨傘運動：告別政治冷感的年代〉，《明報》（2014年11月29日）。

但民主對他們為何如此重要？不少人馬上會說，那是因為他們相信，普選能夠解決香港當下的許多困難，例如房價過貴、貧富懸殊等林林總總的社會問題。換言之，民主只是解決問題的手段。

　　我認為這樣的解釋，沒有太大的說服力。首先，即使那些問題是真問題，不見得有多少人會天真地以為，民主是萬靈丹，只要有真普選，問題就會迎刃而解。退一步，即使民主有助於解決某些問題，仍然很難成為人們站出來的最直接和最強的理由，畢竟這些宏觀的制度性的後果，對當下的個體來說，實在過於遙遠和不確定。

　　我更願意相信，如果在某些關鍵時刻，個體經過深思熟慮後仍然願意為了某些價值而承受巨大代價，那必然是因為，這些價值早已以某種方式走進他們的生命，並構成他們的道德自我不可分割的部份。當這些價值受到無理踐踏，個體遂直接感受到傷害和屈辱，並自覺尊嚴受損。正是在此意義上，人們即使恐懼，即使知道極難改變當權者的決定，卻仍然堅持站出來，因為他們是在捍衛自己的人格尊嚴。

　　我認為，只有在這樣的道德背景下，我們才能夠恰當理解，為甚麼在這次雨傘運動中，有那麼多默默無聞的香港人，願意為了真普選而不惜承受催淚彈和警棍的傷害，甚至願意為此而被拘捕。獅子山上那條「我要真普選」的巨型標語之所以引起全香港人如此深的共鳴，正是由於真普選承載的不僅是一種制度，更是我們共同價值的吶喊——每個公民都應受到平等的尊重，都應有平等參與政治的權利。這是一種平等尊嚴的政治。

2014年9月22日中文大學百萬大道大罷課現場。（攝影：陳韜文）

2014年12月5日，金鐘佔領區默讀行動聲援絕食學生。

對於統治者和特權階層來說，這是他們所不能理解的世界。他們無法理解，人除了是經濟人，還是道德人；人除了要麵包，還要權利和尊嚴。新的一代，不再願意用舊的價值範式去理解自身和他們生於斯長於斯的城市。

當觀念改變，行動就跟着改變，新的主體就會形成。

雨傘運動清楚地告訴當權者，香港人不再願意繼續逆來順受，更會為自己的權利而戰。任何不能有效回應這種政治訴求的制度，往後都會受到極大挑戰。這個過程要經歷多少苦痛和承受多大代價，是我們所有人——尤其是當權者——必須認真對待的問題。

正是受這些問題困惑，在我當天的背包裏，除了衣服和水，我還帶了一本Christine Korsgaard的《規範性的起源》。[3] 當時《倫敦書評》（*London Review of Books*）一名記者好奇，特別走過來問我在讀甚麼書，我們遂在一片嘈吵中聊了一會道德和身份的問題。《獨立媒體》的記者也過來問我為何要坐下來，我想了一會，說這是為了成全自己的人格。這種成全，不是向別人交代，而是向自己交代，向自己內心的信念交代。

我當時實在沒有想太多別的東西，只是覺得如果我不這麼做，會良心不安，自己的生命會有所欠缺。與此同時，我希望在清場的時刻，和學生在一起，給他們一點支持。由於這次被捕，我或許會失去一些東西，或許會承受一些壓力，但我內心確實很坦然。

---

3   Christine Korsgaard, *The Sources of Normativity* (Cambridge: Cambridge University Press, 1996).

我相信，在這場運動中，每一名全情投入的參與者，都經歷過許多不為人知的掙扎，然後做了自己認為對的道德選擇，並為此承擔也許只有自己才能明白的各種代價。在廣角鏡下，我們很容易只見到波瀾壯闊，卻見不到真實的個體如何在其中踏實地活出他們的信念。

　　在這場運動中，最最教我不忍和動情的，正是這些平凡卻又偉大的香港人。清場前夕，我就不禁多次站起來，仔細凝視現場每一張臉。其中三張，我印象特別深刻。

　　區龍宇，退休教師，一生關心工人權益，兩袖清風，好讀書，為人爽朗正直。十九年前，我們在英國初遇，曾為自由主義和馬克思主義激辯兩天兩夜。這場運動一開始，他便全情投入，在臉書上和年輕人認真討論，在佔領區踏實做事，完全不像一個「六十後」。當天他握着我的手，說：「我老了，無所謂。你還年輕，還有許多事情要做，應好好考慮是否值得留下來等被捕。」

　　周豁然，中大人類學系學生，人如其名，豁達安然，喜歡耕田，關心環境保育，是中大農業發展組核心成員，更積極投身土地正義聯盟的各種行動。2014年6月20日反東北發展集會後，她首次被捕。7月2日清晨，我在遮打道，親眼看着她被警察再次抬走。9月28日，她在示威現場最前線。後來她告訴我，她當時選擇了不戴眼罩不撐雨傘，直面警方的胡椒噴霧和催淚彈。當天她和朱凱迪、葉寶琳等坐在最後面。我走近她，細聲說：「你已被捕兩次，這次

就不要了吧。」她笑了笑，甚麼也沒說。

朝雲，公民記者，人瘦削，臉蒼白，眼中常有憂鬱。佔中運動開始後，他辭去工作，全程委身，無役不與。將來人們回望，或許會見到，如果沒有朝雲的攝影和文字，我們對這場運動的認識，將會很不一樣。但朝雲不僅僅是記錄者：預演佔中，他被捕；旺角清場，他被捕；金鐘清場，他留到最後，按下最後快門，將相機交給朋友，被捕；後來銅鑼灣清場，再次被捕。當天，我們沒有機會交談。我們隔着人群，遙望對方，彼此相視而笑，然後道別。

能夠在雨傘運動清場的時候，和這些朋友一起被捕，是我人生最大的榮幸。謝謝你們。

中：公民自辯

2014年12月11日下午四時許，清場時刻終於來臨。先是擠在我們前面的記者起了一陣騷動，然後中間空出一道缺口，警察從缺口湧入。我們一排排坐下來，手緊拖着手，身體向後傾，抬頭仰視天空，時不時高喊「公民抗命，無畏無懼」、「我要真普選」、「人大不代表我」等口號。數不清的攝影機和錄影機，數不清的人頭。

很嘈吵，也很寂靜。我們好像在世界中心，卻又好像在世界之外。

我靜靜坐着，思緒卻不受控。我想起了蓮生——鍾玲玲的小說《愛蓮說》中的女主角，1971年因為參加維園保釣

罷課不罷學第一天，在金鐘政府總部門外講課。（攝影：朝雲）

運動被捕。[4] 我在大學時代，曾反覆閱讀此書並為之着迷。我那一刻在想，從1971到2014，從維園到金鐘，從保釣到普選，從蓮生到我，到底存在甚麼我不知道的秘密。

我的思緒遊走，我還想起上星期最後一課時，曾和同學一字一句細唸《正義論》那段論愛與正義的話：「傷得最少的愛，不是最好的愛。當我們愛，就須承受傷害和失去之險。」[5]

我的記憶甚至回到9月22日，整場運動開始的第一天，我在新亞書院圓形廣場和來自不同院校的同學談「民主實踐與人的尊嚴」。那天陽光燦爛，同學清一色素白上衣，金色光線灑在年輕的臉上，眼中盡是希冀。還記得當時我和同學們說，我們活在世界之中，我們改變，世界就會跟着改變。

現場的騷動，將我從沉思中喚醒。第一名被捕的，是中大學生會的石姵妍同學；第二名，是學聯的鍾耀華同學；第三及第四名，是學民思潮的周可愛同學和吳文謙同學，第五名是學聯的黎彩燕同學。

被捕程序是先由負責警司走到抗命者跟前，宣讀拘捕令，問抗命者是否願意自行站起來。如果答否或保持沉默，幾名警察就會馬上過來，捉緊抗命者的手腳，再將整個人抬起來往外搬，然後押往停在數十米外的旅遊車。

我坐在第二排，近距離看着前面的人一個一個被捕，第一次如此真實感受到，良民和罪犯，也就是瞬間之事。一秒

4　鍾玲玲，《愛蓮説》（香港：天地圖書，1991）。

5　"The loves that may hurt the least are not the best loves. When we love, we accept the dangers of injury and loss." John Rawls, *A Theory of Justice* (Cambridge, Mass.: Harvard University Press, 1999, revised edition), p. 502.

前，你還是自由身；一秒後，你便成階下囚。諷刺的是，到底誰有權擁有這些權力，權力的正當性從哪裏來，卻正是當下我們這些等着被捕的人所要奮力抗議的。

很快來到我這一排，我轉身和背後的韓連山、李柱銘、黎智英等先生握手，謝謝他們一直以來的努力。我抬頭，見到「希望在於人民，改變始於抗爭」的橫額仍在隊伍中間。

去到何韻詩，人群起了一陣哄動，記者蜂擁而上，但和其他人一樣，她很快也被帶走；接着是何芝君老師。再接着，就到我旁邊的年輕學聯義工Mena。我鬆開她的手，輕輕說了句，別怕，待會見。

輪到我時，我向警司表明，我會自己站起來走出去，兩名警察遂將我押出人群。離開前，我喊了句「公民抗命，堂堂正正」。那一刻，是下午五時零一分。在209人中，我排第23。

☙

我和其他208名被捕的公民，和早前伴隨佔中三子向警方自首的60多人，再聯同7月2日凌晨在中環被捕的511人，都清楚表明是在實踐公民抗命，目的是要中央政府兌現承諾，容許香港在2017年有特首真普選。故我稱這些人為抗命者。

這場雨傘運動，從9月28日警察發射催淚彈並觸發逾十萬示威者佔領金鐘開始，到12月15日銅鑼灣清場為止，歷時79天，無數市民以不同方式參與其中，一整代年輕人政治覺醒，是香港歷史上規模最大的公民抗命運動。「一切都回不去了」，更是許多抗命者的共同體會。但我同時知道，並非

所有市民都認同這次運動，有的甚至極度反感，認為佔領者知法犯法，破壞法治，影響市民生計，幹着一件明知徒勞且嚴重傷害香港利益的事。

公民抗命作為一種公開的政治抗爭，必然會對其他公民及政治社群帶來影響，我們這些行動者，遂有無可推卸的責任去解釋一己行動的正當性。我想在這裏，為我的行動做些公開辯護。

辯護之前，我特別想和大家説，香港是我們每個人的家。如果自由、民主、法治、公正是我們共同追求的價值，那麼我們應該知道，我們真正的敵人，不是黃絲帶或藍絲帶，而是剝奪我們政治權利的體制和在現有體制下享受各種特權的人。

要改變今天的制度不義，我們不可能無止境地逆來順受，然後寄望特權者有一天突然良心發現。我們知道，這不可能。我們的權利，只能由我們一點一滴地去爭；要爭，我們就必須團結；只有團結，我們才有力量。這是我們必須認清的現實。

運動過後，我們實在不宜再糾纏於藍黃之爭，而應盡可能尋求理解，建立新的基本共識，一起面對前面更為艱難的挑戰。我們實在沒有繼續撕裂和爭鬥的本錢。

❧

公民抗命的核心理念，是指公民有意地、公開地不服從不義的法律，同時願意承擔相關的法律後果，並希望通過這

金鐘連儂牆。

和朱濤、張潔平在金鐘佔領區。

種不服從喚起社會關注，從而爭取改變和廢除不義之法，推動社會進步。

為甚麼要不服從？因為要做最嚴正的政治抗議。為甚麼要抗議？因為政府做了極不正義的事。為甚麼非要用這種方式不可？因為之前已試過其他法律容許的方式（例如遊行、靜坐和簽名運動），政府卻不為所動。如何確保這種方式能令政府改變？沒法確保。因為公民抗命是一種弱者的抗爭，同時是在公然挑戰政府的統治權威，因此為了維持其統治，政府有很強的理由去依法拘捕抗命者，甚至嚴懲抗命者，以收儆戒之效。更為特別的是，抗命者為了顯示對既有法律體制的忠誠，會自願接受刑責，而不是設法逃避又或作出武力反抗。

既然如此，公民抗命的力量從哪裏來？從不抗命者那裏來。公民抗命的本質，是抗命者希望通過自我犧牲，激發大多數人（包括政府人員）的良知和義憤，從而形成更大規模的社會抗爭，最後促成法律及政治改革。如果沒有大多數公民的支持，僅憑極小部份抗命者的血肉之軀，不可能對政府產生壓力。

就此而言，公民抗命不僅是政治抗爭，同時也是道德教育。這場運動，有人認為我們不僅要佔領街頭，還要佔領人心，爭取大多數市民的支持，因為得不到人心，抗命者所付出的犧牲很可能得不償失。

正是在此背景下，我們才能較易理解公民抗命理論為何特別強調「公開」（public）和「非暴力」（non-violent）這兩項原則。唯有公開，其他公民才有機會知道抗命者行動背後的

理據及其正當性，從而增強對抗命運動的信任和認同；唯有非暴力，才能避免政府轉移焦點，甚至以維持社會秩序為由鎮壓運動，同時也才更能得到民眾的同情和支持。

由於以上特點，我們很難要求一場公民抗命運動畢其功於一役，因為它不是武裝暴動或顏色革命，而是相當漫長的和平抗爭。故意違法只是手段，而非目的本身。如果我們可以通過不違法來進行更有效的抗爭，我們便沒有理由違法，甚至有義務去守法。

由此可見，公民抗命是處於合法抗議和全面革命之間的一種政治抗爭方式。它雖然違法，但無意否定整個法律制度的權威。或者更準確點說，它的終極目的，是用違法的手段去促使整個制度變得更加公正。這裏面有個基本假設，就是雖然某些法律和政策極不公正，但整體而言，當前的制度仍然具有相當程度的政治正當性，因而值得我們對其忠誠。

我們因此須留意，在一個不民主政體中，因為其整體政治正當性往往很弱，公民的忠誠度自然不高，一旦當權者暴力鎮壓抗命行動，激起民憤，公民很可能便認為再沒有守法的政治義務，抗命行動遂很容易演變成暴動甚至革命。以史為鑑，要避免這種局面，唯一之途，是積極回應人民訴求，推行民主改革，從根本處讓人民覺得沒有公民抗命的必要。

如果從上述框架出發，我們可以見到，雨傘運動實在是一場不折不扣的公民抗命運動。雖然運動最後以清場告

終，且暫時無法迫使政府作出任何讓步，卻已取得很了不起的成就，其中最重要的，是這個抗爭理念本身得到市民的廣泛支持。

我們知道，政府及不少主流媒體一直將整場運動描述為不得民心且受外國勢力操控，並動用各種手段抹黑，但根據中大傳播與民意調查中心從2014年9月起所做的四次追蹤式調查顯示，「市民對佔領運動的支持度分別為31.1%、37.8%、33.9%和33.9%」。這意味着，每三個香港人，就有一個支持「非常激進十分危險」的抗命理念。調查進一步告訴我們，「共有兩成（約130萬人）在不同時間曾到佔領現場參與支持。雖然佔領運動由學生主導，支持者卻遍及不同人口群組及社會階層」。[6]

數字説明一切！一個長期崇尚守法且政治相當保守的社會，竟有數以十萬計公民冒着被催淚彈攻擊、被警棍拷打以及被刑事拘捕的危險，同時承受來自家人、學校和教會等的龐大壓力，自發參與一場為時兩個多月的公民抗命行動，實在是極了不起的事。這是1989年後，中國治下首次出現這樣規模的民主運動，並得到全世界的廣泛關注和支持。雨傘運動寫下香港人爭取命運自主最可歌可泣的一頁，並成為當代全球公民抗命運動最重要的示範。

更難得的是，在整場運動中，參與者展現了極高的公民素養，自發自主自律自重，並自始至終堅持以和平、忍讓、

6　〈「香港民意與政治發展」調查結果〉，由香港中文大學傳播與民意調查中心負責，並於2014年12月18日公佈。詳細結果見：http://www.com.cuhk.edu.hk/ccpos/images/news/TaskForce_PressRelease_141218_Chinese.pdf。

金鐘連儂牆。

理性的方式去表達訴求。我們有任何理由說，這是一場徹底失敗的運動嗎？我們身為香港人，能不引以為傲嗎？中共罔顧民情，一意孤行，香港權貴指鹿為馬，見利忘義，他們雖然暫時平息事件，但卻已在這次運動中盡失民心，並必然會面對更大的管治危機。

我們當然在乎結果，但我們更在乎我們是否做了對的事。強權可以有武力，武力卻永遠換不來人們的心悅誠服。做了該做的事，守了該守的價值，種子就已播下，我們的城市必然會跟着改變。

2014，絕對是香港歷史的分水嶺。

※

最後，讓我回應幾種常見批評。

第一種批評認為，佔領者長期佔有道路，影響交通，並令到附近商店蒙受損失，無論動機多麼高尚，都是犧牲了無辜者的利益。

這個問題不難處理，只要由政府去補償市民的經濟損失即可，例如寬減受影響商戶的稅項。道理很簡單。這次運動的目的，是為所有市民爭取最基本的政治權利，這些權利對我們每個人皆極為重要。由於佔領行動不得已導致某些人利益受損，那理應由所有人共同承擔。政府代表人民，政府稅收來自全體納稅人，由政府代為補償這些損失，既簡單，也是應有之義。

第二種批評認為，佔領就是違法，違法就是違反法治，

而法治是香港的核心價值，因此佔領行動絕對不能接受。

對於這個批評，我們或許可以停下來想想，我們真的在所有情況下，都應該無條件地守法嗎？馬丁‧路德‧金在著名的〈伯明翰監獄來鴻〉中告訴我們，法律有正義之法和不義之法之別，並引用聖‧奧古斯丁的觀點：「不義之法根本不是法。」[7] 我們有守法的義務，因為法律能夠有效保障我們的生命、安全和權利，並使得我們能夠合理地生活在一起。但如果有某些法律嚴重侵犯我們的基本權利，我們就沒有必然守法的道德義務。相反，盡己所能去矯正不義之法，才應是我們的責任。

第三種批評認為，公民抗命就像潘朵拉的盒子，只要打開，就會後患無窮，因為任何人都可以用「公民抗命」為藉口來做違法之事。

這是過慮。任何基於道德良知和公共利益的抗命行動，抗命者都有責任提出道德理由來為自己辯護。更重要的是，抗命者並沒打算逃避自己的法律責任，法官亦應有能力分辨甚麼是具道德正當性的公民抗命。不加區分地將公民抗命等同一般犯罪行為，是混淆視聽。我也認同羅爾斯在《正義論》中所說，即使在一個接近正義的民主社會，公民抗命仍應被視為維護憲政體制的工具，法官在處理相關案件時亦須審慎考慮背後的理由。[8]

第四種批評認為，這次佔領行動是間接式的公民抗命，

---

7 Martin Luther King, Jr., "Letter from Birmingham City Jail" in *Civil Disobedience in Focus* ed. Hugo Adam Bedau (London & New York: Routledge, 1991), p. 73.

8 John Rawls, *A Theory of Justice*, p. 339.

而非直接違反所要抗議之法，因此很難得到市民支持。

這並非事實。從前述民調可見，由始至終都有逾三成市民支持佔領行動，而他們當然知道，佔領街道本身和爭取真普選，並沒有直接的因果關係。有人或會問，為甚麼不選擇直接公民抗命？原因很簡單，做不到。我們無法直接違反一條和人大8.31決議案相關的法律。事實上，首次提出「公民抗命」的美國作家梭羅，當年便是基於反對美國對墨西哥戰爭及奴隸制而拒交人頭稅，並因此入獄一天。這是典型的間接公民抗命。[9]

我的自辯在此結束。

公民抗命作為一種非常態的抗爭方式，它在甚麼條件下才有正當性，它的邊界和限制在哪裏，它的社會代價應由誰來承擔，它怎樣才能爭取最多公民的支持等，都沒有現成的標準答案，而需要我們在具體的實踐中慢慢探索。最重要的，是我們開始接受，公民抗命是我們作為公民和作為人，最基本的道德權利。我們生而自由，就有權利去爭取和捍衛我們的自由。

在這個集體學習的過程中，我們需要最大的謙遜和耐心。社會改革是條艱難的路，我們除了要有勇氣和熱情，還要有理解和對話，並努力尋求更多人的支持。回顧許多國家的民主路，都需要好多代人的努力，一點一點累積轉變的力量。我們實在不宜過份悲觀。

9　Henry David Thoreau, "Civil Disobedience" in *Civil Disobedience in Focus* ed. Hugo Adam Bedau (London & New York: Routledge, 1991), pp. 28–48.

鍾耀華、楊政賢和我，在金鐘佔領區。

那天被捕後，由於第一輛旅遊巴已經開走，我必須在警察監視下，一個人，站在夏愨道，等候另一輛囚車。直到那一刻，我才清醒意識到，我要永遠告別夏愨村了——這個無數香港人用心搭建起來的城市桃花源。

　　傷感，無法言喻的傷感，鋪天蓋地而來。

　　其後的個多星期，我再也沒有回去過金鐘。直到12月20日晚上，我因事從中環碼頭坐的士過海回家，上車不久，抬頭外望，在完全沒有心理準備下，我驀然發覺，我竟又重回金鐘，並在告士打道天橋上行走。

　　鬧市這天，燈影處處，一切看似回復正常。

　　我永遠不會忘記，在這條路上，我們曾經擁有過怎樣的自由和夢想。在清場前幾天，也是在這條路上，我見過一條很長的黃布條，上面寫着 “We'll be back”。

　　我們不會忘記。

下：被捕之後

　　囚車緩緩從金鐘夏愨道開出時，已近下午六時。我隔着車窗往外望，天色灰暗，華燈初上，香港依舊。

　　我們坐的，是普通旅遊巴，而不是俗稱的「豬籠車」。我是第一個上車，坐在最後一排，附近有韓連山、李柱銘、何俊仁、單仲楷、李永達、葉建源、楊森等，前面有梁家傑、余若薇、毛孟靜、何秀蘭、劉慧卿、黎智英等一眾民主

派政治人物。我和他們幾乎全不相識，照道理也沒太多交集可能，沒料到會在如此境況下同囚一車。

我們沒有被扣上手銬，也可使用手機向家人和朋友報平安。開車前，警察告訴我們，目的地是葵涌警署。

我後來知道，當天209名抗命者分別被送往葵涌、北角、長沙灣、觀塘及屯門警署。葵涌是第一批，分坐三車，共約60人。在車上，何俊仁向我們簡單說明了一下在警局要留意甚麼。他有經驗，因為他已在7月2日及9月28日先後兩次被捕。李柱銘顯然是首次，因為這位香港首席資深大律師的被捕常識，和我差不了多少。

車到警署後，我們被安置在一個有蓋停車場臨時改建的拘留中心。停車場相當大，但非密封，可遠遠見到出口處傳來的光。我特別感到寬慰的，是再次見到首批被捕的同學。雖然只是分開個多小時，竟有重逢的喜悅。

過不了多久，第三批被捕者也已運到，包括長毛及其他民間團體的朋友。警察用鐵馬將我們三批人分開，然後開始一連串的拘留程序，包括登記個人資料、打手印、拍照和錄口供等。所有這一切，都是我不曾經歷過的事。

在整個過程中，警察異常客氣殷勤，令我有時以為自己不是犯人，而是上賓。但在一些細節中，我還是很清楚地知道這只是錯覺。

以上廁所為例，我們要先舉手，得到批准後，再由兩位警察「陪同」前往。但我們去的並非警察廁所，而是拘留房裏面的囚犯用廁。拘留房在二樓，有粗厚的鐵門分隔裏外；進去，左右兩排，中間是狹小晦暗的通道；每間房有四張水

泥床，上面甚麼也沒有；蹲廁近門口，極簡陋，沒廁紙也沒水龍頭；我們如廁時，警察就在門外隔着鐵欄守着；出來後，再帶我們去另一處洗手。

到了凌晨三時許，我成功「踢保」準備離開時，我對身邊警察說，我要再上一次廁所。他好心對我說，出去用外面那個吧，就是接待處供普通人用的那個。我一進去，立時便明白，甚麼是自由人和犯人之別。

꒰꒱

說起來，這是很平常也很不平常的一夜。

所謂平常，是因為這夜之前或這夜之後，一定會有無數犯人經歷同樣的事情，而且因為種種我們知道或不知道的原因，我們確實沒有受到甚麼不合理對待。所謂不平常，是說香港有三位大律師公會前主席、兩位前特首參選人、十多位立法會議員和政黨領袖、領導這次雨傘運動的學聯和學民思潮的同學，還有一位在這場運動中走在最前線且影響力如日中天的歌者，在同一夜被捕並囚於一室，確是香港未曾有過。

這些人為甚麼要走到這一步？他們所做的，外面的人能夠理解嗎？

那夜我坐在他們中間，平凡如我，看着身邊那些自我少年時代起便已領導香港民主運動的前輩，以及許多在政治領域默默耕耘的年輕朋友，既有一種歷史就在當下的切身感，也有一份香港未來我也有責的沉重。

不少香港人喜歡稱所有從政的人為政客。這種稱呼，往往預設了這樣一種態度：凡從政者，必為私利；而政治本身，必是權力鬥爭的污穢之地，毫無道德可言。既如此，我們必須遠離政治。不僅要遠離，且必須對那些積極參與公共事務的人抱持戒心，因為世間並無公心（public spirit）這回事。

　　在這種理解中，政治一如市場，每個參與者的行為，都是為了極大化個人利益，不同只在於市場爭的是錢，政治爭的是權。但就本性而言，人骨子裏是自利者。「人不為己，天誅地滅」遂成醒世名言。

　　滑落到這一步，那些不加辨識地否定政治道德的人，其實不是對我們生活的世界有更高的道德要求，而是將自身也理解為徹底的自利主義者，同時以極度犬儒的方式去評斷所有參與政治的人。香港的成年人，包括不少「社會賢達」，常常就是用這種「價值觀」去「言傳身教」下一代。「政治」遂成一個污穢詞，「政客」更是人人得而藐之。

　　但這樣的「價值觀」到底有多大的解釋力和說服力？又會對我們的政治文化帶來多劣質的影響？讓我們嘗試用心聆聽一下，雨傘運動中的年青一代到底在爭取甚麼。

　　年青人說，他們要香港有真普選，使得每個公民有平等權利去決定誰可以做特首；他們不要官商勾結，不要跨代貧窮，不要為一個小小蝸居耗盡他們的青春年華；他們還希望政府廉潔公平，好好保障我們的公民和政治自由。他們不是價值虛無，更非自私自利，而是站在道德的觀點，要求我們的城市變得更加公正，讓人活得更加像人。

他們如此相信，故如此行動，同時如此要求那些擁有權力的人必須以政治道德為念。只有在這樣的背景下，我們才能理解他們的義憤，明白他們的感受，體會他們對這個城市的愛。

雨傘一代，不僅在這次民主運動中充份了解到自己是有自主意識的道德人，同時也在用他們的信念和行動，努力再啟蒙那些世故的成年人，希望他們看到另一個香港和另一種更好的公共生活。

我們甚至可以說，正因為香港的年青人堅信政治必須講道德，所以才有雨傘運動。它所代表的，的確是一種不認命的精神：不願意相信奴役就是必然，權力就是公理，剝削就是公平。他們不僅希望用撐起的雨傘去挑戰不公的制度，更要去挑戰長期支配港人的自利犬儒心態。

❧

既然我們活在政治之中，同時對政治有所期許，那麼我們就沒有理由輕省地將所有積極參與政治的人標籤為政客或政棍，然後以一種事不關己卻又彷似洞悉世情的犬儒姿態去嘲笑他們。理由有三。

第一，這種說法極不公道。遠的不說，即以當晚坐在我身邊的李柱銘先生和長毛為例，他們實在是為香港民主運動付出了一生心血。長毛不知進出警署和監獄多少回，更在這次運動中慨然向群眾下跪，教人動容；李柱銘先生地位尊崇，但在七十六歲高齡仍然願意為了香港的未來而從容被

捕。他們所做的一切，難道真的只是為了一己私利？我們難道不應對他們心存敬重和感激?!

第二，政治的好壞，直接影響我們每一個人及我們的下一代。如果我們一早認定所有從政者皆用心不善，然後站在外面冷嘲熱諷看熱鬧，那麼我們也就等於承認政治沒有是非對錯可言，並以自證預言（self-fulfilling prophecy）的方式導致政治的崩壞，而不是一起努力去共謀改善。

第三，也是最重要的一點，我們以自利和虛無的心態看世界，最終腐敗的，是自己的靈魂，因為我們的眼再看不到善和正義，我們的心再感受不到愛。我們生活的世界，本身並非沒有愛和正義，或至少不是沒有愛和正義的可能，只是我們自己放棄了這樣的信念，遂令我們的生命失去愛和正義。

說到這裏，讀者須留意，我無意否定政治裏面有着形形色色的權爭。事實上，權爭內在於政治，因為政治必然牽涉到權力和資源的分配。一如我們追求民主，就要接受政黨政治；接受政黨政治，就要接受不同政黨代表不同階層的利益，同時接受他們必須要通過選舉贏得權力，因而難免有各種各樣的策略考慮，甚至要作出極為艱難的政治取捨。

儘管如此，我依然認為，權爭本身不應是政治的最高目的，也不應是政治人行動的最高原則。政治的最高目的，是追求正義。政治人不墮落為政客而上升為政治家的最重要標準，也在於能否在政治生活中踐行正義。

韋伯或許會不同意我的觀點。他認為，以政治為志業的政治家，必須具備三種素質：熱情、責任感和判斷力，但追求正義不在其中，因為何謂正義並沒有客觀標準，而且很

易陷入他所説的「心志倫理」而忽略「責任倫理」。簡單點説，就是為了堅持道德理想而妄顧政治現實。我無法在此詳細回應韋伯，但正如韋伯自己所言，政治實踐的最高境界，不是這兩種倫理觀互相對立，而是相輔相成。[10]

雨傘運動最為激動人心之處，也許正是讓我們看到新一代年青人，如何既有對心志的堅持，也有對責任的承擔，並在變動不居和強弱懸殊的政治現實中去努力協調這兩種政治倫理。這才是真正意義上的政治成熟。

☙

讀者或會好奇，漫漫長夜，除了應付警方各種指定要求，我們這群人在裏面到底還做了甚麼。由於不准使用電話上網，我們當時只有兩件事可做：閉目養神或聊天。

我因為不是太累，所以大部份時間是和何俊仁及楊森先生聊天。聊甚麼呢？政治哲學。這是我意料不到的。兩位前輩很友善也很健談，我們從羅爾斯的正義理論、德沃金（Ronald Dworkin）的法律哲學，談到哈耶克的《通向奴役之路》和波普爾的《開放社會及其敵人》，甚至還聊到馬庫塞（Herbert Marcuse）的《單向度的人》、法蘭克福學派的文化批判及當代中國知識界種種。

在警察環伺，隨時被叫出去辦理手續的環境中，討論時斷時續，但這樣的哲學交流還是極為愉快，以至後來離開警

10　韋伯，《學術與政治》，錢永祥編譯（台北：遠流，1991），頁237。

2014年12月12日從警署出來後，和通宵守候在外的學生合照。

署時，我和楊森先生不禁以擁抱來道別。

我後來知道，當天在警署討論政治哲學的，還有我的一位學生。他的名字叫Max，從十月起便在金鐘紮營佔領。他本來計劃和我們一起靜坐被捕，誰不知中午出去吃飯後再也進不來，因為警察已將佔領區所有出入口封鎖。幾經掙扎下，他決定自行前往灣仔警察總部自首，並在交代「罪行」的過程中，將他的公民抗命理念完完整整地向警察解釋了一次。據他事後回憶，警察聽得津津有味。

Max從灣仔警署出來後，即過來葵涌警署門口等我，在寒風中站足一夜。

作出同樣選擇的，還有我初識的劉志雄牧師。他在7月2日預演佔中時已被捕過一次，這次同樣是因為中午外出而回不來，但最後仍然決定自首以明志。據他自述，「十一點幾，沒有傳媒鎂光燈，孤身的我，走入葵涌警署自首。結果，我的號碼是59，而58就是長毛。」

我到現在仍然不太能理解，像劉牧師和Max這些人，做決定那一刻，到底需要多大的道德勇氣，而勇氣背後又承載了多少對這個城市的愛。但我知道，我應該用心去理解，否則便有負他們。

❦

大約去到十二時，警方告訴我們可以自簽保釋，不用交保釋金，但要一月份回來警署報到。學生和社運團體的朋友，開始陸續離開。何芝君、何韻詩、何俊仁和我等商量過

後，建議餘下的人選擇集體「踢保」，迫使警方要麼無條件釋放(但仍然保留日後起訴權)，要麼正式起訴。

我們認為，「踢保」雖然有風險，例如隨時要被拘留多十幾個小時，但這也是一種政治抗議。我們也同意，既然一起進來，也要一起出去，表達一種團結精神。在接着下來幾小時，我們一個一個被警員單獨召去，詢問是否願意自簽離開，然後我們一個一個回答：「不願意。」

在這個過程中，我親眼目睹何韻詩非常勇敢和有擔當的一面。她後來在臉書上有細緻描述，容我在此詳引：

順序上我是學生後的第一個，呼喝我過去的警員大概看我是個無知歌星仔，不必對我客氣多禮，沒想到他們叫我選續保的日子時，我竟提出不接受保釋，該名威武警員當下呆了一下，回過神來，再擺官威地說了一句：「好，那放她到最後處理。」結果，所有人一致不接受保釋。警方大概也知道再拘留這群人對他們也沒甚麼好處，隔沒多久，我又被呼喝過去，同一位招待我的警員遞出一張無條件釋放的紙，警方屈服了。我提出等眾人一起離開，他們拒絕，要我立刻簽，我要求徵詢律師意見，警員再次面露不悅。見律師後，他們把我單獨調配到跟眾人隔離的另一區，大概是要「懲罰」我，但真對不起，找錯對象了，嚇唬誰？眾人陸續離開，結果我是葵涌警署61名被捕者內，最後一個被釋放。

去到清晨三時半，警察告訴我，可以帶齊隨身物品離

開。我站起來，離開待了一夜的拘留中心，並在接待處等齊其他朋友，然後一起步出警署。

出來後，我第一眼見到的，是在寒風中候我整整一夜的十多位學生和朋友，裏面有杜婷、小珊、黎恩灝、張秀賢、Benny、Joel、John、Max和Steve等，還有早我幾小時出來的Napo和Eason。

師生情誼，山高水長。謝謝你們。

外一章　可靜絮語

2011. 4. 8

　　女兒在四月八日零時三十八分出生。順產，媽媽平安。

　　切斷臍帶呱呱大哭的一刻，一個新生命誕生，她是我們的女兒。

　　看着女兒被送進育嬰室，我一個人坐在寂靜的走廊，竟然就開始牽掛。

　　女兒取名可靜。「靜」是我一直追求的生命境界。我希望小女孩可以在一個靜好的世界平靜地生活。

　　女兒當然不知道她進入的，是怎樣的一個世界。但我和「結石寶寶」的爸爸趙連海一樣，「希望這個國家的未來變得更好，讓更多以後會長大的這些孩子們，生活在一個美好的國家裏，沒有恐懼，沒有迫害」，可以活得正直，可以做個善良的人，可以愛這個國家不用愛得那麼苦。

　　女兒啊，願你慢慢長大，熱愛生活，如果可以，也熱愛哲學、藝術以及世間一切美好事物。我們一起努力。

　　謝謝大家的祝福。

2011. 7. 12

　　小可靜今晚第一次發出清脆的笑聲，美妙極了。

2011. 8. 21

今早起來，抱起可靜，不自覺地和她哼歌，哼了一會，才發覺自己在唱新亞校歌，只是唱到最後一句，自自然然改成「珍重珍重，這是我小B精神」。

2011. 9. 12

今夜月色很好。剛才去新亞天人合一，一泓清水，明月高掛樹梢頭。

我對小可靜說，這叫月，這叫moon。不知她懂不懂。

2011. 9. 28

今天出門上班時，小可靜用力拉着我的衫角，不讓我放下她。

我想，她開始懂得依戀了。

2012. 2. 24

周可靜剛才用手指指着我，清脆的叫了我一聲：爸！（簡直……下刪三百字）

2012. 4. 24

從外地回來。一入家門，可靜歡呼一聲，笑着跑上來，讓我抱抱。幾天不見，小傢伙已經曉行，健步如飛，跑來跑去，還懂得將書架上的書一本一本拿出來當玩具。

2012. 9. 30

　小可靜和師祖石元康先生一起過中秋節。石先生常說，小女孩和他有緣，自小見面就親近。

　飯後到新亞賞月，月色澄明。可靜手指明月，不斷地說「月月」。

　但願人長久。

2013. 1. 16

　今夜彎月清照。

　周可靜見月如見久別重逢的朋友，一邊奔跑一邊大叫月月。

　笑聲一串串，掛在半空，搖晃搖晃。

2013. 11. 26

　今天一大早，陪周可靜去大學保健處打「十三價」疫苗。

　她第一個打，後面許多小朋友跟着。

　針入，痛，遂哭。

　一分鐘後，出來，慢慢止了哭，臉上還掛着淚珠。

　可靜說：「爸爸，唔好意思呀，給人見到我哭。」

2013. 12. 3

　送可靜去上課。

　到校門口，她不願放手。

　我輕輕推開她，說，入去吧，老師在等你。

她的眼睛一下就紅了，卻甚麼也不肯說。

入了校門，可靜又回頭跑出來。

我抱着她，說，只是幾小時啊，等會爸爸在車站接你。

遂點頭。

小女孩，前面的人生，還有許多離別啊。

2013. 12. 8

　　爸爸：「聖誕節，送你一架車車做禮物好嗎？」

　　可靜：「要車車，唔要禮物。」

2014. 1. 19

　　在熙來攘往的大埔街市，小女孩堅持要自己揼袋。

　　爸爸付錢後，小女孩將袋打開，讓姨姨將水果放進去，然後向姨姨道謝和說再見，再將袋放上肩，向前行。

　　我想她一定覺得，這樣，她就長大了。

2014. 6. 30

　　早上起來，睡眼惺忪。

　　可靜走來牀邊説：「爸爸，我唔再同你friend啦。」

　　我嚇了一跳：「你說真的？」

　　過了幾秒：「算啦，都係friend番啦。」

　　我鬆了口氣。

2014. 7. 1

「可靜，爸爸今天下午去遊行，你自己在家玩好嗎？」

「唔好。我都要去。」

「天氣好熱，人又多，你都係唔好去啦。」

靜了幾秒，問：「爸爸，遊行是甚麼來的？點解我們要去遊行？」

這回輪到爸爸沉默。

2014. 7. 2

我最近和可靜說得最多的話是：「周可靜，你可以對我溫柔一點嗎？」

她每次都沒有反應。

然後我明白，她是真的不解「溫柔」。

2014. 7. 22

可靜和一群好朋友聚會，跳舞唱歌捉迷藏吃雪糕，快樂非常。

快樂過後，在樓下和朋友道別。

可靜忍不住眼睛紅了，伏在我的肩上輕聲說：「爸爸，我好唔捨得她們。」

我抱着她，心裏暗暗和她說，相聚過後是相離，這就是人生啊。

何況人生能有不捨，是好事。

2014. 8. 4

　　每次回家，爺爺都要拖着可靜到樓下，抱她坐上單車，再推她走一小段路。

　　小時候，爸爸也是這樣載着我，一邊講故事給我聽，一邊帶我去四方。

　　只是爸爸年紀大了，我站在後面，雖覺風景很美，有時也暗暗難過。

　　可靜日後長大，不知會否記得，爺爺今天是如此疼她愛她。

2014. 8. 12

　　爸爸：「可靜，你長大後最想做甚麼？做老師好嗎？」

　　「唔做。」

　　「做司機好嗎？」

　　「唔做。」

　　「你是甚麼都不想做？」

　　「係。」

　　「那誰來養你？」

　　「你。」

2014. 8. 21

　　在荷花池散步，我問可靜：「這是甚麼？」

　　「竹竹。給熊貓吃的。」

　　我說，對啊，語甚嘉許。

　　然後，她補了一句：「爺爺都給竹竹我吃。」

我呆了一下。

「白色那種呢！」眼裏有捉弄我的笑意。

原來是「粥粥」。

2014. 8. 21

可靜說，monkey原來食banana的。

我說，是啊。但你也吃banana，那你是不是也是monkey？

她停了一秒，說，是啊，我是小monkey，你是大monkey。

2014. 9. 24

爸爸：「可靜，爸爸現在要出去上課。今晚回來陪你。」

可靜：「好的。爸爸，你開心點啦。」

2014. 9. 27

從政府總部回來。

倦。餓。在廚房煎蛋。

可靜竟然在不知不覺間爬了起來，說，爸爸，我陪你一起吃。

女兒啊，爸爸該怎麼向你解釋，如此夜深才回家，到底是為了甚麼。

2014. 12. 10

可靜去過金鐘幾次，對金鐘的一切留下很深刻很美好的

印象，以至每次在校園見到「我要真普選」的黃色橫額，都會衝口而出大叫「金鐘，金鐘」。

剛才我和可靜說，爸爸今晚要去金鐘，不能回來吃飯。

她說，金鐘好多警察，會拉人。你記得要站在好多貼紙那裏，唔好去人多的地方。

2015. 1. 2

可靜拿着一張她一歲時的相片給我看。

我帶點感慨地說了句：「可靜，眨下眼，你就長大了。」

然後繼續工作。

她站在我面前，甚麼也不說，眼睛一下開一下合，來回不停。

過了一會，我才留意到，問：「你在做甚麼？」

可靜答：「眨眼。」

2015. 2. 9

可靜：「爸爸，我要去剪頭髮，我要剪長一點。」

爸爸：「哦！不過這個難度有點大。」

2015. 3. 11

兩天前，在一個完全不經意的時刻，可靜和我說：「爸爸，我好掛念金鐘。」

我呆了一下。

然後她幽幽自語：「但是金鐘給警察拆了。」

　　我又呆了一下。

　　「找天，我帶你回去一次，好嗎？」

　　「好。」

2015. 3. 23

　　「可靜，你畫的這幅畫，為甚麼太陽和月亮看來如此悲傷？」

　　「因為太陽和月亮彼此掛念對方，卻不能相見。」

2015. 4. 8

　　博群花節結束，未圓湖的月亮裝置要拆。

　　可靜今夜堅持要我陪她去湖邊送別。

　　我問可靜，知道月亮要去哪裏嗎？

　　她說月亮要回天上了。

　　然後，有點不捨地說，要變做天使，才可以去探望月亮了。

2015. 4. 12

　　「可靜，你四歲了，要多些疼媽媽。」

　　「知道啦。爸爸，你自己都要呀。」

　　「點解？」

　　「因為每個人都要好好疼自己的嘛。」

2015. 4. 28

　「可靜，你還小，不用學人搽唇膏。只要做番自己就好了。」

　「爸爸，搽唇膏都可以做番自己的嘛。」

2015. 4. 30

　「爸爸，你問我點解我咁鍾意睇電視呀。」

　「好。點解你咁鍾意睇電視呀？」

　「因為我好鍾意睇囉。」

　「無聊。」

　「哈哈，無聊有甚麼問題。」

2015. 4. 30

　「可靜，夏天來了，你最想做甚麼呢？」

　「我想快點學識飲啤酒。」

　「點解？」

　「因為我好鍾意同你一齊飲啤酒。」

2015. 5. 10

　「可靜，今天是母親節，想出去玩嗎？」

　「不去了。我要在家陪媽媽玩。」

　「那爸爸呢？」

　「爸爸幫媽媽做家務。」

2015. 5. 17

　　「爸爸，可以不聽這首歌嗎？」

　　「為甚麼？」

　　「太可憐了。」

2015. 6. 7

　　剛才說一本故事書給可靜聽，書名叫 *It is not Fair*。

　　聽完，可靜問：「爸爸，甚麼叫公平？」

　　我想了很久，都不知如何解釋。

2015. 6. 10

　　「爸爸，我不在香港，我猜我的朋友會很掛念我。」

（左起）劉擎、小米、我、可靜、周濂和布谷，攝於2014年1月。

「你怎知道？」

「唔使講都知啦。朋友就是會掛念的。」

「掛念是一種甚麼感覺？」

「會想哭。」

2015. 6. 12

「可靜，今天我請你吃雞蛋仔。下次你有好吃的東西，可否也請爸爸吃呢？」

「好呀。下次我有唔想吃的東西，我就請你吃。」

2015. 6. 24

「爸爸，我今天有男朋友啦。」（聲音高八度）

「那爸爸以後怎麼辦？」
「你可以自己找女朋友的嘛。」

2015. 6. 26
「可靜，你的缺點是唔聽人講嘢，自以為是。」
「爸爸，我的缺點是我好叻。」

2015. 6. 27
「爸爸，是不是所有人都會老會死的？」
「是的。」
「那你和媽媽是不是都會老會死？」
「是的。」
「我唔准。」

2015. 7. 9
「爸爸，我好想做回BB。你可不可以用魔術棒將我變回去？」
「為甚麼？」
「因為我好唔想返學。」
「那好吧。準備好了嗎？變，變，變！」
「爸爸，其實我知道，我再也做不回BB。」

2015. 7. 9
可靜今天從媽媽處學了一個新詞，叫「感受」。於是：
「爸爸，你出去陽台感受一下颱風啦。」「好。」

「爸爸，你去廚房感受一下雞的香味啦。」「好。」
「可靜，你不如感受一下我對你的好啦。」
「唔使感受都知啦。」

2015. 7. 27
「可靜，你今天有點咳，不如不要去跑步。」
「爸爸，我是用腳跑步，不是用口。」

2015. 8. 14
「可靜，你正在學陶泥，可否拉個茶杯給我？」
「可以啊。不過，我只識拉杯，唔識拉茶。」

2015. 8. 20
「爸爸，你係唔係好多黑色衫？」
「係。」
「太悶了。下次我幫你買件有顏色的，包你鍾意。」
「甚麼顏色？」
「彩虹一樣的。沙田有。」

2015. 8. 26
「爸爸，你現在每日幫我着衫。等你日後老了，我會幫你着番的啦。」

2015. 11. 27
難得送可靜上學。

到校門口，老師在。

想親她一下道別，她馬上將臉別開，但又怕我難過，於是在我耳邊輕輕說了句，爸爸bye-bye，然後頭也不回，直入學校。

唉，這就是傳說中的成長 ?!

2016. 1. 1

可靜非常喜歡在電腦看Peppa Pig和Caillou這兩部卡通。

每每勸她停下來，都十分艱難，甚至不得不使用「武力」關機。

今晚她答應我只看兩節。

開始看時，她非常認真地說：「爸爸，有的時候，我自己控制不了自己的。你到時記得提醒我。」

忍不住親了她一下。

2016. 3. 3

可靜在火車站見到博群書節海報，問：「爸爸，你係唔係又要做講座？」

「係呀。」

「今次講甚麼？」

「《小王子》。想來聽嗎？」

「唔想。」

「點解？」

「上次聽你講嘢，我一陣間就瞓着咗。」

2016. 4. 30

「爸爸，我要認真告訴你：你一定不可以阻止我做一件我自己好鍾意好鍾意做的事。」

「請講。」我面色為之一凜。

「玩手機。」

2016. 6. 21

「爸爸，你是不是老師？」

「是。」

「那你教甚麼？」

「政治。」

「政治是甚麼？」

「這個……」

2016. 6. 27

從外地回來，剛進門，小女孩奔跑過來，抱着爸爸。

「可靜，對不起，這次匆忙，爸爸沒有買禮物給你。」

「唔緊要啦。你回來就已經是一件大禮物。」

2016. 7. 9

「爸爸，你知道我在世界上最喜歡的女仔是誰嗎？」

「你媽媽？」

「唔係。」

「你的好朋友Eunice？」

「唔係。」

「那還有誰？」

「天父。」

「呀？」

「係呀。上帝是男仔，天父是女仔。」

2016. 7. 18

小女孩的好朋友，來家住一夜，笑聲震天。

第二天起來午飯，説起一年後，大家就要分開讀不同的小學。

右邊的説，我們要做好朋友做到一百歲；左邊的説，到了那個時候，我們好老好老了啊。

然後笑作一團。

2016. 12. 28

「可靜，點解小鳥識飛？」

「因為天父想牠們飛。」

「點解人又唔識飛？」

「因為天父唔想人飛上天落不了地。」

2017. 2. 13

「可靜，媽媽生日，你想送甚麼禮物給她？」

「媽媽最喜歡甚麼？」

「媽媽最喜歡你。」

「那簡單啊，你將我裝進一個禮物盒，送給她吧。」